Im Schatten des Zeppelins: Ein historischer Thriller

Charlotte Berger

Published by Charlotte Berger, 2024.

This is a work of fiction. Similarities to real people, places, or events are entirely coincidental.

IM SCHATTEN DES ZEPPELINS: EIN HISTORISCHER THRILLER

First edition. November 18, 2024.

Copyright © 2024 Charlotte Berger.

ISBN: 979-8230119494

Written by Charlotte Berger.

Inhaltsverzeichnis

Prolog 1
Kapitel 1 11
Kapitel 2 25
Kapitel 3 39
Kapitel 4 49
Kapitel 5 65
Kapitel 6 77
Kapitel 7 89
Kapitel 8 101
Kapitel 9 111
Kapitel 10 123
Kapitel 11 135
Kapitel 12 141
Kapitel 13 153
Kapitel 14 163
Kapitel 15 173
Kapitel 16 183
Kapitel 17 195
Kapitel 18 205
Kapitel 19 215
Kapitel 20 225
Epilog 233

Prolog

Berlin, 1934. Der Abend war düster, die Luft in der Stadt schwer wie Blei, und das dumpfe Summen der Straßenbahnen draußen wirkte fast beruhigend – wenn man es nicht mit einem Herz hatte, das wie ein Presslufthammer pochte. Professor Friedrich Weber saß an seinem Schreibtisch, umgeben von einem Chaos aus Papieren, Plänen und halb zerfetzten Notizen. Das Licht seiner kleinen Tischlampe warf unruhige Schatten, die Wände schienen lebendig.

„Verdammt noch mal...", murmelte er und strich sich mit der zitternden Hand über die Stirn. Schweißperlen glitzerten auf seiner Stirn, als wäre er gerade von einem Marathon zurückgekehrt, obwohl der Marathon nur darin bestand, die Wahrheit vor den falschen Leuten zu verstecken.

Auf dem Schreibtisch lag ein Satz Konstruktionspläne. Luftschiffe – majestätische Wunder der Ingenieurskunst. Hindenburg war das Herzstück davon, die Krone der deutschen Technologie. Aber Friedrich wusste es besser. Was für die Welt ein Meisterwerk schien, war in Wirklichkeit ein schwebendes Pulverfass.

Er griff nach einer Flasche Schnaps – nicht, dass er ein Trinker war, aber in Momenten wie diesen war ein klarer Kopf nicht unbedingt sein Freund. Ein großes Glas später schob er den Korken beiseite, starrte wieder auf die Pläne und zog ein Feuerzeug aus der Schublade.

Ein flüchtiger Blick zur Tür. Abgeschlossen. Er hoffte, dass niemand kommen würde – zumindest nicht jetzt. Langsam führte er die Flamme zu einem Papierstapel, dessen Ränder bereits zerfleddert waren.

Das Knistern der Flammen füllte den Raum, und Friedrich fühlte sich für einen Moment erleichtert. Doch dann schrillte das Telefon. Sein Magen zog sich zusammen, und das Glas rutschte ihm fast aus der Hand. Er wusste, wer am anderen Ende der Leitung sein könnte – oder schlimmer noch, was sie von ihm wollten. Mit einem zögerlichen Griff hob er den Hörer ab.

„Weber."

„Sie spielen ein gefährliches Spiel, Professor", sagte eine tiefe, emotionslose Stimme.

Sein Herz setzte aus. „Ich habe keine Ahnung, wovon Sie sprechen."

Ein leises Lachen. „Natürlich nicht. Aber falls Sie den Wunsch haben, Ihre Tochter Hannah aufwachsen zu sehen, wäre es ratsam, Ihre Projekte zu überdenken."

Friedrichs Finger krallten sich so fest um den Hörer, dass seine Knöchel weiß wurden. „Das ist eine Drohung."

„Nein, ein Vorschlag. Einer, den Sie ernst nehmen sollten."

Der Hörer klickte, die Leitung war tot. Doch die Worte hallten weiter, bohrten sich wie Nadeln in sein Bewusstsein.

Für einen Moment saß er still da, die Flammen spiegelten sich in seinen weit aufgerissenen Augen. Dann sprang er auf und begann, hektisch weitere Papiere zu durchsuchen. Unter dem Chaos auf seinem Schreibtisch fand er einen braunen Umschlag, dick und versiegelt.

Er drückte ihn an seine Brust, als hinge sein Leben daran. Oder das Leben seiner Tochter.

Mit einem Blick auf die Uhr – fast Mitternacht – wusste er, dass die Zeit knapp war. Die Unterlagen, die er verbrannt hatte, waren nur die Spitze des Eisbergs. Die wirklichen Geheimnisse steckten im Umschlag, und diese Geheimnisse durften nicht in die falschen Hände fallen.

Ein Klopfen an der Tür ließ ihn zusammenzucken.

„Friedrich? Bist du noch wach?" Die Stimme seiner Kollegin Klara.

Er schloss die Augen, zählte bis drei und versuchte, ruhig zu klingen. „Ja, ich komme gleich."

„Beeil dich. Es ist spät. Und... vergiss nicht, dass wir alle beobachtet werden."

Die letzten Worte waren kaum mehr als ein Flüstern, doch sie reichten aus, um seinen Atem zu stocken.

Die Tür blieb geschlossen, und Friedrich wusste, dass ihm die Nacht nicht mehr gehörte.

Er griff nach einem Füllfederhalter und begann, eine kurze Notiz zu schreiben. Seine Hand zitterte, die Schrift war fast unleserlich. Doch die Worte waren klar: „**Hannah, vertraue niemandem. Nicht einmal mir.**"

Mit einem letzten Blick auf den Umschlag schob er ihn in seine Aktentasche. Die Flammen auf seinem Schreibtisch loderten höher, während draußen in den Straßen Berlins ein anderes Feuer entfacht wurde – eines, das die ganze Welt in Brand setzen sollte.

D as Labor des Technischen Instituts in Berlin war der Albtraum eines jeden Putzmanns und der feuchte Traum eines Ingenieurs. Überall lagen Modelle von Luftschiffen, zerlegte Motoren und Berge von Zeichnungen, die offenbar nur jemand verstand, der seit Geburt mit einem Rechenschieber in der Hand geschlafen hatte.

Hannah Weber schob die schwere Glastür auf und zog missmutig die Nase kraus. Der Geruch nach verbranntem Metall und billigem Kaffee mischte sich mit etwas, das entfernt an verbrannten Zucker erinnerte.

„Papa?" Sie balancierte eine kleine Schachtel mit Gebäck in der Hand, ein halbherziger Versuch, ihren Vater daran zu erinnern, dass es da draußen eine Welt gab, die nicht nur aus Schrauben und Blaupausen bestand.

Professor Friedrich Weber, ein Mann, der immer aussah, als hätte er die letzte Nacht mit einem Experiment und nicht mit Schlaf verbracht, hob den Kopf von einem gigantischen Plan, der über den ganzen Tisch ausgebreitet war. Seine Augen waren rot, die Haare wild zerzaust, aber das war nichts Ungewöhnliches. Was ungewöhnlich war, war die Art, wie er sie ansah – als hätte er einen Geist gesehen.

„Hannah! Was machst du hier?" Seine Stimme klang wie die eines Mannes, der gerade dabei war, einen Bankraub zu planen und erwischt wurde.

Hannah verdrehte die Augen und warf ihre Tasche auf einen der Stühle, die aussahen, als wären sie seit der Kaiserzeit nicht mehr bewegt worden. „Gute Frage. Vielleicht, weil ich dachte, dass mein Vater an seinem Geburtstag zumindest so tut, als hätte er noch ein Privatleben?"

„Heute ist..." Er blinzelte, offensichtlich ratlos.

„Mittwoch", half sie ihm mit übertriebenem Sarkasmus nach. „Und dein Geburtstag. Schon vergessen? Soll ich dir einen Kalender schenken? Oder ein Gehirnimplantat?"

Er lächelte schwach, aber es war ein gezwungenes Lächeln. „Es tut mir leid, Hannah. Ich habe viel zu tun."

„Ja, das sehe ich." Sie zog sich die Handschuhe aus und setzte sich auf die Kante seines Tisches. „Wie läuft das Projekt? Oder ist es wieder eines dieser supergeheimen Dinge, über die man nur in flüsternden Andeutungen spricht?"

Er drehte sich um, seine Haltung verriet Unruhe. „Du solltest das nicht fragen."

„Das werde ich dir merken, Papa", sagte sie trocken. „Aber lass mich raten: Es hat mit Luftschiffen zu tun. Oh, ich weiß, ich bin ein Genie!"

Bevor er etwas erwidern konnte, betrat einer seiner Kollegen das Zimmer. Klara, eine Frau mit scharfen Augen und einem noch schärferen Tonfall, schien nur zur Hälfte überrascht, Hannah zu sehen. „Ach, die junge Weber! Sie sind ja ein seltener Gast. Oder hat Ihr Vater Sie bestochen, damit Sie mal vorbeischauen?"

„Nein, Klara. Es war reines Mitleid", erwiderte Hannah mit ihrem gewohnt charmanten Lächeln. „Ich dachte, ich bringe ihm was zu essen, bevor er endgültig an Koffeinvergiftung stirbt."

Klara zog eine Augenbraue hoch, sagte aber nichts weiter. Stattdessen wandte sie sich an Friedrich. „Wir müssen reden. Dringend."

„Später", murmelte er und warf ihr einen Blick zu, der deutlich machte, dass sie sofort aufhören sollte zu reden.

Hannah beobachtete das mit wachem Interesse. Sie war Journalistin, und ihre innere Alarmglocke begann zu klingeln. Sie kannte diesen Blick ihres Vaters – es war der gleiche, den er hatte, als er vor Jahren versucht hatte, ihre schlechte Note in Mathe vor ihrer Mutter zu verbergen.

„Ihr seid ja heute alle sehr geheimnisvoll", sagte sie und erhob sich langsam. „Aber gut, ich will nicht stören. Ich habe sowieso noch einen Artikel zu schreiben, der die Welt nicht verändern wird."

Friedrichs Hand zuckte, als wolle er sie aufhalten, aber er ließ es bleiben. Stattdessen griff er hastig nach etwas auf seinem Tisch – dem Umschlag, den er in der Nacht zuvor vorbereitet hatte.

„Hannah, warte."

Sie drehte sich um, überrascht von der Dringlichkeit in seiner Stimme. „Was ist?"

Er reichte ihr den Umschlag. „Das ist wichtig. Sehr wichtig. Bitte... pass darauf auf."

„Was ist das?" Sie nahm den Umschlag entgegen, musterte ihn skeptisch. „Ein weiteres Luftschiff-Modell? Oder die nächste Welle deiner verrückten Wissenschafts-Notizen?"

„Es ist nichts, worüber du Witze machen solltest." Seine Stimme war leise, aber scharf. „Bewahr es auf. Öffne es nicht. Und zeig es niemandem."

Hannahs Augen verengten sich. „Papa, du machst mir langsam Angst."

„Das ist gut." Er legte seine Hände auf ihre Schultern. „Hab Angst. Aber bleib ruhig. Und tu, was ich dir sage."

Bevor sie protestieren konnte, öffnete sich die Tür erneut. Diesmal war es kein Kollege, sondern ein Mann in einem dunklen Anzug, dessen Gesichtsausdruck so neutral war, dass es fast unheimlich war.

„Professor Weber?"

Friedrich wirbelte herum, seine Finger gruben sich unbewusst in Hannahs Schulter. „Ja?"

„Wir müssen reden. Jetzt."

Hannah sah, wie das letzte bisschen Farbe aus dem Gesicht ihres Vaters wich. „Natürlich. Einen Moment."

Er drehte sich zu ihr, seine Stimme war kaum mehr als ein Flüstern. „Geh jetzt, Hannah."

„Papa..."

„Bitte."

Etwas an der Dringlichkeit seiner Worte ließ sie verstummen. Sie nickte langsam, drückte den Umschlag an sich und ging zur Tür. Doch bevor sie hinausging, drehte sie sich noch einmal um.

„Ich komme morgen wieder. Und du wirst mir alles erklären."

Er antwortete nicht. Sein Blick war auf den Mann in Schwarz gerichtet, der jetzt neben ihm stand.

Hannah verließ das Labor, den Umschlag fest in der Hand. Sie hatte das Gefühl, dass sie in etwas hineingeraten war, das größer war, als sie sich vorstellen konnte – und dass ihr Vater es wusste.

Der Morgen begann mit dem gedämpften Murmeln des Radios in der Küche des kleinen Apartments, das Hannah Weber mit ihrer besten Freundin Clara teilte. Der Geruch von frisch gebrühtem Kaffee mischte sich mit dem leichten Aroma von verbranntem Toast, das wie üblich die Folge von Claras chaotischen Kochkünsten war.

„Hannah, ich schwöre, diese Maschine ist verflucht!" Clara stieß einen resignierten Seufzer aus und hielt einen schwarzen, rußbedeckten Toast hoch wie einen Trophäensieger in einer ganz besonderen Kategorie des Scheiterns.

Hannah saß am kleinen Küchentisch, die Stirn in eine Zeitung vertieft, die sie mit der Geschwindigkeit eines Falken studierte. „Vielleicht solltest du einfach aufhören, gegen Geräte zu kämpfen, die klüger sind als du."

„Sehr witzig", murrte Clara, bevor sie sich setzte und ihre Freundin musterte. „Du siehst aus, als hättest du gestern Nacht einen Krieg verloren. Dein Vater wieder?"

Hannah nickte abwesend, ihr Blick wanderte zu dem braunen Umschlag, der halb unter einer Schale mit Äpfeln versteckt war. „Er war... seltsam. Noch seltsamer als sonst. Und glaub mir, das will was heißen."

Clara hob eine Augenbraue. „Seltsamer wie ‚Er hat vergessen, dass heute sein Geburtstag ist' oder seltsamer wie ‚Er hat heimlich einen Killerroboter in seiner Werkstatt gebaut'?"

„Irgendwo dazwischen." Hannah legte die Zeitung beiseite und sah ihre Freundin ernst an. „Er hat mir diesen Umschlag gegeben. Hat gesagt, ich soll ihn niemandem zeigen. Und dass ich Angst haben soll."

„Das klingt... gesund." Clara nahm einen Schluck Kaffee, verzog das Gesicht und setzte die Tasse zurück. „Also, was ist drin?"

„Keine Ahnung." Hannah zog den Umschlag hervor, drehte ihn in den Händen. „Er hat mich gewarnt, ihn nicht zu öffnen."

„Na klar." Clara schnappte sich einen Apfel und biss hinein. „Weil du immer so gut darin bist, Anweisungen zu folgen."

Bevor Hannah darauf antworten konnte, klopfte es an der Tür. Es war ein energisches, fast forderndes Klopfen, das sie beide erstarren ließ.

„Erwartest du jemanden?" flüsterte Clara.

Hannah schüttelte den Kopf, stand auf und ging zur Tür. Als sie öffnete, stand dort ein junger Mann, etwa Mitte zwanzig, mit bleichem Gesicht und zitternden Händen. Sein Anzug war zerknittert, und er hielt eine Mütze in der Hand, die er ständig drehte.

„Fräulein Weber?" Seine Stimme war kaum mehr als ein Flüstern.

„Ja? Wer fragt?"

„Ich komme aus dem Labor Ihres Vaters. Es... es gab einen Unfall."

Hannahs Herz setzte aus. Die Worte klangen hohl, wie eine schlecht einstudierte Zeile aus einem Theaterstück.

„Einen Unfall?" Ihre Stimme war schärfer, als sie beabsichtigt hatte. „Was für einen Unfall?"

„Professor Weber ist... tot."

Die Welt schien für einen Moment stillzustehen. Clara, die am Küchentisch saß, verschluckte sich an ihrem Apfel und begann zu husten. Hannah spürte, wie der Boden unter ihren Füßen zu schwanken schien.

„Das ist ein schlechter Scherz, oder?" Sie versuchte, eine Spur von Humor in der Situation zu finden, aber die Miene des Mannes blieb steinern.

„Nein, Fräulein. Es tut mir leid."

Hannah presste die Hände gegen die Tür. Ihr Kopf war plötzlich voller Bilder: Ihr Vater, wie er ihr den Umschlag gab, seine letzten Worte, sein angespannter Gesichtsausdruck.

„Was genau ist passiert?" Ihre Stimme war jetzt ruhig, fast gefährlich.

„Ein... ein Chemieunfall. In der Werkstatt. Ein Feuer."

Hannah starrte ihn an, suchte in seinem Gesicht nach irgendeinem Anzeichen von Lüge. Und sie fand es.

„Ein Feuer?", wiederholte sie. „Wie praktisch. Und was hat er dabei gemacht? Seinen Kaffee auf ein explosives Gemisch verschüttet?"

Der Mann schluckte sichtbar. „Ich... ich kenne die genauen Details nicht."

„Natürlich nicht." Hannah schloss die Tür vor seiner Nase, drehte sich um und lehnte sich gegen das Holz.

„Oh mein Gott", murmelte Clara. „Hannah, es tut mir so leid."

„Hör auf damit." Hannahs Stimme war kalt. Sie griff nach ihrer Jacke und dem Umschlag, der jetzt wie Blei in ihrer Hand wog.

„Wo willst du hin?" Clara stand auf und folgte ihr.

„Ins Labor. Wenn das ein Unfall war, dann bin ich die Königin von England."

Der Geruch von verbrannter Chemie und Rauch hing schwer in der Luft, als Hannah die Sicherheitslinie überquerte. Polizisten und Feuerwehrleute waren überall, und niemand schien wirklich zu wissen, was er tat.

„Fräulein, Sie dürfen hier nicht rein", rief ein junger Beamter, aber Hannah ignorierte ihn.

„Mein Vater hat hier gearbeitet. Er war kein Idiot. Was ist hier passiert?"

Der Polizist schien überfordert. „Es tut mir leid. Die Untersuchungen laufen noch."

„Natürlich." Hannahs Augen suchten das Chaos ab, bis sie jemanden in einem weißen Kittel entdeckte – einen Kollegen ihres Vaters, der hektisch mit einem anderen Mann diskutierte.

„Herr Doktor Lehmann!" Hannah marschierte auf ihn zu, und der ältere Mann drehte sich um. Sein Gesicht war bleich, seine Hände zitterten.

„Hannah..." Seine Stimme brach. „Ich..."

„Keine Floskeln, bitte. Was ist passiert?"

„Ein Unfall. Ein schrecklicher Unfall."

„Hör auf, mich anzulügen." Sie starrte ihn an, ihre Stimme scharf wie ein Skalpell. „Ich weiß, dass hier etwas nicht stimmt."

Lehmann wich zurück, sah sich nervös um und beugte sich dann vor. „Er hatte Feinde, Hannah. Große Feinde."

„Feinde?" Sie lachte bitter. „Papa war Wissenschaftler, kein Spion."

„Manchmal ist das das Gleiche."

Bevor sie mehr erfahren konnte, zog jemand Lehmann weg. Ein Mann in einem schwarzen Mantel und mit einem harten Blick, der keine Widerrede duldete.

Hannah stand da, allein, während das Chaos um sie herum weiterging. Sie griff in ihre Tasche und spürte den Umschlag.

Was auch immer darin war, sie wusste, dass es die Antworten enthielt – und vielleicht der Grund war, warum ihr Vater tot war.

Kapitel 1

Die Redaktion der **Berliner Morgenstimme** war ein wuselnder Ameisenhaufen, der nie wirklich zur Ruhe kam. Der Rauch von unzähligen Zigaretten hing wie ein dichter Nebel zwischen den Schreibtischen, Schreibmaschinen klapperten unermüdlich, und irgendwo hörte man den energischen Schlag eines Telefons, das seit einer gefühlten Ewigkeit nicht abgenommen wurde.

Hannah Weber stand mitten im Chaos, eine Kaffeetasse in der einen Hand, eine zerknüllte Zeitung in der anderen, und fragte sich, ob der Tag schlimmer anfangen konnte. Sie war Journalistin – zumindest nannte sie sich so, wenn sie gut gelaunt war. Die Realität sah oft weniger glanzvoll aus: Artikel über den neuesten Modetrend, Rezensionen von Opernpremieren oder, wenn sie wirklich Pech hatte, Berichte über den jährlichen Wettbewerb im Ziegelsteinwerfen in Spandau.

„Weber!" Die Stimme ihres Chefredakteurs, eines glatzköpfigen Mannes mit immer roten Wangen und einem Temperament, das irgendwo zwischen Vulkan und Kanonenfeuer lag, hallte durch den Raum. „Dein Artikel über die Wohltätigkeitsgala – wo ist er?"

Hannah zog eine Augenbraue hoch und nippte an ihrem Kaffee. „Welcher Artikel? Ach, der über die Gala, bei der die halbe Elite Berlins betrunken unter den Tisch gefallen ist?"

„Genau der!"

„In Arbeit."

Er brummte etwas, das wie „Wirklich?" klang, und stapfte davon. Hannah schüttelte den Kopf und setzte sich an ihren Schreibtisch, der aussah, als hätte jemand einen Tornado darin veranstaltet. Zwischen Bergen von Papieren und halbleeren Tassen fiel ihr Blick auf einen unscheinbaren braunen Umschlag.

Das war nicht ungewöhnlich. Anonyme Briefe bekam die Redaktion jeden zweiten Tag. Meistens waren es Beschwerden über die Regierung, die Preise für Brot oder den neuen Direktor des Theaters, der angeblich eine Affäre mit der Tochter des Bürgermeisters hatte.

Doch dieser Umschlag war anders.

Die Handschrift war präzise, fast mechanisch. Ihr Name war sauber geschrieben: **Hannah Weber**. Kein Absender, keine Marke, nur ihr Name.

Mit einem Stirnrunzeln öffnete sie den Umschlag. Darin befand sich ein einzelnes Blatt Papier, auf dem nur wenige Sätze standen. Als sie die Worte las, wurde ihr schlagartig kalt.

Die Nachricht war knapp, aber direkt: **„Ihr Vater starb nicht durch einen Unfall. Suchen Sie in den Schatten des Himmels. Die Wahrheit wird fliegen."**

Hannah starrte auf die Zeilen, die Worte brannten sich in ihr Gehirn. Ihr Vater. Drei Jahre waren vergangen, seit der „Unfall" im Labor ihn aus ihrem Leben gerissen hatte. Seitdem hatte sie sich eingeredet, dass es besser war, nicht zu graben, keine alten Wunden aufzureißen. Doch diese Nachricht war wie ein Blitz, der ihre trügerische Ruhe zerschmetterte.

„Alles in Ordnung, Weber?" Die Stimme von Ernst, einem ihrer Kollegen, riss sie aus ihren Gedanken.

„Ja, alles bestens", murmelte sie, während sie hastig das Papier in ihre Tasche schob.

Ernst, ein bulliger Mann mit ständig fleckigem Hemd, grinste. „Hast du wieder einen Fanbrief bekommen? Oder droht dir diesmal jemand wegen deiner scharfen Kritik an der Theaterkantine?"

„Vielleicht beides." Sie zwang sich zu einem Lächeln. „Hast du zufällig was über Luftschiffe gehört? Irgendwelche großen Projekte, die in letzter Zeit Schlagzeilen gemacht haben?"

„Luftschiffe?" Ernst lachte. „Meinst du den Hindenburg? Das ist doch der Stolz der Nation. Warum fragst du?"

„Nur so. Recherche."

Er zuckte mit den Schultern. „Wenn du mich fragst, sind diese Dinger tickende Zeitbomben. Aber niemand fragt mich. Versuch's mal bei den Jungs aus der Politik-Abteilung. Die haben immer ihre Nasen in solchen Sachen."

Hannah nickte, ließ ihn stehen und verschwand in Richtung der Redaktionsbibliothek, einem staubigen Raum voller alter Zeitungsarchive. Es dauerte nicht lange, bis sie stapelweise Artikel über Luftschiffe vor sich hatte.

„Hindenburg hebt ab – Deutschlands Triumph in der Luftfahrt!"

„Fortschrittliche Technik – Sicherer als je zuvor!"

„Die Zukunft liegt in der Luft."

Doch zwischen all den patriotischen Schlagzeilen stieß sie auf ein kleines Stück, kaum größer als eine Randnotiz. **„Kritik an Sicherheitsstandards – Ein Insider warnt."**

Ihr Herz schlug schneller. Der Artikel war vage, anonym geschrieben, aber er erwähnte Probleme in der Konstruktion – und die Erwähnung eines Professors, der angeblich an einem Bericht über diese Probleme gearbeitet hatte, bevor er starb.

Ihr Vater?

„Weber!" Der Chefredakteur tauchte plötzlich in der Tür auf. „Was machst du da? Ich dachte, du arbeitest an dem Gala-Artikel."

„Ich recherchiere", antwortete sie knapp.

„Über was?"

„Luftschiffe."

Er starrte sie an, als hätte sie gerade vorgeschlagen, ein Interview mit einem Marsmenschen zu führen. „Luftschiffe? Seit wann interessiert dich das?"

„Seit heute."

Sein Gesichtsausdruck verriet, dass er sie für verrückt hielt, aber er zuckte nur mit den Schultern und verschwand wieder.

Hannah lehnte sich zurück, schloss die Augen und versuchte, ihre Gedanken zu ordnen. Wer hatte ihr diesen Brief geschickt? Warum jetzt? Und was genau bedeuteten diese Worte: **„Die Wahrheit wird fliegen."**

Das Gebäude des Ministeriums für Luftfahrt war ein Monument der Bürokratie – beeindruckend groß, mit einer Fassade, die so grau war, dass selbst ein Berliner Wintertag daneben fröhlich wirkte. Die Wände schienen zu sagen: **„Hier wird nichts entschieden, aber alles kontrolliert."**

Hannah zog ihren Mantel enger um sich, als sie die Stufen zum Haupteingang hinaufging. Der Portier, ein alter Mann mit einem Gesicht, das aussah wie ein eingestürzter Schornstein, musterte sie mit misstrauischem Blick.

„Haben Sie einen Termin?"

„Natürlich", antwortete sie mit einem Lächeln, das so glaubwürdig war wie eine Wahlkampfrede. „Ich bin von der **Berliner Morgenstimme**. Recherchezwecke."

Er verzog das Gesicht, als hätte sie ihm gerade einen Kaugummi an die Schuhsohle geklebt, ließ sie aber widerwillig durch.

Das Innere des Gebäudes war nicht weniger einschüchternd. Die Gänge waren lang, die Decken hoch, und die Geräuschkulisse bestand aus gedämpftem Flüstern, dem gelegentlichen Hämmern von Schreibmaschinen und dem gleichmäßigen Knirschen von Aktenwagen, die durch die Flure geschoben wurden.

Hannah hielt sich an den Plan, den sie am Eingang bekommen hatte, und fand schließlich das Archiv. Ein Raum voller Regale, die bis zur Decke reichten, vollgestopft mit Akten, die wahrscheinlich sogar die Anzahl der Haare auf Hitlers Oberlippe dokumentierten.

Hinter einem schweren Schreibtisch saß ein Mann, der aussah, als sei er persönlich in die Möbel eingearbeitet. Sein Name stand auf einem kleinen Schild: **Herr Schmidt**.

„Was kann ich für Sie tun?" fragte er mit einem Tonfall, der unmissverständlich klarmachte, dass er auf keinen Fall helfen wollte.

„Ich suche Informationen über die Sicherheitsstandards von Luftschiffen", begann Hannah.

„Sicherheitsstandards? Warum?"

„Weil ich eine brennende Leidenschaft für Ingenieurskunst habe." Sie lächelte süß.

Er blinzelte langsam, als müsste er diese Worte erst übersetzen. „Das ist klassifiziert."

„Natürlich ist es das." Sie lehnte sich vor und senkte die Stimme. „Hören Sie, Herr Schmidt, ich bin Journalistin. Sie wissen, was das bedeutet, oder? Wenn Sie mir nicht helfen, werde ich am Montag einen Artikel über Ihre fragwürdige Unterstützung für die Wahrheit schreiben. Und glauben Sie mir, die Leute lieben Geschichten über unterdrückte Informationen."

Schmidt seufzte tief. „Ich brauche eine Genehmigung. Ohne Genehmigung kann ich nichts herausgeben."

„Wie überraschend." Hannah rollte mit den Augen. „Und wie bekomme ich diese Genehmigung?"

„Sie müssen einen Antrag stellen. Dann wird er geprüft. Das dauert..."

„... Jahre, nehme ich an?"

Er nickte bedächtig. „Vielleicht."

„Perfekt." Sie seufzte und stand auf. „Dann danke ich Ihnen für gar nichts, Herr Schmidt."

Sie war gerade auf dem Weg zur Tür, als sie fast in jemanden hineinlief. Der Mann vor ihr war groß, breitschultrig und trug eine Uniform, die mehr Medaillen hatte, als es in einem normalen Leben Platz für Heldentaten gab. Sein Gesicht war eine Mischung aus Arroganz und einem Hauch von etwas Dunklerem – der Art, die Menschen dazu brachte, zweimal hinzusehen.

„Entschuldigung." Seine Stimme war tief, fast weich, aber sie schwang mit einem Unterton von Macht.

„Kein Problem", murmelte Hannah und versuchte, an ihm vorbeizugehen.

„Darf ich fragen, was Sie hier machen?" Seine Frage klang höflich, aber sein Blick war alles andere als das.

„Recherchieren." Sie musterte ihn mit demselben misstrauischen Blick, den sie für aggressive Redakteure reservierte. „Und Sie sind?"

„Hauptmann Max Reiner, Luftwaffe."

„Ah, ein Hauptmann. Wie beeindruckend."

Er zog eine Augenbraue hoch, als hätte sie ihn gerade beleidigt. „Ich nehme an, Sie sind nicht autorisiert, hier zu sein."

„Was Sie nicht sagen!" Hannah verschränkte die Arme. „Und ich nehme an, Sie sind hier, um mich rauszuwerfen?"

„Noch nicht." Sein Blick wanderte zu ihrer Tasche. „Aber ich würde gerne wissen, was Sie suchen."

„Das geht Sie nichts an."

Ein kleines Lächeln erschien auf seinen Lippen. „Sie wissen, dass das hier ein Ministerium ist, kein Café. Wir haben hier Regeln."

„Das erklärt, warum die Leute so schlecht gelaunt sind."

Sie standen sich einen Moment gegenüber, ein unsichtbares Kräftemessen, das Hannah plötzlich daran erinnerte, warum sie Uniformen so hasste. Schließlich seufzte Max und trat zur Seite.

„Wenn Sie entschlossen sind, sich Ärger zu machen, dann nur zu. Aber erwarten Sie nicht, dass ich Sie retten werde."

„Ich werde mein Bestes tun, Hauptmann Reiner."

Sie ging an ihm vorbei, ihre Wangen brannten vor Wut. Doch während sie das Gebäude verließ, konnte sie nicht anders, als sich umzudrehen. Reiner stand immer noch dort, die Arme verschränkt, und beobachtete sie mit einem Ausdruck, der irgendwo zwischen Amüsement und Misstrauen lag.

Das Café „Unter den Linden" war eines dieser Orte, an denen man entweder einen Affen als Begleitung brauchte, um aufzufallen, oder absolut unauffällig sein musste, um nicht aufzufallen. Zwischen plätscherndem Klaviergeklimper und leise murmelnden Gästen saß Hannah am Rand eines kleinen Marmortischs und starrte auf die Tür.

Greta kam wie immer zu spät – ein Talent, das sie bis zur Perfektion beherrschte. Als sie endlich auftauchte, in einem grünen Mantel, der genau einen Ton zu hell war, und mit einer Tasche, die vor Geheimnissen oder Lippenstiften platzte, grinste sie entschuldigend.

„Ich weiß, ich bin zu spät, aber du würdest mir nicht glauben, warum."

„Oh, lass mich raten", begann Hannah mit gespielt begeistertem Ton. „Ein Minister hat dir ein geheimes Dokument anvertraut, oder die Straßenbahn hatte wieder philosophische Existenzprobleme?"

„Noch besser." Greta ließ sich in den Stuhl gegenüber fallen. „Mein Chef hat mich gebeten, ihm ein Telegramm vorzulesen, weil er offenbar zu beschäftigt ist, um selbst zu lesen. Das ist der Wahnsinn, in dem ich lebe."

„Und ich dachte, mein Tag war merkwürdig." Hannah schob die Speisekarte beiseite und beugte sich vor. „Ich brauche deine Hilfe, Greta."

Greta zog eine Augenbraue hoch. „Oh, das klingt gefährlich."

„Das ist es wahrscheinlich auch." Hannah zögerte kurz, dann zog sie den anonymen Brief aus ihrer Tasche und legte ihn auf den Tisch. „Das habe ich heute bekommen."

Greta nahm den Zettel, überflog ihn und zog die Lippen zusammen. „Schatten des Himmels? Klingt poetisch. Bist du sicher, dass das nicht ein verrückter Verehrer ist, der dich auf ein Date mit Aussicht einladen will?"

„Greta." Hannahs Ton wurde schärfer. „Es geht um meinen Vater."

Greta hob die Hände. „Schon gut, schon gut. Aber was willst du damit machen? Ich meine, was heißt das überhaupt?"

„Ich weiß es nicht", gab Hannah zu und lehnte sich zurück. „Aber es hat mit Luftschiffen zu tun. Und ich bin sicher, dass irgendwas faul ist."

„Das klingt, als würdest du eine sehr riskante Geschichte anfangen." Greta warf einen Blick über ihre Schulter, dann lehnte sie sich vor und senkte ihre Stimme. „Du weißt, dass in meinem Büro seltsame Dinge passieren, oder?"

„Seltsame Dinge?" Hannahs Augenbrauen zogen sich zusammen. „Was für Dinge?"

„Flüstern. Leute, die plötzlich in andere Abteilungen versetzt werden. Und neulich habe ich einen Brief gesehen, der sich auf ‚potenzielle Sicherheitslücken in strategischen Programmen' bezog. Er war natürlich verschwunden, bevor ich ihn genauer lesen konnte."

„Das könnte etwas bedeuten." Hannahs Gedanken rasten. „Hast du noch etwas gehört? Namen, Orte?"

Greta schüttelte den Kopf. „Nur Gerüchte. Aber ich habe einen Kollegen, der mehr wissen könnte. Er arbeitet in der Abteilung, die für technische Prüfungen zuständig ist."

„Kannst du ihn fragen?"

„Ich kann es versuchen." Greta sah sich erneut um, als ob die Wände Ohren hätten. „Aber du solltest vorsichtig sein, Hannah. Ich meine es ernst. Die Leute, die in diese Dinge verwickelt sind, spielen nicht fair."

„Wann hat jemand in Berlin je fair gespielt?" Hannah versuchte ein Lächeln, aber ihre Gedanken waren zu dunkel.

Der Kellner erschien plötzlich wie ein Geist und stellte eine dampfende Tasse Kaffee vor Greta ab. Sie bedankte sich knapp und wartete, bis er außer Hörweite war, bevor sie weitersprach.

„Es gibt noch etwas."

„Ich höre."

„Da ist ein Mann. Er ist oft in deinem Viertel unterwegs." Greta zögerte, als suche sie nach den richtigen Worten. „Ich glaube, er beobachtet dich."

Hannah blinzelte. „Beobachtet mich? Wie ein Polizist oder wie ein verliebter Idiot?"

„Eher wie jemand, der bezahlt wird, um zu wissen, wann du deine Socken wäschst."

„Wie beruhigend." Hannah lehnte sich zurück und verschränkte die Arme. „Und was genau soll ich tun? Einladungen für Tee verschicken?"

„Vielleicht wäre ein bisschen Vorsicht ein Anfang." Greta nippte an ihrem Kaffee. „Falls du wirklich in ein Wespennest stichst, solltest du sicherstellen, dass du einen Plan hast. Oder wenigstens eine Fliegenklatsche."

„Danke für die brillante Metapher."

Bevor Greta etwas erwidern konnte, öffnete sich die Tür des Cafés, und ein Mann trat ein, dessen Präsenz fast greifbar war. Groß, elegant, mit einer Haltung, die so steif war wie die Preußen selbst. Hannah erkannte ihn sofort: Max Reiner.

„Ach, da ist ja mein Lieblingsmensch", murmelte sie leise, mehr zu sich selbst.

„Kennst du den?" Greta folgte ihrem Blick und runzelte die Stirn. „Er sieht aus wie jemand, der Uniformen liebt. Sollte ich mir Sorgen machen?"

„Nur, wenn er dir Fragen stellt." Hannah beobachtete, wie Max sich umsah, bevor er in Richtung eines Tisches in der Ecke ging. Er war nicht allein – zwei weitere Männer folgten ihm, beide mit ernsten Gesichtern.

„Das hier wird immer besser", sagte Greta, ihre Stimme jetzt kaum mehr als ein Flüstern. „Denkst du, das ist Zufall?"

„Ich glaube nicht an Zufälle." Hannah nahm ihre Tasse und nippte daran, ihre Augen blieben jedoch auf Max gerichtet.

Er bemerkte sie nicht – oder tat zumindest so. Doch Hannah wusste, dass sie beobachtet wurde. Es war ein Gefühl, das sie nicht abschütteln konnte, wie ein Schatten, der ihr plötzlich anhaftete.

„Wir sollten gehen." Greta legte ein paar Münzen auf den Tisch und stand auf. „Bevor deine Freunde uns noch eine Einladung zur Vernehmung schicken."

Hannah nickte, nahm ihren Mantel und folgte ihrer Freundin zur Tür. Während sie das Café verließen, spürte sie die Blicke auf sich. Es war kein Paranoia, sondern eine Tatsache, die sich wie ein Kribbeln auf ihrer Haut anfühlte.

Der Flur im Pensionat von Frau Müller war wie immer erfüllt von einer Mischung aus frischem Bohnerwachs und dem leisen Klagen der alten Dielen unter Hannahs Schuhen. Die Wände, einst in einer freundlichen Gelbnuance gestrichen, waren mittlerweile in eine farbliche Grauzone übergegangen, die perfekt zu Berlins trüber Stimmung passte.

Hannah betrat ihr Zimmer und ließ die Tür mit einem dumpfen Klick ins Schloss fallen. Es war ein kleines Zimmer, fast zu klein, aber es hatte alles, was sie brauchte: ein Bett, einen Schreibtisch und die Gewissheit, dass Frau Müller immer irgendwo in der Nähe lauerte, bereit, ihr ungebetene Ratschläge zu geben.

„Ah, Sie sind ja spät dran heute!" Frau Müllers Stimme schallte über den Flur, Sekunden bevor ihr kugelrundes Gesicht im Türrahmen erschien.

„Ich wusste nicht, dass wir eine Ausgangssperre haben", murmelte Hannah und zog ihren Mantel aus.

„Ach, es ist nur so, dass ich immer weiß, wenn etwas im Gange ist." Frau Müller klang, als wäre sie gerade zur Oberkommandantin der Geheimdienstinformation befördert worden. „Und heute war so ein Tag. Zwei Männer standen vor Ihrer Tür. Große Männer. Haben nichts gesagt, nur gewartet."

Hannah erstarrte, ihr Herz machte einen unangenehmen Satz. „Haben Sie gehört, was sie wollten?"

„Nein. Aber ich habe mir ihre Gesichter gemerkt. Der eine hatte einen Bart wie ein russischer Roman, der andere trug einen Hut, der definitiv zu teuer für diesen Teil Berlins war."

„Großartig." Hannah rieb sich die Schläfen. „Vielleicht haben sie die Adresse verwechselt."

Frau Müller schnaubte. „Adresse verwechselt, ha! Ich habe ein Gespür für Probleme, und Sie, junge Dame, stecken bis zum Hals in welchen."

„Danke, das beruhigt mich." Hannah zwang sich zu einem Lächeln.

„Wenn Sie schlau sind, verriegeln Sie Ihre Tür und trinken einen Kamillentee." Frau Müller verschwand genauso plötzlich, wie sie aufgetaucht war, und hinterließ eine drückende Stille.

Hannah ließ sich auf das Bett fallen. Ihre Gedanken rasten. Wer waren diese Männer? Was wollten sie? Und warum fühlte sich der Umschlag in ihrer Tasche plötzlich an, als wiege er eine Tonne?

Die Stille wurde durchbrochen von einem Klingeln. Ihr Telefon, ein schwerer Apparat, der am Schreibtisch stand, vibrierte bei jedem Ton leicht.

Hannah starrte es einen Moment an, bevor sie den Hörer abhob. „Weber?"

Am anderen Ende war nichts als Atmen. Schwer, unregelmäßig, als würde jemand einen Marathon laufen und gleichzeitig versuchen, leise zu sein.

„Hallo?" Ihre Stimme war schärfer jetzt, fast fordernd.

Ein Klicken, und die Leitung war tot.

„Fantastisch." Sie legte den Hörer langsam zurück und stand auf. Ein dumpfes Gefühl kroch in ihr hoch, eine Mischung aus Wut und Furcht.

Ihr Instinkt sagte ihr, dass sie nicht allein war. Sie trat leise zum Fenster, zog den Vorhang ein Stück zur Seite und spähte hinaus. Die Straße war leer – zu leer.

Sie öffnete ihre Schublade und zog einen kleinen Revolver hervor, den sie vor Monaten in einem Anflug von Panik gekauft hatte. Er fühlte sich kalt und schwer in ihrer Hand an, aber die bloße Präsenz beruhigte sie ein wenig.

Ein Geräusch im Flur ließ sie innehalten. Schritte, leise, vorsichtig. Ihr Griff um den Revolver wurde fester.

„Wer ist da?" rief sie, ihre Stimme fester, als sie sich fühlte.

Keine Antwort. Die Schritte hielten an, dann ein Klopfen an ihrer Tür. Es war sanft, fast freundlich, und doch klang es in ihren Ohren wie ein Donner.

„Frau Müller, wenn das wieder Sie sind, um mir Tee zu bringen, ist jetzt wirklich nicht der richtige Moment."

Das Klopfen wiederholte sich. Langsam, fast widerwillig, ging Hannah zur Tür. Sie atmete tief durch, bevor sie sie einen Spalt öffnete – gerade weit genug, um einen Blick auf die Person dahinter zu werfen.

„Na, das ist ja mal ein Empfang." Max Reiner stand da, sein Blick so ungerührt wie immer, obwohl er eindeutig ihre Waffe bemerkte.

„Was machen Sie hier?" Hannah ließ den Revolver sinken, aber nur ein wenig.

„Ich wollte sehen, ob Sie noch leben." Sein Ton war ruhig, fast beiläufig, aber seine Augen verrieten etwas anderes.

„Was für eine noble Geste. Sie tauchen mitten in der Nacht auf, nachdem zwei Männer meine Tür belagert haben. Das ist der Stoff, aus dem Romane entstehen."

„Zwei Männer?" Max zog eine Augenbraue hoch. „Haben Sie sie gesehen?"

„Nein, aber Frau Müller hat eine detailgetreue Beschreibung geliefert." Hannah öffnete die Tür ein Stück weiter, blieb aber wachsam.

„Warum interessieren Sie sich?"

„Weil ich nicht der Einzige bin, der sich für Sie interessiert."

„Das beruhigt mich ungemein."

Max lehnte sich gegen den Türrahmen, verschränkte die Arme und musterte sie. „Vielleicht sollten Sie mir endlich sagen, wonach Sie suchen, Weber."

„Das ist nicht Ihr Problem."

„Falsch. Es ist genau mein Problem."

„Ach wirklich? Haben Sie sich freiwillig gemeldet, mein Babysitter zu sein?"

Ein Lächeln huschte über sein Gesicht. „Das wäre ein undankbarer Job. Aber nein, ich bin hier, um Sie davor zu bewahren, eine Dummheit zu begehen."

„Zu spät." Hannah drehte sich um, ging zum Schreibtisch und ließ den Umschlag demonstrativ auf die Oberfläche fallen. „Ich habe diesen Brief bekommen. Anonym. Und ich habe vor, herauszufinden, was dahintersteckt."

Max trat näher, sah sich den Umschlag an, ohne ihn zu berühren. „Das ist gefährlich, Weber. Wer auch immer das geschickt hat, spielt ein Spiel, das Sie nicht gewinnen können."

„Ich spiele nie, um zu verlieren."

„Vielleicht sollten Sie es diesmal tun." Sein Ton war ernst, seine Augen dunkel.

Einen Moment lang war die Spannung greifbar, dann wandte Max sich zur Tür. „Verriegeln Sie die Tür. Und bleiben Sie morgen Abend zu Hause."

„Warum?"

„Weil ich nicht immer rechtzeitig auftauchen kann, um Sie zu retten."

Hannah sah ihm nach, wie er die Tür hinter sich schloss. Als sie den Riegel vorschob, spürte sie, wie ihre Hände leicht zitterten. Doch anstatt sich hinzulegen, setzte sie sich an den Schreibtisch, zog ein Notizbuch hervor und begann zu schreiben.

Kapitel 2

Die Berliner Stadtbibliothek war ein ehrwürdiger, aber staubiger Ort, in dem jedes Geräusch wie ein Verbrechen klang. Das Knarren der alten Holzregale, das Rascheln von Buchseiten und gelegentliches Hüsteln waren die einzigen Geräusche, die es wagten, die ehrfürchtige Stille zu durchbrechen.

Hannah saß an einem kleinen Tisch im hinteren Teil der Bibliothek, umgeben von Stapeln alter Zeitungen. Das Licht einer nackten Glühbirne hing über ihr und beleuchtete die vergilbten Seiten, die vor ihr ausgebreitet waren. Die Schlagzeilen waren eine Mischung aus Triumph und Tragödie: **„Hindenburg – Deutschlands Stolz am Himmel!"**, **„Der Weg in die Zukunft: Luftschiffe als Symbol unserer Stärke!"**, und dann, weiter unten, kleinere Artikel, fast verschämt versteckt: **„Technische Sicherheitsbedenken – Ein Experte warnt"**.

Hannah zog die Augenbrauen zusammen, ihre Finger fuhren über die Zeilen. Der Name ihres Vaters war nirgends erwähnt, aber die Hinweise waren da – vage, fast verschlüsselt. Es war offensichtlich, dass irgendjemand versucht hatte, kritische Stimmen zu unterdrücken.

„Weber, du bist wieder mal in deinem Element", murmelte sie zu sich selbst. „Die einzige Person, die es schafft, in einem Raum voller Bücher an der Langeweile zu sterben."

„Ist dieser Kommentar für die Akten gedacht, oder soll ich später darüber lachen?"

Die Stimme kam aus dem Nichts, tief und ruhig, mit einem Unterton von Amüsement. Hannah fuhr zusammen und drehte sich um. Da stand er, groß und in seiner perfekten Uniform, die selbst in der staubigen Bibliothek aussah, als sei sie gerade gebügelt worden – Hauptmann Max Reiner.

„Ah, Hauptmann Reiner", sagte sie trocken und verschränkte die Arme. „Sind Sie hier, um zu kontrollieren, ob ich meine Bücher zurückgebe?"

„Ich bin überrascht, Sie hier zu sehen." Er trat näher, die Hände hinter dem Rücken verschränkt, und ließ seinen Blick über die Stapel von Zeitungen gleiten. „Alte Schlagzeilen? Nicht gerade der Stoff für eine aufregende Story."

„Was wissen Sie schon von aufregenden Storys?" Hannah lehnte sich zurück, der Hauch eines Lächelns auf ihren Lippen. „Ich dachte, Soldaten lesen nur Protokolle und Kommandobefehle."

„Vielleicht habe ich ein breiteres Spektrum." Er zog einen Stuhl heran, ohne zu fragen, und setzte sich.

„Haben Sie nichts Wichtigeres zu tun? Wie, ich weiß nicht, die Welt zu retten?"

„Vielleicht ist das genau das, was ich tue." Sein Ton war unverändert, aber die Worte schienen schwerer zu wiegen, als sie hätten sollen.

Hannah beobachtete ihn einen Moment, dann deutete sie auf die Zeitungen. „Falls Sie es noch nicht bemerkt haben, ich bin beschäftigt. Also, wenn Sie hier sind, um mich zu stören, tun Sie es bitte effektiver."

Max zog eine Zeitung aus dem Stapel und begann, sie zu durchblättern. „Sie interessieren sich für die Hindenburg. Faszinierend. Und ich dachte, Sie schreiben über Wohltätigkeitsbälle."

„Manchmal muss man sich weiterbilden."

„Oder graben."

„Ist das nicht fast dasselbe?"

„Kommt darauf an, was man sucht."

Ihre Blicke trafen sich, ein Moment voller unausgesprochener Fragen. Hannah hatte das Gefühl, dass er mehr wusste, als er zugab, und das machte sie nervös.

„Also, Hauptmann, was genau suchen Sie hier?"

„Das Gleiche wie Sie, nehme ich an."

„Das wäre überraschend. Haben Sie sich entschieden, Journalist zu werden?"

Er schmunzelte, und es war das erste Mal, dass Hannah sah, wie das harte Muster seines Gesichts weicher wurde. „Ich könnte fragen, ob Sie sich entschieden haben, Ingenieurin zu werden."

„Vielleicht. Aber dann müsste ich ja mit Menschen wie Ihnen arbeiten."

„Das wäre sicher eine Herausforderung."

Hannah konnte nicht anders, als leise zu lachen. Doch dann wurde sie wieder ernst. „Warum sind Sie wirklich hier, Reiner?"

„Ich könnte dieselbe Frage stellen."

„Ich war zuerst hier."

„Touché."

Es entstand eine Stille, die von der fernen Uhr unterbrochen wurde, deren Zeiger ein leises Ticken von sich gaben. Schließlich stand Max auf, legte die Zeitung zurück und sah sie an.

„Ein Rat, Weber: Manche Fragen bringen mehr Ärger, als sie Antworten liefern."

„Danke für den Tipp, aber ich bevorzuge Ärger."

Er nickte langsam, ein Ausdruck von Respekt – oder vielleicht Amüsement – in seinen Augen, dann wandte er sich zur Tür.

„Wir sehen uns, Weber."

„Ich hoffe nicht."

Doch als er verschwand, konnte Hannah nicht leugnen, dass seine Präsenz den staubigen Raum auf eine Weise belebt hatte, die sie nicht erwartet hatte. Sie seufzte, wandte sich wieder ihren Zeitungen zu und wusste doch, dass der Moment vorbei war.

Der Himmel über Berlin hatte an diesem Nachmittag beschlossen, seine Launenhaftigkeit unter Beweis zu stellen. Als Hannah die Bibliothek verließ, bemerkte sie erst spät die dunklen Wolken, die sich wie eine Bedrohung über die Stadt zogen. Es begann mit einem sanften Nieseln, das noch fast charmant war – eine Art höfliche Vorwarnung –, doch kaum hatte sie den ersten Schritt auf die Straße gemacht, brach der Regen los, als hätte jemand einen Eimer über der Stadt ausgekippt.

„Natürlich!" Hannah fluchte leise, zog ihren Mantel enger um sich und begann, eilig nach einem Unterschlupf zu suchen. Ihre Tasche, die noch immer die Kopien der Zeitungsartikel enthielt, hielt sie schützend vor sich, als ob sie damit die Flut aufhalten könnte.

Das nächste Café war nicht weit, eine kleine, unscheinbare Ecke mit beschlagenen Fenstern und einem handgeschriebenen Schild: **„Heiße Schokolade, bester Kaffee in Berlin!"**. Hannahs erste Wahl wäre es nicht gewesen, aber der Regen ließ ihr keine Zeit für Geschmackskritik.

Doch als sie die Tür aufstieß, prallte sie direkt gegen eine breite, feste Brust. Ein vertrauter Geruch von Leder und Zedernholz stieg ihr in die Nase, und sie blickte auf – direkt in das Gesicht von Max Reiner.

„Wir müssen aufhören, uns so zu begegnen", bemerkte er trocken, während er die Tür für sie offen hielt.

„Ich könnte dasselbe sagen." Sie trat ins Café, ihre Schuhe hinterließen nasse Spuren auf den Fliesen. „Sind Sie sicher, dass Sie mich nicht verfolgen?"

„Vielleicht verfolgen Sie mich."

„Keine Sorge, Hauptmann. Sie sind nicht interessant genug, um meinen Kalender zu füllen."

Ein Lächeln huschte über sein Gesicht, als er sie zu einem Tisch in der Ecke führte. „Setzen Sie sich. Es scheint, wir stecken hier beide fest."

„Wie reizend." Hannah zog ihren Mantel aus und ließ sich auf einen Stuhl fallen. „Wenn ich gewusst hätte, dass ich Gesellschaft bekomme, hätte ich mir eine Zeitung mitgebracht."

„Oder ein Wörterbuch für schärfere Bemerkungen."

Hannah musterte ihn skeptisch, als er ihr gegenüber Platz nahm. „Sie sind heute besonders witzig, Reiner. Ist das Ihr Versuch, charmant zu sein?"

„Vielleicht ist es meine Art, den Regen zu ertragen."

Die Kellnerin, eine ältere Dame mit energischem Auftreten, brachte zwei Tassen Kaffee, ohne dass jemand bestellt hatte. Offenbar wusste sie instinktiv, was ihre Gäste brauchten.

„Also, Weber", begann Max und lehnte sich zurück, seine Tasse in der Hand. „Was genau haben Sie in der Bibliothek gesucht?"

„Alte Schlagzeilen."

„Interessant. Über Luftschiffe?"

Hannah zuckte mit den Schultern. „Möglicherweise. Warum fragen Sie?"

„Weil ich dieselben Artikel gesehen habe. Und ich frage mich, warum eine Journalistin sich für Technik interessiert."

„Man könnte meinen, ich hätte Fragen, Hauptmann. Aber wenn Sie sich in meinem Leben einmischen wollen, sollten Sie vielleicht zuerst Ihr eigenes erklären."

Sein Blick wurde schärfer, aber nicht feindselig. „Mein Leben ist nicht so spannend wie Ihres, Weber."

„Da bin ich mir sicher. Sie marschieren herum, geben Befehle, und dann trinken Sie Kaffee, wenn es regnet."

„Manchmal repariere ich auch Dinge."

„Oh? Was reparieren Sie? Schuhe? Herzen?"

„Vielleicht Luftschiffe."

Hannah hielt inne. Sein Ton war so beiläufig, dass es schwer war, ihn ernst zu nehmen, aber seine Augen verrieten, dass er jedes Wort meinte.

„Sie wissen also etwas über Luftschiffe."

„Mehr, als Ihnen lieb sein könnte."

„Faszinierend." Sie nahm einen Schluck Kaffee, während ihr Kopf vor Fragen schwirrte. „Also, Hauptmann, was wissen Sie über die Hindenburg?"

„Genug, um zu sagen, dass Sie vorsichtig sein sollten."

„Das sagen Sie immer. Aber Vorsicht ist nicht wirklich mein Stil."

„Das habe ich bemerkt." Er lehnte sich vor, seine Stimme wurde leiser. „Aber manchmal führt Mut ohne Wissen zu schlechten Entscheidungen."

„Danke für den Vortrag." Hannah hielt seinem Blick stand, auch wenn sie spürte, wie ihr Herz schneller schlug. „Wissen Sie, mein Vater hat an der Entwicklung von Luftschiffen gearbeitet. Vielleicht sollten Sie mir also nichts über Mut erzählen."

Max hielt inne, und für einen Moment glaubte sie, ihn aus der Fassung gebracht zu haben. Doch dann setzte er die Tasse ab und sprach mit einem Ton, der sowohl ruhig als auch durchdringend war.

„Ihr Vater war ein brillanter Mann. Aber er wusste, dass seine Arbeit gefährlich war."

Hannah erstarrte. „Woher wissen Sie das?"

„Weil er nicht der Einzige war, der das wusste."

Die Worte hingen in der Luft wie Gewitterwolken, und Hannah konnte fühlen, wie sich die Stimmung im Raum veränderte. Der Regen draußen trommelte gegen die Fensterscheiben, und die Kellnerin zog sich leise zurück, als ob sie spürte, dass dies ein Gespräch war, bei dem sie nicht stören sollte.

„Was versuchen Sie zu sagen, Reiner?"

„Ich sage, dass es Menschen gibt, die sehr interessiert daran sind, was Ihr Vater wusste. Und wenn Sie weitergraben, werden diese Menschen sich auch für Sie interessieren."

„Das tun sie bereits."

Ein schwaches Lächeln huschte über sein Gesicht. „Das habe ich bemerkt."

Bevor sie antworten konnte, öffnete sich die Tür des Cafés, und drei Männer traten ein. Ihre schweren Mäntel und harten Blicke verrieten, dass sie nicht wegen des Kaffees hier waren.

Max bemerkte sie sofort, und seine Haltung veränderte sich. Er setzte seine Tasse ab, schob seinen Stuhl zurück und nickte in Richtung der Hintertür.

„Folgen Sie mir, Weber. Jetzt."
„Was? Warum?"
„Weil ich Ihnen gerade helfe, nicht erschossen zu werden."

Hannah hatte nicht vor, an diesem Tag durch eine Hintertür aus einem Café zu flüchten – und schon gar nicht in Begleitung eines Hauptmanns der Luftwaffe, der auf mysteriöse Weise immer dort auftauchte, wo sie war. Doch Max' ernster Tonfall und die stahlharten Blicke der drei Männer, die soeben eingetreten waren, ließen ihr keine Wahl.

„Wollen Sie mir wenigstens sagen, wer das ist?" flüsterte sie, während Max sie mit sicherem Griff zum Hinterausgang führte.

„Freunde von Freunden." Seine Stimme war leise, aber angespannt.
„Ihre Freunde?"
„Kaum."

Die Hintertür knarrte, als Max sie aufdrückte, und Hannah wurde von einem eisigen Wind begrüßt, der den Regen wie Nadelstiche auf ihre Haut trieb. Die Gasse hinter dem Café war dunkel und roch nach feuchtem Beton und abgestandenem Bier.

„Perfekt", murmelte Hannah und zog ihre Jacke enger. „Genau der Ort, an dem ich mich sicher fühle."

„Stillhalten und weitergehen", wies Max sie an, sein Blick ständig in Bewegung.

„Oh, ich liebe es, Anweisungen von Männern zu bekommen. Ganz besonders in dunklen Gassen."

„Weber, Sie können mich später kritisieren. Jetzt laufen Sie."

Sie hörte das leise Klacken von Schuhen auf dem nassen Pflaster hinter ihnen, ein Geräusch, das zu nah war, um ignoriert zu werden. Max packte sie am Arm und zog sie in eine kleine Seitengasse, kaum breit genug für zwei Menschen nebeneinander.

„Haben Sie einen Plan, oder improvisieren Sie nur gut?" fragte Hannah und stolperte fast über einen alten Eimer.

„Ein bisschen von beidem." Max zog sie hinter einen Haufen Kisten und warf einen prüfenden Blick um die Ecke. „Bleiben Sie hier."

„Das sagen Männer immer, bevor sie etwas Dummes tun."

„Dann bleiben Sie trotzdem hier."

Hannah beobachtete, wie er sich mit schnellen, lautlosen Schritten entfernte. Für jemanden in einer Uniform bewegte er sich überraschend leise, fast wie ein Schatten. Sie wollte gerade einen bissigen Kommentar in seinem Kopf formulieren, als sie ein leises Murmeln hörte – die Stimmen der Männer, die sie verfolgten.

„Sie müssen hier irgendwo sein", sagte einer, seine Stimme tief und rau. „Teilt euch auf."

„Das ist genau die Art von Satz, die immer zu schlechten Entscheidungen führt", murmelte Hannah vor sich hin und schob sich tiefer in die Schatten.

Plötzlich ertönte ein dumpfes Geräusch, gefolgt von einem schmerzerfüllten Stöhnen. Ein Mann taumelte rückwärts in die Gasse, bevor er zu Boden sank – bewusstlos.

„Max", flüsterte Hannah mit einer Mischung aus Überraschung und Bewunderung.

Der Hauptmann erschien Sekunden später, seine Atmung ruhig, seine Haltung unverändert. „Einer weniger. Jetzt los."

„Ich habe Fragen."

„Ich auch. Aber wir können uns nicht erlauben, jetzt zu plaudern."

Er griff nach ihrer Hand, und bevor sie protestieren konnte, zog er sie in Bewegung. Der Regen hatte mittlerweile nachgelassen, aber die Straßen waren rutschig, und Hannah musste sich konzentrieren, um nicht auszurutschen.

„Wohin gehen wir?" fragte sie schließlich.

„Zu einem Ort, wo man Sie nicht sofort findet."

„Das klingt ja fast romantisch."

„Ich kann Sie auch hierlassen."

„Das wage ich zu bezweifeln."

Hinter ihnen ertönte ein lauter Pfiff, gefolgt von einem weiteren dumpfen Geräusch. Max hielt inne, sein Kopf drehte sich zur Seite, wie der eines Raubtiers, das Gefahr wittert.

„Bleiben Sie hier", befahl er und verschwand in einer dunklen Ecke, bevor Hannah protestieren konnte.

„Natürlich", murmelte sie. „Weil das beim ersten Mal so gut funktioniert hat."

Doch bevor sie sich entscheiden konnte, ihm zu folgen, tauchte er wieder auf, sein Gesicht angespannt, aber ruhig. „Wir müssen schneller sein. Sie holen auf."

„Vielleicht, weil wir durch eine Gasse rennen, die praktisch ein Tunnel ist?"

„Weber, wenn Sie so viele Worte übrig haben, können Sie schneller laufen."

Widerwillig folgte sie ihm weiter, bis sie schließlich in einem stillgelegten Lagerhaus landeten. Das Innere war düster und roch nach Staub und alten Maschinen. Max schob eine Tür hinter ihnen zu und schob einen schweren Balken davor.

„Und jetzt?" Hannah verschränkte die Arme. „Warten wir, bis sie uns ein Blumenbouquet schicken?"

„Nein. Jetzt atmen wir durch." Max setzte sich auf eine alte Kiste und sah sie an. „Sie sind ziemlich gut darin, sich Ärger einzuhandeln."

„Das nennt man investigative Arbeit."

„Das nennt man leichtsinnig."

„Ich bin überrascht, dass Sie überhaupt wissen, was das Wort bedeutet."

Er lächelte schwach, schüttelte aber nur den Kopf. „Weber, Sie haben keine Ahnung, in was Sie da geraten sind."

„Dann erklären Sie es mir."

„Nicht jetzt."

„Natürlich nicht."

Eine Weile saßen sie schweigend da, der Regen prasselte leise auf das Wellblechdach des Gebäudes. Hannah konnte fühlen, wie ihre Nerven sich langsam beruhigten, doch die Fragen in ihrem Kopf wurden immer lauter.

„Warum helfen Sie mir überhaupt, Reiner?" fragte sie schließlich.

„Vielleicht, weil ich weiß, dass Sie sonst nicht aufhören würden zu fragen."

„Das ist keine Antwort."

„Vielleicht ist es die einzige, die Sie bekommen."

Seine Augen fixierten sie, und für einen Moment hatte sie das Gefühl, dass er tatsächlich mehr wusste, als er zugeben wollte. Doch bevor sie weiter nachhaken konnte, erhob er sich.

„Ich bringe Sie zurück in Ihre Pension. Danach überlegen Sie sich, ob Sie das alles wirklich weitermachen wollen."

„Oh, ich mache weiter."

Max seufzte, als hätte er genau das erwartet. „Dann sollten Sie wenigstens vorsichtig sein."

„Vorsichtig sein macht keinen Spaß."

Er lächelte erneut, diesmal mit einem Hauch von Resignation. „Das dachte ich mir."

Hannah hatte sich kaum die nassen Schuhe ausgezogen, als es an der Tür ihres Zimmers klopfte. Zweimal, schnell und entschieden – ein Rhythmus, der nur einer Person gehören konnte.

„Komm rein, Greta", rief sie und warf ihre Jacke auf den Stuhl.

Die Tür öffnete sich, und Greta stürmte herein wie ein Sommersturm, ihre Wangen gerötet und ihre Tasche, wie üblich, prall gefüllt. „Hannah, du glaubst nicht, was ich gehört habe!"

„Oh, ich bin mir sicher, dass ich es glauben werde. Aber warte kurz, ich hole mir etwas, um meinen Enthusiasmus zu dämpfen."

Hannah griff nach einer Flasche Wein, die sie für Momente wie diesen aufbewahrte, und goss sich ein Glas ein. Sie hielt es hoch, als sie sich auf das Bett setzte. „Okay, ich bin bereit. Überrasche mich."

Greta ließ sich in den einzigen Sessel fallen, zog ihre Handschuhe aus und lehnte sich vor. „Es geht um deinen Hauptmann."

Hannahs Hand hielt mitten in der Bewegung inne. „Meinen Hauptmann? Ich wusste nicht, dass er mir gehört."

„Oh, bitte, tu nicht so. Es ist schwer, jemanden zu übersehen, der aussieht, als wäre er aus einem Rekrutierungsplakat gesprungen." Greta grinste schelmisch. „Aber das ist nicht der Punkt. Ich habe etwas über ihn gehört."

„Natürlich hast du das. Du hörst alles." Hannah nahm einen Schluck Wein und musterte ihre Freundin. „Also? Was sagt die Gerüchteküche?"

Greta beugte sich näher, ihre Stimme ein Flüstern. „Es heißt, dass er nicht so loyal ist, wie er scheint."

„Loyal wem?"

„Dem Regime. Den Leuten, die ihn befehlen. Irgendjemandem." Greta zuckte die Schultern. „Die Details sind vage, aber ich habe von einem Kollegen gehört, dass er öfter in Abteilungen gesehen wird, in denen er eigentlich nichts zu suchen hat. Als ob er Informationen sammelt."

„Vielleicht ist er einfach neugierig."

„Oder er spielt ein sehr gefährliches Spiel." Greta sah Hannah ernst an. „Und ich glaube, du solltest vorsichtig sein, wenn er in deiner Nähe ist."

„Das sagt er auch immer." Hannah lehnte sich zurück und seufzte. „Aber was, wenn er recht hat?"

Greta zog die Augenbrauen hoch. „Seit wann hörst du auf Männer in Uniform?"

„Seit heute, offenbar."

„Das klingt, als ob er dich beeindruckt hätte."

„Beeindruckt? Nein. Genervt? Absolut." Hannah ließ das Glas sinken und starrte an die Decke. „Er taucht immer auf, wenn ich nicht damit rechne. Gibt kryptische Ratschläge, hilft mir, und dann verschwindet er wieder, bevor ich überhaupt weiß, was ich von ihm halten soll."

„Das klingt, als ob er weiß, was er tut."

„Oder er ist einfach verdammt gut darin, Menschen zu manipulieren."

„Das könnten auch wir Frauen von uns behaupten." Greta grinste, doch ihre Augen blieben ernst. „Hannah, ich meine es ernst. Ich habe das Gefühl, dass er in etwas verwickelt ist, das uns beide übersteigt."

„Das Gefühl habe ich auch." Hannah legte das leere Glas ab und rieb sich die Schläfen. „Aber was soll ich tun? Ich kann nicht einfach aufhören. Zu viele Dinge führen zurück zu meinem Vater, und ich habe keine Ahnung, wem ich vertrauen kann."

Greta schwieg einen Moment, dann nahm sie Hannahs Hand. „Ich weiß, dass du Antworten willst, aber bitte – pass auf dich auf. Wenn du jemanden wie Reiner in der Nähe hast, bedeutet das, dass du etwas gefunden hast, das gefährlich genug ist, um Interesse zu wecken."

„Das Interesse habe ich bemerkt."

„Und?" Greta sah sie an, ihre Augen fordernd.

Hannah zögerte, bevor sie antwortete. „Und ich werde weitermachen. Wenn Max ein Risiko ist, werde ich damit umgehen. Aber ich kann nicht einfach aufgeben, Greta."

Greta seufzte, lehnte sich zurück und griff nach ihrer Tasche. „Ich wusste, dass du das sagen würdest. Deshalb habe ich dir etwas mitgebracht."

„Oh, ich liebe Überraschungen."

Greta zog eine kleine Pistole hervor, die sie in ein Tuch gewickelt hatte. „Nur für den Fall, dass die Männer von heute Nachmittag wieder auftauchen."

Hannah starrte die Waffe an, als hätte Greta ihr ein Kätzchen gegeben. „Wo zum Teufel hast du das her?"

„Ich habe meine Quellen."

„Du bist Sekretärin."

„Mit einer blühenden Fantasie." Greta legte die Waffe auf den Tisch. „Sei einfach vorsichtig, okay?"

„Ich werde es versuchen." Hannah nahm die Pistole, wog sie in der Hand und spürte eine unangenehme Mischung aus Sicherheit und Gefahr.

„Und vergiss nicht: Wenn er zu gut aussieht, um wahr zu sein, ist er es wahrscheinlich auch." Greta zwinkerte und stand auf. „Ich muss zurück. Aber wenn du etwas brauchst, ruf mich an."

Hannah nickte, sah ihr nach, wie sie die Tür hinter sich schloss, und blieb allein mit ihren Gedanken zurück.

Die Nacht war still, abgesehen vom gelegentlichen Klappern der Fensterläden im Wind. Hannah legte die Waffe zurück in die Schublade, zog die Decke über sich und starrte ins Dunkel.

„**Wenn er zu gut aussieht, um wahr zu sein...**" Gretas Worte hallten in ihrem Kopf wider, doch eine andere Stimme, Max' Stimme, schob sich in den Vordergrund: „**Manchmal führen Fragen zu mehr Ärger, als sie wert sind.**"

Hannah schloss die Augen, doch sie wusste, dass sie in dieser Nacht nicht viel Schlaf finden würde.

Kapitel 3

Das Café „Schwarzes Brett" war eines dieser Orte, die ihren Namen alle Ehre machten – alt, abgenutzt und voller Zettel mit Angeboten, die vom Verkauf eines Fahrrads bis zur Suche nach einer Mitbewohnerin reichten. Doch an diesem Nachmittag war Hannah weniger an den Aushängen interessiert als an dem Mann, der nervös an einem Tisch in der Ecke saß.

Dr. Erich Lehmann, ein pensionierter Ingenieur mit einer Vorliebe für braune Anzüge und Krawatten, die aussahen, als hätte sie ein Mops zerknüllt, war ein alter Freund ihres Vaters. Sein schütteres Haar schien in alle Richtungen zu stehen, als hätte er gerade einen Kampf mit einem Windstoß verloren, und seine Hände zitterten leicht, als er die Kaffeetasse vor sich hielt.

„Dr. Lehmann?" Hannah trat an den Tisch, ihr Mantel noch nass vom Regen draußen.

Er hob den Kopf, und seine Augen weiteten sich. „Hannah. Mein Gott, wie sehr Sie Ihrem Vater ähneln."

„Das höre ich öfter", sagte sie trocken und setzte sich. „Vielen Dank, dass Sie sich die Zeit genommen haben."

„Natürlich." Seine Stimme war warm, aber leise, als ob er befürchtete, jemand könnte mithören. „Ich hatte gehofft, dass Sie irgendwann zu mir kommen würden."

„Ich wusste nicht einmal, dass ich kommen sollte." Hannah musterte ihn. „Aber Sie scheinen sich sicher zu sein, warum ich hier bin."

Lehmann nickte langsam, nahm einen Schluck von seinem Kaffee und stellte die Tasse so vorsichtig ab, als wäre sie aus dünnstem Glas. „Ihr Vater war ein außergewöhnlicher Mann. Und er war... wie soll ich sagen... furchtlos, wenn es darum ging, die Wahrheit zu suchen."

„Furchtlos klingt gut. Es hat ihm ja so viel Glück gebracht."

Lehmann zuckte zusammen, als hätte sie ihn geschlagen. „Hannah, das war nicht seine Schuld. Er wusste, dass er sich auf gefährlichem Terrain bewegte. Aber manche Wahrheiten sind zu groß, um sie zu ignorieren."

„Was genau wissen Sie, Dr. Lehmann?"

Er zögerte, warf einen Blick über die Schulter, als ob er sicherstellen wollte, dass sie allein waren. „Ihr Vater war an einem Projekt beteiligt, das weit über die Konstruktion von Luftschiffen hinausging. Es ging um... Anwendungen, die sowohl wissenschaftlicher als auch strategischer Natur waren."

„Strategisch? Meinen Sie militärisch?"

„In gewisser Weise." Lehmann lehnte sich vor, seine Stimme wurde zu einem Flüstern. „Die Hindenburg war nur der Anfang. Es gab Pläne, Luftschiffe für ganz andere Zwecke einzusetzen – Überwachung, Kommunikation, sogar..."

Er hielt inne, seine Worte schienen in seinem Hals stecken zu bleiben.

„Sogar was?" drängte Hannah.

„Ich kann nicht mehr sagen." Lehmanns Blick wurde glasig. „Ich habe bereits zu viel gesagt. Aber wissen Sie dies: Ihr Vater hatte Zweifel. Große Zweifel. Und er hat sie dokumentiert."

„Dokumentiert? Wo?"

„Das weiß ich nicht." Seine Hände zitterten stärker, und er griff nach einem Taschentuch, um seinen Schweiß abzuwischen. „Aber wenn Sie weiter suchen, seien Sie vorsichtig, Hannah. Diese Leute... sie schrecken vor nichts zurück."

„Welche Leute?"

„Diejenigen, die ihn zum Schweigen gebracht haben."
Die Worte hingen in der Luft wie eine drohende Wolke. Hannah wollte nachfragen, wollte ihn dazu bringen, mehr zu sagen, doch plötzlich sprang Lehmann auf.
„Ich muss gehen."
„Dr. Lehmann, warten Sie!"
„Nein. Nein, ich habe schon zu viel gesagt." Er griff nach seinem Mantel und eilte zur Tür, als ob ihn der Teufel persönlich verfolgen würde.
Hannah blieb zurück, ihr Kopf voller Fragen und keine einzige Antwort in Sicht.

Hannah schloss die Haustür hinter sich und blieb einen Moment stehen, um die Ruhe des Flurs auf sich wirken zu lassen. Nach dem Gespräch mit Dr. Lehmann brauchte sie dringend eine Pause – und vielleicht ein weiteres Glas Wein. Doch als sie den Schlüssel in das Schloss ihrer Wohnungstür steckte, hielt sie inne.
Etwas war anders.
Der Riegel ließ sich ungewöhnlich leicht drehen, und ein mulmiges Gefühl kroch ihr den Rücken hinauf. Hannahs Hand zitterte leicht, als sie die Tür öffnete und vorsichtig einen Schritt in die Wohnung setzte.
Alles sah auf den ersten Blick normal aus. Das Bett war noch ungemacht, die Bücher auf dem Schreibtisch lagen in dem chaotischen Haufen, den sie am Morgen hinterlassen hatte. Aber da war etwas... eine Spannung in der Luft, die sie nicht ignorieren konnte.
„Frau Müller, wenn Sie hier waren, um meine Pflanzen zu gießen, war das diesmal wirklich unnötig", murmelte sie, mehr, um die unheimliche Stille zu brechen, als in der Erwartung einer Antwort.

Doch die Wohnung blieb still, bis auf das leise Summen der alten Wanduhr. Hannah trat weiter hinein, ihre Schritte vorsichtig. Sie legte ihre Tasche auf den Tisch und wollte gerade die Fenster überprüfen, als sie es bemerkte.

Die Schublade ihres Schreibtisches war einen Spalt weit geöffnet. Das allein hätte sie noch ignorieren können – sie war nicht unbedingt die ordentlichste Person –, aber als sie näher trat, sah sie, dass jemand durch die Unterlagen gewühlt hatte. Die Papiere waren zerknittert, ein paar Blätter lagen auf dem Boden.

„Wunderbar", murmelte sie, griff nach den Dokumenten und begann, sie zu sortieren. Es waren die Notizen und Briefe ihres Vaters, die sie mühsam gesammelt hatte. Nichts schien zu fehlen – zumindest nicht auf den ersten Blick.

Doch als sie die Schublade schließen wollte, fiel ihr Blick auf ein Blatt Papier, das vorher nicht da gewesen war. Es lag ordentlich in der Ecke, als hätte jemand es absichtlich platziert.

Hannah zog das Blatt heraus und erstarrte, als sie die wenigen Worte darauf las:

„Hören Sie auf zu graben, oder Sie werden enden wie er."

Die Handschrift war sauber, fast mechanisch, und das Papier roch schwach nach Zigarettenrauch.

„Oh, großartig", murmelte sie, während sie das Blatt auf den Tisch legte. „Das ist ja fast poetisch."

Ein flüchtiger Blick auf die Tür zeigte keine Anzeichen eines gewaltsamen Einbruchs. Die Person, die hier gewesen war, musste entweder einen Schlüssel gehabt oder sich mit einer anderen Methode Zutritt verschafft haben.

„Vielleicht sollte ich anfangen, eine Eintrittsgebühr zu verlangen."

Hannah griff nach dem Telefon, um Greta anzurufen, doch bevor sie wählen konnte, hielt sie inne. Was sollte sie sagen? Dass jemand ihre Wohnung durchsucht und eine Drohung hinterlassen hatte? Greta würde sofort in Panik geraten – und das Letzte, was Hannah brauchte, war ein hysterischer Monolog über die Gefahren des investigativen Journalismus.

Stattdessen setzte sie sich auf den Stuhl und starrte die Drohung an. Sie konnte fühlen, wie sich die Wut in ihr aufbaute. Wer auch immer das war, hatte eindeutig keine Ahnung, mit wem er es zu tun hatte.

„Na schön", murmelte sie. „Wenn ihr mich warnen wollt, müsst ihr euch mehr Mühe geben."

Doch die Wut konnte das mulmige Gefühl in ihrem Bauch nicht ganz verdrängen. Sie stand auf, überprüfte die Fenster und verschloss die Tür doppelt. Dann zog sie eine kleine Schachtel unter ihrem Bett hervor und holte den Revolver hervor, den Greta ihr gegeben hatte.

„Vorsicht ist die Mutter der Porzellankiste", murmelte sie und legte die Waffe in die oberste Schublade ihres Nachttisches.

Gerade als sie dachte, dass der Adrenalinstoß nachlassen würde, hörte sie ein Klopfen an der Tür. Drei kurze Schläge, nicht besonders laut, aber bestimmt.

Hannahs Herz schlug schneller, und ihre Hand glitt instinktiv zum Revolver. Doch dann hörte sie eine Stimme: tief, ruhig, mit diesem Hauch von Ungeduld, den sie sofort erkannte.

„Weber? Sind Sie da drin?"

„Natürlich", murmelte sie und legte den Revolver zurück, bevor sie zur Tür ging. Sie öffnete sie einen Spalt und sah direkt in Max' Gesicht.

„Was machen Sie hier?" fragte sie, ohne den Sicherheitsriegel zu entfernen.

„Ich dachte, ich schaue vorbei und sehe, ob Sie noch am Leben sind."

„Wie rührend. Aber ich brauche keinen Babysitter."

„Das würde ich nicht behaupten." Sein Blick glitt an ihr vorbei in die Wohnung. „Darf ich reinkommen, oder möchten Sie die ganze Nachbarschaft an unserem Gespräch teilhaben lassen?"

Hannah öffnete die Tür widerwillig, trat zur Seite und verschränkte die Arme. „Was genau wollen Sie?"

Max trat ein, zog seine Handschuhe aus und musterte die Wohnung. „Hatten Sie Besuch?"

„Oh, es war wunderbar. Jemand hat sich meine Unterlagen angesehen, eine Drohung hinterlassen und den Tee aus irgendeinem Grund nicht angerührt."

Max drehte sich zu ihr um, und für einen Moment glaubte sie, so etwas wie Besorgnis in seinem Gesicht zu sehen. „Haben Sie die Polizei gerufen?"

„Natürlich nicht. Sie wären begeistert gewesen von der Möglichkeit, über meinen Revolver und meine unordentlichen Papiere zu diskutieren, und hätten dann festgestellt, dass nichts zu tun ist."

„Typisch." Max hob das Blatt mit der Drohung an und las es, seine Stirn runzelte sich. „Das ist keine leere Warnung, Weber. Sie sollten das ernst nehmen."

„Oh, das tue ich." Sie nahm ihm das Blatt aus der Hand und warf es auf den Tisch. „Aber es wird mich nicht aufhalten."

„Vielleicht sollte es das."

„Warum? Damit ich am Leben bleibe, um Ihnen irgendwann einen Gefallen zu schulden?"

Max sah sie an, und in seinen Augen lag etwas, das sie nicht ganz deuten konnte – eine Mischung aus Frustration und… Sorge?

„Ich sage das nur einmal: Wenn Sie aufhören, jetzt aufzuhören, werden Sie irgendwann feststellen, dass Sie diese Chance hätten nutzen sollen."

Hannah hielt seinem Blick stand. „Und wenn ich aufhöre, werde ich mich immer fragen, was ich hätte herausfinden können."

Ein Moment der Stille folgte, bevor Max den Kopf schüttelte. „Sie sind unglaublich stur."

„Danke, ich nehme das als Kompliment."

Max lächelte schwach, ging zur Tür und legte die Hand auf den Griff. „Seien Sie vorsichtig, Weber. Manche Leute spielen, um zu gewinnen. Andere spielen, um zu überleben."

„Und Sie? Was ist Ihr Spiel?"

„Das werden Sie noch herausfinden."

Er verschwand, und Hannah schloss die Tür, während ein leichter Schauder ihren Rücken hinunterlief. Sie wusste, dass sie in etwas hineingeraten war, das größer war, als sie ursprünglich gedacht hatte – und Max Reiner war ein Teil davon, ob sie es wollte oder nicht.

Frau Müller war so etwas wie die inoffizielle Königin ihres kleinen Berliner Mietshauses. Niemand ging an ihrem wachsamen Blick vorbei, und niemand wagte es, ohne ihr Wissen eine größere Entscheidung zu treffen – sei es, wann die Fenster geputzt oder der Müll rausgebracht wurde. Um diese Uhrzeit erwartete Hannah normalerweise, dass die alte Dame ihre Pantoffeln angezogen hatte und sich mit einem Kräutertee in die Tiefen der neu aufgelegten Goethe-Ausgabe stürzte. Doch als sie klopfte, öffnete sich die Tür fast sofort.

„Hannah!" Frau Müllers Stimme klang wie eine Glocke, und ihr Gesicht leuchtete, als ob sie auf genau diesen Besuch gewartet hätte. „Sie sehen aus, als ob Sie ein Gespräch gebrauchen könnten. Oder zumindest ein ordentliches Stück Kuchen."

„Sie haben wieder gebacken?" Hannah trat ein, zog ihren Mantel aus und ließ sich auf den immer zu harten Sessel sinken.

„Natürlich. Wenn die Welt den Bach runtergeht, hat man wenigstens ein gutes Rezept für Apfelstrudel." Frau Müller verschwand in der kleinen Küche und kam mit einem Tablett zurück, das wie immer überladen war – Tee, Kuchen, Kekse und ein Glas Marmelade, das keinen erkennbaren Zweck zu haben schien.

„Nun, meine Liebe", begann sie, während sie Hannah eine dampfende Tasse reichte. „Was bringt Sie zu mir um diese unchristliche Zeit? Haben Sie endlich begriffen, dass mein Tee besser ist als dieser schreckliche Wein, den Sie so gern trinken?"

„Das wird sich noch zeigen." Hannah nahm die Tasse, nippte daran und seufzte. „Frau Müller, ich muss Sie etwas fragen."

„Ich wusste, dass es nicht nur um Tee geht." Frau Müller setzte sich und musterte sie mit einer Mischung aus Neugier und Besorgnis. „Was ist los?"

„Haben Sie heute Abend irgendetwas... Verdächtiges gesehen?"

„Verdächtig? Was meinen Sie?"

„Jemanden, der nicht hierher gehört. Fremde Männer vielleicht? Große, finstere Typen mit einem Hang dazu, durch fremde Sachen zu wühlen?"

Frau Müller zog die Augenbrauen hoch, als hätte Hannah gerade einen Krimi vorgeschlagen, der ihr bisher entgangen war. „Jetzt, wo Sie es sagen..."

„Ja?" Hannahs Herz schlug schneller.

„Da waren tatsächlich zwei Männer, die vor Ihrer Tür herumlungerten."

„Und wann genau war das?"

„Nach dem Mittagessen. Sie haben sich ein bisschen zu interessiert umgeschaut. Aber keine Sorge, ich habe sie mir genau angesehen."

„Natürlich haben Sie das."

„Der eine war schmal, mit einer Narbe an der Wange. Der andere hatte eine Statur wie ein Schrank, aber die Art, wie er sich bewegte... nicht besonders clever. Wissen Sie, was ich meine? Die Sorte Mann, die man nicht zum Schachspielen einladen würde."

Hannah musste ein Lächeln unterdrücken. „Und was haben sie gemacht?"

„Gar nichts. Sie haben ein paar Minuten gewartet, dann sind sie gegangen. Aber ich bin mir sicher, dass sie sich nichts Gutes dabei gedacht haben."

„Das bin ich auch." Hannah stellte ihre Tasse ab und lehnte sich zurück. „Frau Müller, ich glaube, jemand ist in meine Wohnung eingebrochen."

Frau Müllers Gesichtsausdruck wechselte von Neugier zu blankem Entsetzen. „Das ist ja schrecklich! Sind Sie sicher?"

„Absolut."

„Haben Sie die Polizei gerufen?"

„Nein."

„Warum nicht?"

„Weil ich nicht sicher bin, ob die Polizei die richtige Antwort auf dieses Problem ist."

Frau Müller beugte sich vor, ihre Stimme wurde zu einem verschwörerischen Flüstern. „Hannah, das klingt, als ob Sie in etwas sehr Gefährliches verwickelt sind."

„Das wäre eine Untertreibung."

„Und wer ist dieser junge Mann, der immer so plötzlich auftaucht?"

„Welcher junge Mann?"

„Ach, kommen Sie. Der Hauptmann. Ich habe ihn gesehen, wie er zu Ihrer Tür gegangen ist. Was hat er damit zu tun?"

Hannah seufzte. „Das wüsste ich auch gern."

Frau Müller nickte langsam, als ob sie über etwas nachdachte. „Warten Sie einen Moment." Sie stand auf und verschwand in einem der hinteren Zimmer. Als sie zurückkam, hielt sie ein kleines Notizbuch in der Hand, das so abgenutzt aussah, als hätte es einen Weltkrieg überstanden.

„Was ist das?" fragte Hannah, als Frau Müller das Buch auf den Tisch legte.

„Ich schreibe alles auf, was in diesem Haus passiert", erklärte sie stolz. „Es hilft mir, den Überblick zu behalten. Und ich habe notiert, wann diese Männer da waren – und was sie gemacht haben."

Hannah nahm das Buch und blätterte durch die Seiten. Tatsächlich gab es eine Eintragung für den Tag: **„13:30 Uhr – Zwei Fremde vor Webers Tür. Verdächtig. Sind nach 10 Minuten gegangen."**

„Frau Müller, Sie sind unglaublich."

„Ich weiß." Sie lächelte. „Aber Hannah, bitte seien Sie vorsichtig. Was auch immer das ist, es ist gefährlich."

„Das merke ich."

„Wenn Sie Hilfe brauchen, sagen Sie Bescheid. Ich bin vielleicht alt, aber ich habe immer noch eine scharfe Zunge und einen Regenschirm, der stärker ist, als er aussieht."

„Das werde ich mir merken." Hannah klappte das Buch zu, stand auf und lächelte. „Vielen Dank, Frau Müller."

„Gehen Sie schlafen, Hannah. Morgen sieht die Welt vielleicht nicht besser aus, aber Sie werden es besser ertragen können."

Hannah ging zurück in ihre Wohnung, das Notizbuch unter dem Arm, und schloss die Tür hinter sich. Frau Müllers Warnung hallte in ihrem Kopf wider, aber sie wusste, dass es kein Zurück mehr gab.

Mit einem letzten Blick auf die Drohung auf ihrem Tisch beschloss sie, für die Nacht aufzuhören – aber nicht, bevor sie den Revolver auf den Nachttisch legte. Vorsicht war schließlich immer eine gute Idee, selbst in einem Haus mit einer Wächterin wie Frau Müller.

Kapitel 4

„Ein Abend voller Lichter, Eleganz und... Propaganda", murmelte Hannah und hielt die cremefarbene Einladung zwischen Daumen und Zeigefinger, als ob sie ein besonders schlechtes Stück Limburger Käse inspizierte.

„Du meinst, ein Abend voller Champagner, eleganter Kleider und der Möglichkeit, an Informationen zu kommen", korrigierte Greta sie mit einem Lächeln, während sie durch Hannahs Kleiderschrank wühlte. „Du solltest dich freuen. Solche Gelegenheiten bekommst du nicht oft."

„Ich freue mich. Innerlich." Hannah ließ sich auf die Bettkante fallen und warf einen skeptischen Blick auf die wachsende Auswahl an Kleidern, die Greta auf ihrem Sessel stapelte. „Es gibt nur ein Problem: Ich hasse Wohltätigkeitsabende."

„Das hast du bei unserem letzten Gespräch über Menschenmengen und Abendkleider schon erwähnt." Greta hielt ein schwarzes Kleid hoch, betrachtete es kritisch und legte es dann wieder zurück. „Aber dieser Abend ist wichtig. Scht-, ähm, einige Leute, die du sehen willst, werden da sein."

„Das macht es nicht besser." Hannah nahm die Einladung wieder zur Hand und las die goldgeprägte Schrift: **„Wohltätigkeitsabend des Ministeriums für Luftfahrt. Für die Förderung der nationalen Wissenschaft."** Sie schnaubte leise. „,Förderung der Wissenschaft'. Als ob das Ministerium jemals mehr gefördert hätte als die eigene Karriere der Parteifunktionäre."

„Und trotzdem gehst du hin." Greta zog ein smaragdgrünes Kleid hervor und hielt es hoch, ihre Augen leuchteten auf. „Das hier. Das ist es."

„Das ist es nicht", entgegnete Hannah, warf jedoch einen genaueren Blick darauf. Das Kleid war schlicht, aber elegant, und hatte einen Schnitt, der ihre Figur betonte, ohne aufdringlich zu wirken.

„Doch, das ist es. Du wirst umwerfend aussehen." Greta legte es auf das Bett und stemmte die Hände in die Hüften. „Hör zu, Hannah. Du wirst dort hingehen, du wirst strahlen, und du wirst mit jedem tanzen, der dir über den Weg läuft – selbst wenn er Schuppen hat."

„Das ist eine grausame Metapher."

„Aber effektiv." Greta zog eine Kiste mit Schuhen hervor und begann, passende Absätze zu suchen. „Und denk daran, dass solche Abende oft mehr Informationen liefern als Monate an Archivarbeit."

„Wenn ich nicht vorher in meinen Schuhen sterbe." Hannah seufzte, nahm das Kleid und hielt es vor sich. Es war tatsächlich hübsch – was Greta nie zugeben durfte. „Also gut. Ich spiele mit. Aber wehe, ich werde als glamourös beschrieben."

„Keine Sorge. Du wirst als furchterregend elegant beschrieben."

Hannah grinste schwach, während Greta sie weiter instruierte, wie man sich auf einem Abend unter den mächtigsten Männern der Stadt verhielt, ohne sich zu verraten.

„Du musst nicht viel sagen", fuhr Greta fort und hielt eine schimmernde Haarspange hoch, die sie sofort an Hannahs Kopf befestigte. „Lächle, nicke, lass sie denken, dass du dumm und harmlos bist. Und dann, wenn sie sich sicher fühlen – bam!"

„Bam?" Hannah hob eine Augenbraue.

„Informationen sammeln." Greta zwinkerte. „Oder ihnen auf den Fuß treten, falls nötig."

D as Gebäude des Ministeriums für Luftfahrt war ein Bollwerk aus grauem Stein, umgeben von Scheinwerfern, die den Eingang in ein blendendes Licht tauchten. Ein roter Teppich, flankiert von uniformierten Wachposten, führte zu den schweren Doppeltüren. Hannah betrachtete die Szene mit einer Mischung aus Faszination und Abscheu.

„Das ist keine Wohltätigkeit", murmelte sie leise, als sie die Stufen hinaufging. „Das ist eine Show."

Im Inneren bot sich ein anderes Bild: der große Saal, überladen mit goldenen Kronleuchtern, glänzenden Marmorsäulen und einem Meer aus Abendgarderobe, das sich wie eine Choreografie von Eitelkeit bewegte. Champagnergläser klirrten, und das gedämpfte Summen von Gesprächen erfüllte die Luft.

„Weber, wie schön, dass Sie es geschafft haben."

Die Stimme war glatt, süßlich, und als Hannah sich umdrehte, stand sie vor einem Mann, dessen perfekt sitzende Uniform und einschmeichelndes Lächeln sie sofort als jemanden erkannten ließ, den sie besser meiden sollte: **Kurt Strasser**.

„Herr Ministerialrat." Sie zwang ein Lächeln auf ihr Gesicht. „Eine beeindruckende Veranstaltung."

„Das ist sie, nicht wahr?" Strassers Augen funkelten kalt, und sein Lächeln hatte die Wärme eines Reptils. „Es freut mich, dass unsere bescheidene Arbeit Beachtung findet. Ich hoffe, Sie fühlen sich wohl?"

„Absolut", log sie und wünschte sich, der Champagner wäre stärker.

„Wundervoll." Sein Blick glitt über sie, scharf wie ein Messer, bevor er sich wieder auf ihr Gesicht konzentrierte. „Ich habe gehört, dass Sie an einer interessanten Geschichte arbeiten. Luftschiffe, nicht wahr?"

Hannah erstarrte innerlich, ließ sich aber nichts anmerken. „Oh, nur eine kleine Recherche. Sie wissen, wie das ist. Journalisten schnüffeln gern in Dingen herum, die niemand sonst aufregend findet."

„Schnüffeln ist manchmal gefährlich", erwiderte Strasser, sein Tonfall leicht, doch seine Augen sprachen eine andere Sprache.

„Ich bin vorsichtig."

„Das hoffe ich. Es wäre bedauerlich, wenn sich jemand verletzt." Bevor Hannah antworten konnte, bemerkte sie eine Bewegung am Rand ihres Sichtfelds. Eine große Gestalt in perfekter Paradeuniform trat näher, und ihre Erleichterung war genauso groß wie ihre Verärgerung, als sie erkannte, wer es war.

„Hauptmann Reiner." Strassers Stimme wurde weicher, aber nicht weniger kalkulierend. „Wie schön, dass Sie uns Gesellschaft leisten."

„Herr Ministerialrat." Max' Haltung war ein Muster an militärischer Präzision, doch seine Augen funkelten, als sie kurz auf Hannah trafen. „Es ist immer eine Ehre."

„Das hoffe ich." Strasser nickte langsam, bevor er sich wieder Hannah zuwandte. „Genießen Sie den Abend, Fräulein Weber. Und denken Sie daran: Manchmal ist es besser, nicht zu viel zu wissen."

Mit diesen Worten glitt er davon, ein Schwarm von Gästen und Funktionären wie Motten um ihn versammelt.

„Charmant, nicht wahr?" murmelte Hannah und wandte sich an Max.

„Er ist ein Meister darin, Bedrohungen als Höflichkeiten zu tarnen."

„Das war nicht zu übersehen." Sie nahm ein neues Glas Champagner von einem Tablett und musterte ihn. „Was machen Sie hier, Reiner? Warten Sie darauf, mich wieder aus einer dunklen Ecke zu retten?"

„Vielleicht. Oder ich genieße einfach die Gesellschaft."

„Ihre oder meine?"

„Das werden wir sehen."

Sein Blick ruhte auf ihr, länger als nötig, und Hannah spürte, wie ihre Wangen heiß wurden. Doch bevor sie etwas sagen konnte, griff er nach ihrer Hand.

„Tanzen Sie?"
„Wenn ich muss."
„Das müssen Sie."

Hannah spürte den festen Griff von Max' Hand um ihre, als er sie auf die Tanzfläche führte. Die Musik, ein langsamer Walzer, füllte den Raum, und die Menge schien sich wie von selbst zu teilen, um ihnen Platz zu machen.

„Ich hoffe, Sie können führen, Hauptmann", murmelte sie, während sie versuchte, in ihrem Kleid nicht über ihre eigenen Füße zu stolpern.

„Ich hoffe, Sie können folgen, Weber."

„Oh, ich bin großartig darin, Menschen zu folgen, die mir im Weg stehen."

Er grinste, ein Hauch von Amüsement in seinen sonst so ernsten Augen. „Dann sollten wir uns gut ergänzen."

Hannah hatte keine Zeit für eine weitere scharfe Bemerkung, denn Max zog sie in Bewegung. Sein Schritt war sicher und geschmeidig, als hätte er den Tanzsaal genauso oft betreten wie ein Luftschiffhangar. Sie, hingegen, fühlte sich wie ein störrisches Kamel in einer Zirkusvorstellung.

„Sie sind überraschend gut darin", sagte sie, während sie versuchte, mit seinem Tempo mitzuhalten.

„Ich bin voller Überraschungen."

„Das habe ich bemerkt."

Die Menge um sie herum wirbelte, Champagnergläser glitzerten im Licht der Kronleuchter, und für einen Moment fühlte sich Hannah, als wäre sie in eine andere Welt versetzt worden – eine, in der Intrigen und Gefahren nur ein sanftes Flüstern am Rande waren. Doch das Gefühl hielt nicht lange an.

„Haben Sie Strasser bemerkt?" fragte Max leise, während er sie in eine elegante Drehung führte.

„Oh, wie könnte ich nicht? Er ist so charmant wie ein fauler Fisch."

„Er beobachtet Sie. Und mich."

„Ich bin überrascht, dass er Zeit hat, seine Augen von seinem eigenen Spiegelbild abzuwenden."

„Er hat Interesse an Ihnen."

„Das ist nicht gerade schmeichelhaft."

Max' Gesicht blieb ernst, seine Stimme kaum mehr als ein Flüstern. „Es bedeutet, dass Sie etwas gefunden haben, das ihn beunruhigt. Das ist gefährlich, Weber."

„Gefährlich ist mein zweiter Vorname."

„Das bezweifle ich nicht."

Hannah konnte nicht leugnen, dass sie sich in seiner Nähe sicherer fühlte, auch wenn sie sich weigerte, dies zuzugeben. Doch bevor sie sich in diesem Gedanken verlieren konnte, bemerkte sie eine Bewegung am Rand der Tanzfläche. Zwei Männer in schlichten, aber gut geschnittenen Anzügen standen da, ihre Blicke unverhohlen auf Max und sie gerichtet.

„Wir haben Zuschauer", flüsterte sie.

„Das ist unvermeidlich."

„Haben Sie vor, ihnen zuzuwinken?"

„Das wäre unhöflich."

Hannah verdrehte die Augen, aber bevor sie antworten konnte, zog Max sie näher. Ihre Blicke trafen sich, und plötzlich fühlte sie sich, als wäre der Rest des Saals verschwunden.

„Hören Sie mir gut zu, Weber", sagte er, seine Stimme leise, aber eindringlich. „Was auch immer Sie heute Abend hören oder sehen, halten Sie den Mund. Keine Fragen, keine klugen Kommentare. Nur beobachten."

„Das klingt, als ob Sie mich nicht für fähig halten, mich zu benehmen."

„Ich halte Sie für fähig, Ärger zu machen."

„Das ist mein Job."

„Und meiner ist es, Sie davon abzuhalten, sich umbringen zu lassen."

Hannah wollte etwas erwidern, doch dann bemerkte sie, dass einer der Männer am Rand der Tanzfläche ein diskretes Zeichen in Richtung Strasser machte. Ihr Blick wanderte zu dem Ministerialrat, der gerade mit einem Glas Wein in der Hand stand und sie mit einem Blick musterte, der kalt genug war, um Eis zu schmelzen.

„Ich glaube, unser Gastgeber ist nicht begeistert von meinem Tanzpartner", sagte sie.

„Das bin ich gewohnt."

„Charmant wie immer."

Die Musik endete, und Max ließ ihre Hand los, nur um ihr einen kurzen, aber festen Blick zuzuwerfen. „Bleiben Sie in meiner Nähe, Weber. Und hören Sie auf, witzig zu sein."

„Das wäre, als würden Sie aufhören, heroisch zu sein."

„Ich kann mit Ihrem Sarkasmus leben. Solange Sie auf sich aufpassen."

Er führte sie von der Tanzfläche, doch bevor sie sich weiter unterhalten konnten, wurde Max von einem anderen Offizier abgelenkt. Hannah stand plötzlich allein, ihre Gedanken rasten. Sie wusste, dass etwas im Gange war – etwas Größeres, Dunkleres –, und sie würde herausfinden, was es war.

Doch bevor sie weiter grübeln konnte, bemerkte sie ein leises Gespräch hinter einer der Säulen. Neugierig trat sie näher, wobei sie sich hinter einem Vorhang verbarg. Die Stimmen waren gedämpft, aber scharf, und jedes Wort war wie ein Dolchstoß in die Stille des Saals.

Der Wintergarten des Ministeriums war ein seltsamer Kontrast zum steinernen Ernst der Außenfassade. Unter dem Glasdach blühten Orchideen in exotischen Farben, und die Luft war schwer vom Duft feuchter Erde und Parfüm. Es war ein Ort, der dazu einlud, sich zu verstecken – oder beobachtet zu werden.

Hannah hatte sich aus dem Ballsaal zurückgezogen, ihre Neugier geweckt von dem Gespräch, das sie vorhin belauscht hatte. Die Bruchstücke, die sie aufgeschnappt hatte – „Bericht verschlüsselt", „zu viel Aufmerksamkeit", „Reiner" – ließen keine Zweifel daran, dass etwas im Gange war, und Max war darin verwickelt.

„Natürlich ist er das", murmelte sie leise, als sie durch die mit Palmen und Farnen gesäumten Wege schlich. „Er hat dieses ‚Ich bin ein dunkles Geheimnis mit einem exzellenten Schneider'-Ding schon perfektioniert."

Plötzlich hörte sie Schritte hinter sich, und ihr Herz setzte einen Schlag aus. Sie hielt inne, warf einen schnellen Blick über die Schulter – nichts. Doch das Gefühl, beobachtet zu werden, blieb.

„Das wird ja immer besser", flüsterte sie und drückte sich in eine Nische zwischen zwei üppigen Pflanzen.

Die Schritte näherten sich, dann hielt die Person direkt vor ihr an. Hannah hielt den Atem an, ihre Gedanken rasten. Sollte sie versuchen, unauffällig davonzuschleichen, oder sich dem Unbekannten stellen? Doch bevor sie sich entscheiden konnte, trat die Gestalt vor – und es war niemand anderes als Max.

„Was, um alles in der Welt, machen Sie hier, Weber?" fragte er, seine Stimme knapp, aber leise.

„Ich könnte Sie dasselbe fragen."

„Ich suche Sie."

„Oh, wie rührend. Haben Sie mich vermisst?"

„Ich habe bemerkt, dass Sie sich in Gefahr bringen könnten."

„Könnte? Hauptmann, das ist meine Standardausrüstung."

Max verdrehte die Augen, trat näher und senkte seine Stimme noch weiter. „Hören Sie, dies ist nicht der Ort für Ihre journalistischen Heldentaten. Strasser hat genug Leute hier, um eine kleine Armee zu versorgen."

„Interessant. Vielleicht sollte ich mit ihnen sprechen."

„Oder Sie könnten leben."

Bevor sie antworten konnte, ertönte plötzlich ein Geräusch, das wie das Klicken eines Schlosses klang. Max drehte sich um, seine Haltung angespannt wie die einer Raubkatze, die ihre Beute wittert.

„Zurück", befahl er und zog Hannah hinter eine der breiten Säulen.

„Ich hoffe, Sie haben einen Plan", flüsterte sie.

„Halten Sie die Klappe."

„Oh, sehr beruhigend."

Die Tür am anderen Ende des Wintergartens öffnete sich, und zwei Männer traten ein. Ihre Schritte waren gleichmäßig, ihre Stimmen leise, aber ihr Verhalten ließ keinen Zweifel daran, dass sie suchten – oder warteten.

„Freunde von Ihnen?" fragte Hannah.

„Halten Sie still."

Max drückte sie gegen die Säule, ihr Gesicht war nur Zentimeter von seinem entfernt. Sein Atem streifte ihre Wange, und für einen Moment war die Anspannung zwischen ihnen fast greifbar. Doch bevor sie etwas sagen konnte, schüttelte er den Kopf.

„Wenn sie uns finden, sagen Sie kein Wort. Überlassen Sie alles mir."

„Großartig. Das wollte ich immer schon – mich auf einen Mann verlassen."

„Ich bin froh, dass wir das klargestellt haben."

Die Männer kamen näher, ihre Blicke wanderten über die Pflanzen, die Nischen und die Schatten. Einer von ihnen blieb plötzlich stehen und hob die Hand.

„Hier drüben", sagte er.

Hannahs Herz setzte aus, doch Max bewegte sich blitzschnell. Bevor sie verstand, was geschah, hatte er sie weiter in den Schatten gezogen, eine Hand auf ihrer Schulter, die andere fest um ihren Arm.

„Nicht bewegen", flüsterte er.

Die Männer gingen an ihnen vorbei, einer warf einen Blick über die Schulter, bevor er die nächste Nische durchsuchte. Max hielt Hannah fest, ihre Gesichter so nah beieinander, dass sie den leichten Zedernholz-Duft seines Aftershaves wahrnehmen konnte.

„Reiner", flüsterte sie, „wenn Sie vorhaben, mich zu retten, wäre jetzt ein guter Zeitpunkt."

„Habe ich vor."

„Vielleicht beeilen Sie sich."

Einer der Männer trat plötzlich zurück, sein Blick wanderte erneut in ihre Richtung. Doch in diesem Moment ertönte das Geräusch eines knallenden Glases vom Ballsaal herüber, und beide Männer wandten sich ab.

„Wir sehen später nach", sagte der eine, bevor sie durch die Tür verschwanden.

Hannah atmete aus, ihr Herz pochte wie ein Hammer gegen ihre Rippen. Max ließ sie langsam los, trat einen Schritt zurück und musterte sie mit einem Blick, der irgendwo zwischen Ärger und Erleichterung lag.

„Sie haben einen unglaublichen Hang dazu, mich in solche Situationen zu bringen", sagte sie schließlich.

„Und Sie haben ein Talent dafür, mitten hineinzugeraten."

„Vielleicht bin ich einfach gut darin."

„Oder verrückt."

Hannah lachte leise, schüttelte dann den Kopf. „Also, Hauptmann. Was jetzt?"

„Jetzt bringen wir Sie hier raus."

„Und was ist mit Ihnen?"

„Ich habe noch Arbeit zu erledigen."

„Natürlich haben Sie das."

Max streckte die Hand aus, zog sie jedoch zurück, bevor er sie berührte. Sein Blick traf ihren, und für einen Moment herrschte eine seltsame, unangenehme Stille zwischen ihnen.

„Seien Sie vorsichtig, Weber", sagte er schließlich.

„Ich versuche es. Aber ich gebe keine Garantien."

„Das dachte ich mir."

Mit diesen Worten verschwand er, und Hannah blieb allein im Wintergarten zurück. Ihre Gedanken rasten, doch sie wusste eines mit Sicherheit: Dieser Abend war weit davon entfernt, vorbei zu sein.

Die Nacht in Berlin war still und schwer, die Luft feucht vom Regen, der früher am Abend gefallen war. Die Straßenlampen warfen langgezogene Schatten auf das nasse Kopfsteinpflaster, und Hannah konnte das Echo ihrer Schritte hören, das sich zwischen den Häuserwänden verlor.

Der Empfang im Ministerium war vorbei, doch die Fragen in ihrem Kopf waren lauter als je zuvor. Strassers eisiger Blick, Max' kryptische Warnungen und die Begegnung im Wintergarten – alles fühlte sich an wie die Puzzleteile eines Bildes, das sie noch nicht erkennen konnte.

Sie zog ihren Mantel enger um sich, während sie die Abkürzung durch eine schmale Gasse nahm. Ihr Instinkt sagte ihr, dass sie nicht allein war.

„Es ist nichts", murmelte sie zu sich selbst. „Nur die Stadt. Und deine blühende Fantasie."

Doch als sie erneut das Geräusch von Schritten hörte, die zu regelmäßig waren, um zufällig zu sein, wusste sie, dass sie sich nicht irrte.

Hannah blieb stehen, ihr Atem ging schneller, und sie spähte über die Schulter. Niemand. Die Straße hinter ihr war leer. Doch das Gefühl, beobachtet zu werden, war überwältigend.

„Großartig", murmelte sie. „Ein Schatten. Genau das habe ich gebraucht."

Sie beschleunigte ihre Schritte, warf einen weiteren Blick zurück und sah diesmal eine Bewegung im Schatten. Ein Mann, groß, mit einer breiten Schulterpartie, folgte ihr in einigem Abstand.

„Also doch." Ihr Puls beschleunigte sich, aber sie zwang sich, ruhig zu bleiben. Wenn sie jetzt in Panik geriet, war sie so gut wie geliefert.

Sie bog um die nächste Ecke und suchte verzweifelt nach einem Versteck. Die Gasse war dunkel, die Türen der Gebäude verschlossen, und die einzige Hoffnung war ein alter, verlassener Durchgang, der hinter einem Stapel von Holzkisten lag.

Hannah duckte sich hinter die Kisten, ihr Herz hämmerte in ihrer Brust. Die Schritte wurden lauter, näherten sich langsam, methodisch. Sie hielt den Atem an, presste sich gegen die kalte Wand und schloss die Augen.

„Weber, wenn das hier deine letzte großartige Idee ist, bist du wirklich eine Meisterin der schlechten Entscheidungen", flüsterte sie leise.

Die Schritte hielten plötzlich an, direkt vor ihrem Versteck. Die Stille war ohrenbetäubend, und Hannah konnte das Blut in ihren Ohren rauschen hören.

Ein leises Rascheln, dann das Kratzen von Lederstiefeln auf dem Pflaster. Der Mann war da, so nah, dass sie seinen Schatten sehen konnte, der sich über die Wand zog.

„Du solltest jetzt wirklich gehen", murmelte sie kaum hörbar und spürte, wie ihre Hände feucht wurden.

Doch statt zu gehen, bewegte sich der Schatten näher. Sie griff nach etwas, das wie ein lose herumliegender Holzstab aussah, und bereitete sich vor.

Als die Gestalt um die Ecke trat, reagierte sie blitzschnell. Mit all ihrer Kraft schlug sie zu, und das Holz traf mit einem dumpfen Geräusch auf – eine Schulter? Einen Arm? Der Mann fluchte leise, stolperte zurück, und Hannah nutzte die Gelegenheit, um davonzurennen.

„Bleiben Sie stehen!" rief er, doch sie hatte nicht vor, seiner höflichen Aufforderung nachzukommen.

Ihre Füße trommelten über das Pflaster, ihre Atmung war schwer, und die Gasse schien endlos zu sein. Doch als sie um die nächste Ecke bog, prallte sie mit voller Wucht gegen jemanden.

„Weber! Um Himmels willen!" Max' Stimme war scharf, und seine Hände griffen nach ihren Armen, um sie zu stabilisieren.

„Reiner?" Sie schnappte nach Luft, ihr Herzschlag ein Chaos aus Erleichterung und Adrenalin. „Was... was machen Sie hier?"

„Ich folge Ihnen. Offensichtlich."

„Großartig. Noch ein Schatten. Haben Sie sich abgesprochen?"

Max' Blick verdüsterte sich, und er zog sie zur Seite, weg von der Hauptgasse. „Wer ist hinter Ihnen her?"

„Ein großer Typ, mit einem Hang zur Dramaturgie. Er ist da hinten."

Max zog eine Pistole aus seiner Jacke, und Hannahs Augen weiteten sich. „Haben Sie immer eine Waffe dabei?"

„Nur, wenn ich Sie begleite."

„Wie schmeichelhaft."

„Bleiben Sie hier."

„Das haben Sie schon einmal gesagt."

„Dann hören Sie diesmal darauf."

Bevor sie protestieren konnte, war er schon verschwunden, seine Bewegungen schnell und leise wie die eines Jägers. Hannah presste sich gegen die Wand, ihr Atem immer noch unregelmäßig.

Ein Schuss durchbrach die Stille, und ihr Herz setzte einen Schlag aus. Doch Sekunden später kehrte Max zurück, sein Gesicht angespannt, aber unverletzt.

„Er ist weg", sagte er kurz.

„Was meinen Sie mit ‚weg'? Tot? Bewusstlos? Auf Urlaub?"

„Weg", wiederholte er und steckte die Waffe zurück. „Und Sie sollten jetzt wirklich nach Hause gehen."

„Oh, glauben Sie mir, das habe ich vor. Aber Sie schulden mir eine Erklärung."

„Nicht hier."

„Natürlich nicht hier." Hannah funkelte ihn an. „Gibt es überhaupt einen Ort, an dem Sie jemals etwas erklären?"

„Wenigstens weiß ich, wann ich still sein sollte."

„Wieder sehr schmeichelhaft."

Max sah sie einen Moment an, sein Blick war weich, fast nachdenklich, bevor er den Kopf schüttelte. „Sie sind unmöglich, Weber."

„Das weiß ich."

„Und trotzdem mache ich mir Sorgen um Sie."

Die Worte trafen sie unerwartet, und für einen Moment herrschte eine Stille, die mehr sagte als jede Diskussion. Doch bevor sie antworten konnte, trat Max näher, und ihre Gesichter waren nur Zentimeter voneinander entfernt.

„Seien Sie vorsichtig", sagte er leise, seine Stimme fast ein Flüstern.

„Das bin ich immer."

„Das ist eine Lüge."

Hannah konnte nicht anders, als zu lächeln, auch wenn ihr Herz raste. Doch bevor die Spannung zwischen ihnen eskalieren konnte, trat er zurück, sein Blick wieder distanziert.

„Ich bringe Sie nach Hause."

„Ich weiß den Weg."

„Das bezweifle ich nicht. Aber ich will sicherstellen, dass Sie ankommen."

Hannah seufzte, gab nach und folgte ihm, während sie durch die dunklen Straßen gingen. Doch die Gedanken in ihrem Kopf ließen sie nicht los. Wer war hinter ihr her gewesen, und was wusste Max, das er ihr nicht sagte?

Kapitel 5

Die Redaktion der „Berliner Morgenstimme" war ein Ort, der nie stillstand. Selbst um acht Uhr morgens hallten schon Schreibmaschinengeklapper und die Rufe von Redakteuren durch den Raum, begleitet vom unverkennbaren Geruch von kaltem Kaffee und Zigarettenrauch. Hannah saß an ihrem Schreibtisch, die Beine unter dem Stuhl ausgestreckt, während sie die Notizen vom Vorabend durchging.

„Luftschiff, Wintergarten, Verfolger... und Reiner", murmelte sie und tippte mit ihrem Stift auf das Papier. „Immer wieder Reiner."

„Sprichst du mit dir selbst, oder hoffst du, dass die Notizen antworten?" Greta tauchte hinter ihr auf, eine dampfende Tasse in der Hand und ein unübersehbares Grinsen im Gesicht.

„Beides", antwortete Hannah, ohne aufzublicken. „Das eine ist weniger frustrierend als das andere."

„Wie poetisch." Greta setzte sich auf die Tischkante und musterte die Notizen. „Also, was hast du herausgefunden?"

„Noch nichts, was mich nicht schon in Gefahr gebracht hätte." Hannah hielt inne, blätterte eine Seite um und seufzte. „Die Leute, die hinter mir her waren, scheinen keine Fans meiner Arbeit zu sein."

„Oder deiner Persönlichkeit."

„Danke, Greta. Immer hilfreich."

„Du weißt, ich bin nur hier, um dein Ego zu stützen."

Doch bevor Hannah etwas entgegnen konnte, wurde ihre Aufmerksamkeit von einer plötzlichen Bewegung an der Tür abgelenkt. Max Reiner stand da, in makelloser Uniform, und sah sich mit der Miene eines Mannes um, der genau wusste, dass er nicht willkommen war.

„Oh nein", murmelte Hannah. „Nicht jetzt."

„Wer ist das?" Greta folgte ihrem Blick, und ihr Lächeln wurde breiter. „Na, das ist ja mal ein Morgenkaffee, der sich sehen lassen kann."

„Hör auf, Greta."

„Warum? Er sieht aus, als ob er direkt aus einem Propagandafilm herausgeschnitten wurde."

„Er sieht aus, als ob er Ärger bringt."

Max' Blick fiel auf Hannah, und er ging direkt auf sie zu, ignorierte die neugierigen Blicke der anderen Redakteure und blieb vor ihrem Schreibtisch stehen.

„Fräulein Weber."

„Hauptmann Reiner", erwiderte sie trocken, lehnte sich in ihrem Stuhl zurück und verschränkte die Arme. „Haben Sie den Weg hierher gefunden, ohne verfolgt zu werden?"

„Nicht jeder hinterlässt eine Spur aus Chaos wie Sie."

Greta schnaubte vor unterdrücktem Lachen, stand dann aber auf und zog sich diskret zurück. „Ich bin dann mal bei meinem eigenen Schreibtisch, falls ihr euch nicht verprügelt."

Max ignorierte sie und reichte Hannah stattdessen einen Briefumschlag, der so unscheinbar aussah, dass gerade das ihn verdächtig machte.

„Was ist das?" fragte sie, ohne ihn zu nehmen.

„Etwas, das Sie sich besser ansehen, wenn niemand zuschaut."

„Vertrauen Sie mir, hier schaut niemand hin."

„Dann tun Sie es mir zuliebe trotzdem."

Hannah nahm den Umschlag schließlich und legte ihn unter ihre Notizen. „Was soll ich damit tun? Es an die nächste Litfaßsäule kleben?"

„Lesen. Denken. Aber nichts Dummes tun."

„Das ist eine hohe Erwartung."

„Ich weiß." Max' Mundwinkel zuckten, als ob er ein Lächeln unterdrückte, doch sein Blick blieb ernst. „Wir sehen uns später."

„Ich kann es kaum erwarten."

Max wandte sich um und ging zur Tür, wobei seine Haltung selbst in der hektischen Redaktion eine Aura von Autorität ausstrahlte. Hannah wartete, bis er verschwunden war, bevor sie den Umschlag hervorzog und ihn genauer betrachtete.

„Und was versteckst du, Hauptmann?" murmelte sie.

Doch bevor sie ihn öffnen konnte, rief der Chefredakteur laut durch den Raum: „Weber! Ich brauche den Artikel bis Mittag auf meinem Tisch!"

Hannah seufzte, steckte den Umschlag in ihre Tasche und beschloss, dass er noch ein wenig warten konnte.

Das „Zum Rostigen Propeller" war genau die Art von Bar, die den Namen „schäbig" mit Stolz trug. Der Rauch hing wie ein alter Vorhang in der Luft, die Tische waren klebrig, und die Jukebox spielte eine melancholische Melodie, die selbst die nüchternsten Gäste zum Trinken einlud. Hannah war sich sicher, dass der Fußboden unter einer Schicht aus verschüttetem Bier und unerfüllten Träumen lag.

Werner Kleiß saß in der Ecke, die tief im Schatten lag. Seine ölverschmierte Mütze war tief ins Gesicht gezogen, und er hatte die Haltung eines Mannes, der gewohnt war, den Kopf unten zu halten.

„Herr Kleiß?" Hannah setzte sich ihm gegenüber und schob einen Aschenbecher zur Seite, der aussah, als hätte er schon den Ersten Weltkrieg überlebt.

„Fräulein Weber", murmelte er, ohne aufzublicken. Seine Stimme war rau, wie das Scharnier einer ungeölten Tür. „Sie sind mutig, hierherzukommen."

„Mut ist mein zweiter Vorname."

„Dachte, das wäre Sarkasmus."

„Das hängt vom Tag ab."

Ein Kellner kam vorbei und stellte ein Bier vor Werner ab, ignorierte Hannah jedoch vollständig. Sie war sich nicht sicher, ob das Desinteresse Teil des Service war oder ob der Kellner einfach wusste, dass diese Ecke der Bar kein Ort für Smalltalk war.

„Ich höre, Sie wissen etwas über die Hindenburg", begann Hannah und lehnte sich zurück, die Arme verschränkt.

„Vielleicht." Werner nahm einen Schluck Bier, seine Augen huschten durch den Raum, bevor sie sich endlich auf ihr Gesicht richteten. „Aber ich bin nicht sicher, ob Sie bereit sind, es zu hören."

„Versuchen Sie es. Ich bin eine gute Zuhörerin."

Er schnaubte. „Die Hindenburg ist mehr als nur ein Luftschiff. Sie ist ein Symbol. Und wie jedes Symbol hat sie eine dunkle Seite."

„Könnten Sie das etwas weniger poetisch ausdrücken?"

Werner beugte sich vor, seine Stimme wurde leiser. „Es gibt Modifikationen. Dinge, die nicht in den offiziellen Plänen stehen. Veränderungen an der Struktur, an der Elektrik, am Treibstoffsystem."

Hannah spürte, wie sich die Spannung in ihrem Körper verstärkte. „Modifikationen? Wer hat sie angeordnet?"

„Das ist die Frage, nicht wahr?" Werner nahm einen weiteren Schluck, seine Hände zitterten leicht. „Es gibt Gerüchte. Strasser ist einer der Namen, die immer wieder fallen."

„Und was ist der Zweck dieser Modifikationen?"

„Das weiß ich nicht genau." Sein Blick wurde finster. „Aber ich kann Ihnen sagen, dass sie nicht für die Sicherheit der Passagiere gedacht sind."

Bevor Hannah weiter fragen konnte, bemerkte sie, wie Werners Gesichtsausdruck sich veränderte. Er sah zur Tür, seine Augen weiteten sich leicht, und er zog sich zurück in den Schatten.

„Was ist los?" flüsterte sie.

„Wir haben Gesellschaft."

Hannah drehte sich nicht sofort um, sondern nahm einen Schluck von dem Bier, das der Kellner ihr endlich gebracht hatte. Sie spürte, wie sich die Luft im Raum veränderte, kühler wurde, elektrisiert. Schließlich warf sie einen Blick zur Tür – und da waren sie. Zwei Männer, in schlichten, aber perfekt sitzenden Anzügen, ihre Bewegungen präzise, ihre Blicke wachsam.

„Freunde von Strasser?" fragte sie leise.

„Das sind keine Freunde."

„Großartig."

Die Männer scannten den Raum, und einer von ihnen blieb kurz an ihrer Ecke hängen, bevor er sich wieder der Bar zuwandte. Hannah wusste, dass es nur eine Frage der Zeit war, bis sie hierher kamen.

„Wir müssen hier raus", sagte Werner und begann, sich langsam zu erheben.

„Haben Sie einen Plan?"

„Nicht wirklich."

„Das beruhigt mich."

„Die Küche? Das ist Ihr Plan?" Hannah schnaubte, während Werner sie zu einer unscheinbaren Tür in der Ecke der Bar führte. „Ich hoffe, Sie wissen, wie man kocht, falls wir uns nützlich machen müssen."

„Haben Sie einen besseren Vorschlag?" Werner warf ihr einen finsteren Blick zu, seine Hand bereits an der Tür. „Oder wollen Sie hier bleiben und den Herren erklären, warum Sie über die Hindenburg sprechen?"

„Jetzt, wo Sie es sagen..."

Ein plötzlicher Blick über die Schulter zeigte ihr, dass die beiden Männer sie entdeckt hatten. Sie bewegten sich mit der Ruhe von Raubtieren, die wussten, dass ihre Beute keinen Ausweg hatte.

„Küche klingt großartig", murmelte Hannah und schob Werner zur Tür.

Die Tür führte in einen engen Gang, der nach Fett und einer Mischung aus Knoblauch und verbranntem Fleisch roch. Das Chaos der Bar wurde durch das Chaos einer belebten Küche ersetzt: Köche schrien sich gegenseitig Befehle zu, Töpfe klapperten, und ein Kellner mit einem Tablett voller Bierkrüge versuchte sich durch das Durcheinander zu drängen.

„Wissen Sie, was mir gerade einfällt?" Hannah duckte sich, als eine riesige Pfanne knapp an ihrem Kopf vorbeischwang.

„Dass Sie keinen Sinn für Abenteuer haben?" Werner schob sich an einer Köchin vorbei, die gerade einen Berg Kartoffeln zerstampfte.

„Dass wir absolut fehl am Platz sind."

„Halten Sie den Mund und bleiben Sie in Bewegung."

Ein lauter Knall ertönte, als die Küchentür hinter ihnen aufschwang. Die beiden Männer traten ein, ihre Haltung zeigte, dass sie keine Lust auf ein Abendessen, sondern auf Antworten hatten.

„Das wird nicht gut enden", murmelte Hannah und beschleunigte ihre Schritte.

„Halten Sie sich an mich." Werner steuerte zielsicher auf eine Hintertür zu, doch ein lautes „Halt!" aus dem Mund eines der Männer ließ beide innehalten.

Hannah drehte sich um, sah die Männer näherkommen und griff instinktiv nach einer der Pfannen, die am Rand eines Tisches lagen.

„Was machen Sie?" flüsterte Werner, der ebenfalls stehengeblieben war.

„Improvisieren."

„Das beruhigt mich kein bisschen."

Einer der Männer kam näher, doch bevor er etwas sagen konnte, hob Hannah die Pfanne und schwang sie mit voller Kraft. Ein lautes „Dong!" hallte durch die Küche, und der Mann taumelte zurück, eine Mischung aus Verwirrung und Schmerz auf seinem Gesicht.

„Das war... effektiv", murmelte Werner, bevor er Hannah an der Hand packte und sie zur Hintertür zog.

Doch ihre Flucht war noch nicht vorbei. Ein aufgebrachter Koch, der offensichtlich keine Geduld für Drama in seiner Küche hatte, stellte sich ihnen in den Weg, eine Schöpfkelle wie eine Waffe in der Hand.

„Wo wollen Sie hin?" rief er. „Das ist keine Abkürzung zum Ausgang!"

„Wir suchen frische Luft!" rief Hannah und versuchte, sich an ihm vorbeizudrängen.

„Frische Luft gibt es nicht umsonst!" Der Koch fuchtelte mit der Kelle, bevor er Werner ansah. „Und wer sind Sie?"

„Ein Freund von ihr", murmelte Werner und schob Hannah weiter, während der Koch noch protestierte.

Sie erreichten die Hintertür, doch als sie sie aufrissen, standen sie vor einem weiteren Problem: ein schmaler Gang voller Mülltonnen und... eine Katze, die sie mit funkelnden Augen anstarrte, als hätte sie bereits aufgegeben, an das Gute im Menschen zu glauben.

„Das ist Ihr großer Fluchtweg?" Hannah stemmte die Hände in die Hüften.

„Haben Sie eine bessere Idee?"

„Ich arbeite daran."

Ein lautes Klirren von hinten ließ sie beide aufschrecken. Die Männer waren ihnen wieder auf den Fersen, und diesmal schienen sie nicht so leicht aufzuhalten zu sein.

„Laufen!" rief Werner, und Hannah folgte ihm, während sie über Müllsäcke und Pfützen sprang.

Der Gang endete an einer kleinen Gittertür, die in einen Seitenhof führte. Werner schob sie auf, und sie stolperten hinaus, gerade rechtzeitig, um das Klirren von Scherben zu hören, als ihre Verfolger durch das Fenster kletterten.

„Wir müssen uns trennen", keuchte Werner, sein Gesicht schweißbedeckt.

„Keine Chance." Hannah schüttelte den Kopf. „Was auch immer Sie wissen, ich brauche es."

„Und wenn ich geschnappt werde, wissen Sie gar nichts mehr."

„Dann sorgen Sie dafür, dass Sie nicht geschnappt werden."

Werner zögerte, warf ihr einen langen Blick zu, dann nickte er. „Wir treffen uns morgen. Sie wissen, wo."

„Großartig."

Er verschwand in einer anderen Gasse, und Hannah blieb zurück, ihr Herz pochte in ihrer Brust, und sie wusste, dass der Abend noch lange nicht vorbei war.

Der Park war eine Oase der Stille inmitten des nächtlichen Berlins. Die Laternen warfen ihr gedämpftes Licht auf die schmalen Wege, und die Schatten der Bäume tanzten wie Geisterfiguren im Wind. Hannah saß auf einer Bank, die Hände in den Taschen ihres Mantels, während sie versuchte, ihren Atem zu beruhigen.

Sie hatte das Gefühl, dass der Abend sie nicht nur körperlich, sondern auch emotional ausgelaugt hatte. Doch bevor sie sich weiter in Selbstmitleid verlieren konnte, hörte sie Schritte auf dem Kiesweg.

„Weber."

Max' Stimme war unverkennbar, tief und ruhig, mit diesem leisen Hauch von Ironie, den sie gleichzeitig hasste und irgendwie schätzte.

„Natürlich." Sie hob den Kopf und sah, wie er aus dem Schatten der Bäume trat, seine Silhouette wie aus einem alten Film. „Ich dachte, Sie würden mir wenigstens einen Abend gönnen, an dem ich nicht in Ihr heroisches Netz gezogen werde."

„Ich bin nicht hier, um Sie zu retten."

„Das ist eine angenehme Abwechslung."

Max blieb stehen, betrachtete sie einen Moment und setzte sich dann neben sie. Sein Mantel war makellos wie immer, und er roch nach Zedernholz und einer Spur von Rauch.

„Sie sehen aus, als hätten Sie einen langen Abend hinter sich", sagte er schließlich.

„Das ist die charmante Art zu sagen, dass ich wie ein Chaos aussehe, nicht wahr?"

„Ich nenne es eine Beobachtung."

„Na dann, Hauptmann, was führt Sie in diesen romantischen Park? Haben Sie sich verlaufen?"

„Ich habe Sie gesucht."

„Wie schmeichelhaft." Sie lehnte sich zurück, ihr Blick auf ihn gerichtet. „Wollen Sie mir jetzt endlich erklären, was das alles soll?"

Max schwieg einen Moment, seine Hände in den Taschen, bevor er den Kopf leicht schüttelte. „Es gibt Dinge, die ich Ihnen nicht sagen kann."

„Natürlich nicht." Sie schnaubte leise. „Das ist Ihre Spezialität. Geheimnisse bewahren und gleichzeitig so tun, als ob Sie der Gute im Spiel sind."

„Und Sie?" Seine Stimme wurde schärfer, sein Blick durchdringend. „Was ist Ihre Spezialität, Weber? Sich in Dinge einzumischen, die Sie nichts angehen?"

„Vielleicht. Aber meine Neugier bringt wenigstens Ergebnisse."

„Und auch Probleme."

„Oh, das weiß ich. Aber ich nehme an, dafür sind Sie da."

Ein Hauch von Amüsement zuckte über seine Lippen, doch sein Gesicht blieb ernst. „Haben Sie etwas von Werner erfahren?"

„Vielleicht. Aber warum sollte ich es Ihnen sagen?"

„Weil ich der Einzige bin, der Ihnen helfen kann."

„Das klingt mehr nach einer Drohung als nach einem Angebot."

„Es ist eine Tatsache."

Hannah schwieg, ihr Blick wanderte zu den Schatten der Bäume. Irgendwo in der Ferne heulte eine Straßenkatze, und der Wind brachte den Geruch von nassem Laub mit sich.

„Werner hat etwas erwähnt", sagte sie schließlich. „Veränderungen an der Hindenburg. Dinge, die nicht in den Plänen stehen."

„Das dachte ich mir." Max klang weder überrascht noch erleichtert, sondern einfach... wissend.

„Natürlich haben Sie es schon gewusst."

„Ich wusste, dass es etwas gibt. Aber ich wusste nicht, wie viel Werner weiß."

„Und jetzt?"

„Jetzt wissen wir beide, dass er in Gefahr ist."

„Wie praktisch." Sie wandte sich wieder ihm zu, ihr Blick herausfordernd. „Warum habe ich das Gefühl, dass Sie immer genau das wissen, was ich gerade herausfinde? Sind Sie ein Hellseher, Hauptmann, oder einfach nur unverschämt gut informiert?"

„Ein bisschen von beidem."

„Wunderbar. Dann können Sie mir ja auch sagen, warum ich verfolgt werde."

„Weil Sie die Wahrheit suchen."

„Das ist keine Antwort."

„Es ist die einzige, die ich Ihnen geben kann."

Für einen Moment herrschte Stille zwischen ihnen, und Hannah spürte, wie die Spannung in der Luft wuchs. Max saß so nah, dass sie die Wärme seines Körpers spüren konnte, doch seine Haltung war distanziert, als ob er eine Grenze bewahren wollte – oder musste.

„Weber." Seine Stimme war leiser, fast ein Flüstern. „Ich weiß, dass Sie nicht aufhören werden. Aber wenn Sie weitermachen, müssen Sie vorsichtiger sein."

„Das sagt der Mann, der mich in einem Park aufsucht, als ob wir in einem Spionageroman wären."

„Vielleicht sind wir das."

„Na wunderbar."

Sein Blick hielt ihren fest, und für einen Moment war die Welt um sie herum verschwunden. Es gab keine Schatten, keine Geheimnisse, nur die unausgesprochenen Worte zwischen ihnen.

„Warum machen Sie das, Max?" fragte sie schließlich, ihre Stimme ebenfalls leise.

„Was?"

„Mich immer wieder retten. Mir Hinweise geben. Warum riskieren Sie das?"

Er hielt inne, sein Blick suchte den ihren, als ob er nach einer Antwort suchte, die er nicht laut aussprechen konnte. Doch dann zuckten seine Mundwinkel nach oben, und er antwortete mit einem Hauch von Ironie:

„Vielleicht habe ich eine Schwäche für Journalisten mit einem Hang zur Selbstzerstörung."

„Wie schmeichelhaft."

„Vielleicht."

Bevor sie etwas erwidern konnte, stand Max auf, sein Gesicht wieder kühl und kontrolliert.

„Gehen Sie nach Hause, Weber. Und seien Sie vorsichtig."

„Das höre ich oft."

„Vielleicht, weil es wichtig ist."

Er war bereits ein paar Schritte entfernt, doch dann hielt er inne und drehte sich um. „Und Weber?"

„Ja?"

„Lassen Sie sich nicht erwischen."

Hannah konnte nicht anders, als zu lächeln, auch wenn ihr Herz schneller schlug. Sie sah ihm nach, wie er in den Schatten verschwand, und wusste, dass sie ihm nicht vertrauen sollte – aber auch, dass sie keine Wahl hatte.

Kapitel 6

Hannahs erster Gedanke, als sie ihre Wohnungstür öffnete, war: **Ich habe nicht so viel Chaos hinterlassen, oder?**

Die Schubladen ihres Schreibtisches waren aufgerissen, der Inhalt auf dem Boden verstreut, ihre Bücher lagen in einem wilden Haufen auf dem Bett, und jemand hatte die Vase auf dem Fensterbrett umgestoßen. Das Wasser tropfte langsam auf den Boden und bildete eine Lache, die wie ein stiller Zeuge des Eindringlings wirkte.

„Wunderbar", murmelte sie und schloss die Tür hinter sich. „Das sieht nicht nach einem zufälligen Besuch aus."

Mit vorsichtigen Schritten ging sie durch die Wohnung und nahm jedes Detail in sich auf. Der Einbruch war gründlich gewesen, aber auch methodisch – nichts war zerbrochen oder beschädigt, außer der Vase. Jemand hatte gesucht.

Und, wie sie schnell feststellte, gefunden.

Die Notizen ihres Vaters, die sie in einer Metallkiste unter dem Bett versteckt hatte, waren verschwunden.

„Perfekt", sagte sie laut und ließ sich auf das Bett fallen. „Genau das, was ich brauche: einen unsichtbaren Dieb, der mir meine einzigen Hinweise stiehlt."

Nach einem Moment der Stille griff sie nach dem Telefon auf ihrem Nachttisch. Es gab nur eine Person, die sie anrufen konnte – auch wenn sie sich fast sicher war, dass er ihr eine Predigt darüber halten würde, vorsichtiger zu sein.

„Reiner", knurrte eine müde Stimme am anderen Ende, als er nach dem dritten Klingeln abhob.

„Weber", sagte sie scharf. „Meine Wohnung wurde durchsucht."

„Natürlich wurde sie das." Ein Hauch von Ironie lag in seiner Stimme. „Sie ziehen Ärger an wie ein Magnet."

„Danke für die moralische Unterstützung. Können Sie herkommen?"

„Sind Sie verletzt?"

„Nur mein Stolz. Können Sie kommen oder nicht?"

„Ich bin unterwegs."

Max legte auf, bevor sie antworten konnte, was sie gleichzeitig ärgerte und beruhigte. Sie stand auf, begann die Bücher auf ihrem Bett zu stapeln und versuchte, Ordnung in das Chaos zu bringen.

Es dauerte nicht lange, bis sie ein Klopfen an der Tür hörte. Sie öffnete und fand Max vor, der aussah, als wäre er direkt aus dem Bett aufgebrochen. Sein Mantel war locker über die Schultern geworfen, und seine Haare waren leicht zerzaust – ein seltener Anblick für jemanden, der normalerweise so makellos wirkte.

„Das ging schnell", sagte sie und trat zur Seite, um ihn hereinzulassen.

„Ich war in der Nähe." Er sah sich um, die Stirn gerunzelt. „Sie haben sich wirklich Mühe gegeben."

„Das ist die höfliche Art zu sagen, dass ich meine Wohnung nicht sauber halte, oder?"

„Ich rede von den Eindringlingen."

Max ging direkt zum Schreibtisch, kniete sich hin und untersuchte die aufgebrochenen Schubladen. „Was fehlt?"

„Die Notizen meines Vaters. Sie waren in einer Metallkiste unter dem Bett."

„Haben Sie Kopien?"

„Das war die Kopie."

Er richtete sich auf, die Hände in die Hüften gestemmt. „Haben Sie jemals darüber nachgedacht, Ihre Hinweise besser zu verstecken?"

„Haben Sie jemals darüber nachgedacht, mir nützliche Ratschläge zu geben, anstatt mich zu belehren?"

Sein Blick wurde weicher, und er ließ sich auf das Bett sinken. „Hannah, das hier ist ernst. Wenn sie die Notizen haben, könnten sie mehr wissen, als uns lieb ist."

„Danke für die beruhigenden Worte."

Doch bevor sie weiter diskutieren konnten, fiel ihr Blick auf die lose Diele in der Ecke des Zimmers. Etwas daran wirkte... anders. Sie ging hinüber, kniete sich hin und schob die Diele zur Seite. Darunter lag eine kleine, flache Metallbox, die mit einer dünnen Staubschicht bedeckt war.

„Was ist das?" fragte Max und trat neben sie.

„Das wüsste ich auch gern." Sie öffnete die Box vorsichtig und fand darin ein Bündel von Papieren, die so alt aussahen, dass sie fast zerfielen, sowie eine kleine Taschenuhr mit eingravierten Initialen.

„HV", murmelte sie und hielt die Uhr hoch.

„Hermann Weber", sagte Max leise. „Ihr Vater."

Hannah nickte, ihre Hände zitterten leicht, als sie die Papiere durchblätterte. Die Schrift war verblasst, aber noch lesbar – technische Skizzen, Notizen und ein Brief, den ihr Vater offensichtlich nie abgeschickt hatte.

„Das hier... das ist wichtig", sagte sie.

„Wahrscheinlich wichtiger, als Sie denken." Max nahm ihr die Papiere ab und betrachtete sie kritisch. „Wir müssen das genauer untersuchen."

„‚Wir'?" Sie hob eine Augenbraue. „Seit wann sind wir ein Team?"

„Seitdem Ihre Wohnung zum Tatort geworden ist."

„Großartig."

Ein kurzes Schweigen folgte, bevor Max aufstand, die Box in der Hand. „Ich nehme das mit. Es ist sicherer bei mir."

„Sicherer oder unerreichbarer?"

„Beides."

Sie wollte protestieren, doch die Müdigkeit und die Erschöpfung des Abends ließen sie nachgeben. „Tun Sie, was Sie wollen, Hauptmann. Aber wenn Sie mich betrügen, werde ich dafür sorgen, dass Sie es bereuen."

„Ich würde nichts anderes erwarten."

Er ging zur Tür, warf ihr einen letzten Blick zu und verschwand dann in der Dunkelheit. Hannah schloss die Tür hinter ihm, ließ sich auf das Bett fallen und spürte zum ersten Mal an diesem Abend, wie die Schwere der Ereignisse sie einholte.

Doch es war nicht die Zeit, sich auszuruhen. Der Fund ihres Vaters war erst der Anfang, und sie wusste, dass die Nacht noch nicht vorbei war.

Die alte Metallbox lag geöffnet auf Hannahs Schreibtisch, das schwache Licht der Schreibtischlampe ließ die verblassten Papiere und die glänzende Taschenuhr schimmern. Es war ein Anblick, der sowohl eine gewisse Ehrfurcht als auch Frustration hervorrief – der Fund schien voller Antworten zu stecken, doch die Zeit hatte sie in ein schwer entzifferbares Rätsel verwandelt.

„Natürlich hat er seine Geheimnisse in kryptischen Notizen versteckt", murmelte Hannah, während sie sich über die Papiere beugte und versuchte, die verschlungenen Linien und Notizen ihres Vaters zu entziffern. „Weil ein einfacher Satz wie ‚Pass auf, Hannah, das ist wichtig' ja zu einfach gewesen wäre."

Die Skizzen zeigten technische Details, die ihr vollkommen fremd waren. Irgendwelche Anordnungen von Ventilen, Tanks und Leitungen – nichts davon ergab für sie einen Sinn. Die daneben geschriebenen Anmerkungen waren teilweise unvollständig, als ob ihr Vater mitten im Schreiben unterbrochen worden wäre.

Doch ein Wort stach immer wieder hervor: **„Sicherheit"**.

Hannah lehnte sich zurück, nahm die Taschenuhr in die Hand und drehte sie zwischen den Fingern. Die eingravierten Initialen waren sorgfältig und mit einer Präzision gearbeitet, die für ihren Vater typisch gewesen war.

„Was wolltest du mir sagen, Papa?" murmelte sie, während sie die Uhr öffnete. Doch das Innere war leer – kein Mechanismus, keine Notiz, nichts. Nur eine leere Hülle.

„Wunderbar. Ein weiteres Rätsel."

Gerade als sie die Uhr zurücklegen wollte, klopfte es an ihrer Tür. Ein leises, zögerndes Klopfen, das sie sofort als Greta erkannte.

„Es ist spät, Greta!" rief sie, während sie aufstand und die Tür öffnete.

„Das habe ich gemerkt, danke." Greta trat ein, ihre Stirn in Sorgenfalten gelegt. „Aber ich dachte, du möchtest wissen, was ich herausgefunden habe."

„Wenn es besser ist als das, was ich hier habe, bin ich ganz Ohr."

Greta blieb stehen, ihre Augen fielen auf die geöffneten Papiere auf dem Schreibtisch. „Was ist das?"

„Das", sagte Hannah und deutete auf die Papiere, „ist das, was mein Vater für so wichtig hielt, dass er es unter den Dielen versteckt hat."

„Hast du etwas herausgefunden?"

„Nur, dass mein Vater ein Faible für unlesbare Notizen hatte."

Greta hob eine Augenbraue, schüttelte dann den Kopf und ließ sich auf das Sofa fallen. „Das passt zu deinem Abend."

„Und was passt zu deinem?"

„Dr. Lehmann."

Hannah erstarrte, ihre Augen weiteten sich. „Was ist mit ihm?"

„Er hatte einen... Unfall."

„Was für einen Unfall?"

„Einen, der ihn ins Krankenhaus gebracht hat." Greta seufzte. „Es heißt, er sei auf der Treppe gestürzt. Aber..."

„Aber das klingt nach Blödsinn."

„Ja." Greta beugte sich vor, ihre Stimme wurde leiser. „Es gibt Gerüchte, dass jemand nach ihm gesucht hat. Vielleicht die gleichen Leute, die hinter dir her sind."

„Großartig." Hannah ließ sich auf den Stuhl sinken, ihr Kopf drehte sich vor Gedanken. „Wie schlimm ist es?"

„Er ist bewusstlos. Aber sie sagen, dass er es schaffen könnte."

„Das hoffe ich."

Greta musterte sie einen Moment, dann stand sie auf und trat näher. „Hannah, du weißt, dass das gefährlich wird, oder? Ich meine, wirklich gefährlich."

„Das weiß ich."

„Und du machst trotzdem weiter."

„Das ist mein Job."

„Nein, dein Job ist es, über Cafés und Theaterstücke zu schreiben, nicht über geheime Pläne und sabbernde Nazis."

Hannah lachte trocken. „Es ist ein bisschen spät, um jetzt aufzuhören."

„Das dachte ich mir." Greta legte eine Hand auf ihre Schulter. „Pass auf dich auf, okay? Und ruf mich an, wenn du etwas brauchst."

„Werde ich."

Greta warf ihr einen letzten, besorgten Blick zu, bevor sie die Wohnung verließ. Hannah lehnte sich zurück, starrte auf die Papiere vor sich und wusste, dass sie noch lange nicht schlafen würde.

Das Krankenhaus lag wie ein grauer Monolith im Schatten der Nacht, beleuchtet von kaltem Neonlicht, das die Flure in ein gespenstisches Leuchten tauchte. Hannah betrat die Eingangshalle mit schnellen Schritten, ihre Schuhe klapperten auf dem Linoleumboden, während ihr Herz mit jedem Schlag schneller zu pochen schien.

Der Portier sah sie mit einer Mischung aus Müdigkeit und Desinteresse an, als sie an den Tresen trat.

„Ich suche Dr. Lehmann", sagte sie, ohne Zeit für Höflichkeiten zu verschwenden.

„Besuchszeiten sind vorbei."

„Ich bin keine Besucherin. Ich bin..." Sie zögerte, überlegte kurz, bevor sie entschlossen hinzufügte: „...eine Angehörige."

Der Mann zog eine Augenbraue hoch, ließ den Blick jedoch wieder auf sein Buch fallen. „Zimmer 314, dritte Etage. Aber seien Sie leise."

„Ich bin der Inbegriff der Diskretion", murmelte sie, als sie den Aufzug nahm.

Die Türen öffneten sich mit einem müden Seufzen, und Hannah betrat den stillen Flur der dritten Etage. Der Geruch von Desinfektionsmittel lag schwer in der Luft, und die Beleuchtung war gedämpft, als ob sie die Schreie der Patienten dämpfen wollte, die diese Mauern gesehen hatten.

Zimmer 314 war leicht zu finden. Sie drückte die Klinke herunter und trat ein, wobei sie sofort innehalten musste, als sie die Szene vor sich sah.

Ein Mann in einem weißen Arztkittel stand neben dem Bett von Dr. Lehmann, der blass und reglos dalag. Der „Arzt" blätterte in den Papieren des Patienten und wirkte so angespannt, dass Hannah wusste, dass er nicht wirklich zum Personal gehörte.

„Oh, ich wusste nicht, dass heute Nachtschicht für Amateure ist", sagte sie laut und betrat den Raum mit mehr Selbstbewusstsein, als sie tatsächlich hatte.

Der Mann drehte sich zu ihr um, seine Augen kalt und berechnend. „Wer sind Sie?"

„Die bessere Frage ist, wer Sie sind." Hannah verschränkte die Arme und lehnte sich gegen die Wand. „Denn wenn Sie ein Arzt sind, bin ich die Königin von England."

Er musterte sie einen Moment, dann zog er seine Jacke enger um sich und verließ ohne ein weiteres Wort den Raum. Doch bevor er an ihr vorbeiging, warf er ihr einen Blick zu, der ihr eine Gänsehaut über den Rücken jagte.

Kaum war er weg, trat eine neue Gestalt ein – eine junge Frau mit einer Krankenschwesterhaube, deren Erscheinung in starkem Kontrast zu der des Mannes stand. Sie wirkte ruhig, aber wachsam, ihre Augen musterten Hannah von Kopf bis Fuß.

„Sie müssen Hannah Weber sein", sagte sie.

„Das bin ich." Hannah musterte sie skeptisch. „Und Sie sind...?"

„Eliza Reiner."

Hannah blinzelte. „Reiner? Wie in... Hauptmann Reiner?"

„Genau. Max ist mein Bruder."

„Natürlich ist er das." Hannah seufzte und fuhr sich durch die Haare. „Das wird ja immer besser."

Eliza lächelte schwach, aber es war ein Lächeln, das mehr über sie verriet, als es sollte – freundlich, ja, aber auch kalkulierend. „Ich kümmere mich um Dr. Lehmann. Max hat mir gesagt, ich soll auf ihn aufpassen."

„Das erklärt, warum jemand versucht hat, ihn vor Ihnen zu ‚besuchen'."

„Das habe ich gemerkt." Eliza warf einen Blick auf das Bett. „Aber er ist stabil. Fürs Erste."

„Fürs Erste?"

„Er hat Glück gehabt. Aber jemand wollte sicherstellen, dass er nicht spricht."

„Wissen Sie, was er weiß?"

Eliza zögerte, bevor sie antwortete. „Nein. Aber wenn Max sich so bemüht, ihn zu beschützen, muss es wichtig sein."

Hannah spürte, wie ihre Neugier wuchs. „Sie scheinen nicht überrascht zu sein, dass jemand ihn angreifen wollte."

„Ich bin Krankenschwester in Berlin, Fräulein Weber. Es gibt wenig, was mich noch überrascht."

Hannah konnte ein Lächeln nicht unterdrücken. „Ich glaube, ich mag Sie, Eliza."

„Das beruhigt mich. Denn ich glaube, wir müssen zusammenarbeiten."

Bevor Hannah antworten konnte, öffnete sich die Tür erneut, und Max trat ein, seine Augen verfinstert, als er die beiden Frauen im Raum sah.

„Natürlich seid ihr hier", murmelte er und warf Hannah einen Blick zu, der irgendwo zwischen Frustration und Erleichterung lag.

„Du hast mich geschickt, Max", entgegnete Eliza mit einem unschuldigen Lächeln.

„Und Sie", sagte er und wandte sich an Hannah, „haben wieder einmal bewiesen, dass Sie keine Ahnung haben, wann es Zeit ist, nach Hause zu gehen."

„Ich war noch nie gut darin, Befehlen zu folgen."

„Das habe ich bemerkt."

Er trat näher an das Bett, sein Blick ruhte kurz auf Dr. Lehmann, bevor er sich wieder den Frauen zuwandte. „Wir müssen vorsichtig sein. Wer auch immer hinter ihm her ist, wird es wieder versuchen."

„Das dachte ich mir", sagte Hannah trocken. „Ich hoffe, Sie haben einen Plan, Hauptmann."

„Ich habe immer einen Plan."

„Das bezweifle ich."

Eliza sah zwischen den beiden hin und her, ein schwaches Lächeln auf ihren Lippen. „Ich lasse euch beide allein. Max, ich bin draußen, wenn du mich brauchst."

„Danke, Eliza."

Sie verließ den Raum, und Max setzte sich auf einen der Stühle neben dem Bett. Sein Gesicht war ernst, seine Haltung angespannt.

„Was wissen Sie, Weber?" fragte er schließlich.

„Wahrscheinlich nicht genug."
„Dann sollten wir das ändern."

Das monotone Piepen des Herzmonitors erfüllte den Raum wie ein unerbittlicher Taktgeber, der die Zeit in gleichmäßige Abschnitte zerschnitt. Dr. Lehmann lag reglos im Bett, sein Gesicht so blass, dass es mit dem weißen Kissen zu verschmelzen schien. Hannah saß auf einem harten Stuhl, die Arme vor der Brust verschränkt, während Max am Fenster stand, seine Silhouette im schwachen Licht der Straßenlaternen wie eine dunkle Skulptur.

„Es gibt bessere Arten, die Nacht zu verbringen", sagte Hannah schließlich, die Stille durchbrechend.

„Das hier zählt nicht zu meinen Favoriten", erwiderte Max, ohne sich umzudrehen.

„Wirklich? Ich dachte, Krankenhäuser wären Ihr zweites Zuhause."

„Mein Zuhause ist in der Luft."

„Natürlich ist es das."

Er drehte sich zu ihr um, seine Augen ruhten einen Moment auf ihrem Gesicht, bevor er sich setzte, den Stuhl rückwärts drehte und die Arme auf die Rückenlehne stützte. „Warum machen Sie das, Weber?"

„Das fragen Sie mich jetzt? Nach allem?"

„Ich frage Sie, weil ich wissen will, warum Sie so hartnäckig sind."

Hannah lehnte sich zurück, musterte ihn einen Moment und überlegte, wie viel sie preisgeben wollte. „Vielleicht, weil ich nicht anders kann. Mein Vater ist tot, und niemand will mir sagen, warum. Das reicht mir, um weiterzumachen."

„Das ist keine kluge Motivation."

„Und was ist Ihre?"

Seine Kiefermuskeln spannten sich, bevor er antwortete. „Ich habe meine Gründe."

„Das dachte ich mir." Sie seufzte, ihr Tonfall wurde weicher. „Max, Sie können mir vertrauen. Zumindest ein bisschen. Ich habe schließlich auch viel zu verlieren."

„Das ist das Problem. Ich will nicht, dass Sie verlieren."

Die Worte hingen einen Moment in der Luft, und Hannah spürte, wie eine unerwartete Wärme in ihrem Brustkorb aufstieg. Doch sie wusste, dass sie nicht diejenige sein konnte, die die nächste Grenze überschritt.

„Sie haben eine interessante Art, sich um Leute zu kümmern, Hauptmann. Meistens indem Sie sie anschreien."

„Es funktioniert bei Ihnen."

„Manchmal."

Ein schwaches Lächeln zuckte über seine Lippen, bevor er wieder ernst wurde. „Weber, die Dinge, die Sie wissen wollen... sie könnten Sie zerstören."

„Oder sie könnten mich retten."

„Das ist ein gefährliches Spiel."

„Ich bin gut darin."

„Das glaube ich."

Ihre Blicke trafen sich, und für einen Moment schien die Welt außerhalb des Krankenhauszimmers stillzustehen. Das Piepen des Monitors verblasste, die Kühle des Raums wurde durch die unausgesprochenen Worte zwischen ihnen ersetzt.

„Haben Sie jemals darüber nachgedacht, einfach aufzuhören?" fragte er schließlich.

„Nein."

„Warum nicht?"

„Weil ich dann nicht ich wäre."

Sein Blick wurde weicher, und er lehnte sich zurück. „Das ist sowohl bewundernswert als auch absolut verrückt."

„Ich nehme das als Kompliment."

Ein Geräusch von draußen – vielleicht ein leises Klirren oder ein Schritt – ließ beide ihre Köpfe drehen. Max stand sofort auf, seine Hand instinktiv in Richtung seiner Hüfte, wo normalerweise seine Waffe war.

„Bleiben Sie hier", sagte er leise und schlich zur Tür.

„Natürlich. Ich bleibe hier und zähle die Fliesen an der Wand."

Er ignorierte ihren Sarkasmus, öffnete die Tür einen Spalt und spähte hinaus. Nach einem Moment schloss er sie wieder und trat zurück. „Es war nichts."

„Oder es war jemand, der gut darin ist, nichts zu sein."

„Das ist auch möglich."

Er setzte sich wieder, sein Blick wanderte kurz zu Dr. Lehmann, bevor er zurück zu Hannah kehrte. „Sie sollten sich ausruhen. Es wird eine lange Nacht."

„Und was ist mit Ihnen?"

„Ich habe Übung darin, wach zu bleiben."

„Natürlich haben Sie das."

Ein kleines Lächeln zog über ihr Gesicht, bevor sie die Arme wieder verschränkte und sich zurücklehnte. Doch selbst als sie die Augen schloss, spürte sie, dass Max' Blick auf ihr ruhte, als ob er sicherstellen wollte, dass sie wirklich in Sicherheit war.

Kapitel 7

Die Redaktion der „Berliner Morgenstimme" war an diesem Morgen wie ein Bienenschwarm in Aufruhr. Stimmen überlagerten das Rattern der Schreibmaschinen, und überall lagen Papiere verstreut, als ob eine Windböe durch das Büro gefegt wäre. Hannah betrat den Raum, zog ihren Mantel aus und warf ihn über die Stuhllehne, während sie sich vorsichtig zu ihrem Schreibtisch durchkämpfte.

„Was ist hier los?" fragte sie, als sie an Greta vorbeiging, die sich über einen Stapel Fotos beugte.

„Das übliche Chaos", murmelte Greta, ohne aufzublicken. „Außerdem hat der Chefredakteur schlechte Laune. Ich schätze, du wirst bald herausfinden, warum."

Hannah verdrehte die Augen. Der Chefredakteur hatte eine Vorliebe dafür, seine schlechte Laune an allem und jedem auszulassen, und sie wusste, dass sie sich auf etwas gefasst machen musste.

„Weber!" rief eine dröhnende Stimme quer durch den Raum. „In mein Büro! Sofort!"

„Und da ist er", murmelte Hannah, bevor sie sich auf den Weg machte.

Das Büro des Chefredakteurs war klein, stickig und überfüllt mit Kaffeetassen und Zeitungsausschnitten, die an der Wand hingen. Er saß hinter seinem Schreibtisch, den Blick grimmig, als ob er gerade beschlossen hätte, dass die Welt ihn persönlich beleidigt hatte.

„Setzen Sie sich", knurrte er, und Hannah folgte widerwillig.

„Ist das ein schlechter Tag oder ein schlechter Monat?" fragte sie trocken.

„Sparen Sie sich Ihre Witze, Weber. Ich habe eine Aufgabe für Sie."
„Ich bin ganz Ohr."
Er schob ein Blatt Papier über den Schreibtisch, und Hannah nahm es, ihre Augen über die Worte gleitend. Es war eine Anweisung, einen Bericht über den bevorstehenden Flug der Hindenburg zu schreiben.
„Interessant", sagte sie schließlich. „Aber warum ich?"
„Weil Sie gut darin sind, Fragen zu stellen. Und weil die Leser eine menschliche Perspektive wollen. Interviews mit der Crew, die Geschichte des Schiffs – das Übliche."
„Und nichts Ungewöhnliches?"
„Nichts, was Sie wissen müssen."
Das klang verdächtig, und Hannah wusste, dass sie genauer hinsehen musste. Doch sie nickte, faltete das Papier zusammen und steckte es in ihre Tasche. „Wann soll ich anfangen?"
„Sofort. Sie fahren morgen zur Basis in Frankfurt."
„Wie aufregend."
„Tun Sie einfach, was ich Ihnen sage, Weber."
Sie erhob sich, doch bevor sie gehen konnte, hielt er sie zurück. „Und Weber?"
„Ja?"
„Seien Sie vorsichtig."
Das war ein Satz, den sie in letzter Zeit zu oft gehört hatte, und er verstärkte nur ihre Vermutung, dass etwas im Hintergrund vor sich ging.
Zurück an ihrem Schreibtisch lehnte sich Hannah in ihren Stuhl und warf Greta einen Blick zu, die ihre Neugier offensichtlich nicht verbergen konnte.
„Also? Was wollte er?" fragte Greta.
„Ein Bericht über die Hindenburg."
Greta hob eine Augenbraue. „Klingt harmlos."
„Das tut es immer."

Hannah spürte, wie jemand an ihrem Schreibtisch vorbeiging, und als sie aufsah, bemerkte sie einen Kollegen, der ihr einen kurzen, aber bedeutungsvollen Blick zuwarf. Sie kannte ihn kaum, doch sein Verhalten war eindeutig – er wollte sprechen.

„Ich brauche frische Luft", sagte sie zu Greta und stand auf.

„Das sagt man immer, bevor man etwas Verrücktes tut."

Hannah ignorierte sie, folgte dem Kollegen aus der Redaktion und in eine Seitengasse, wo er bereits wartete.

„Was gibt's?" fragte sie.

„Ihr Auftrag... es gibt mehr, als Sie wissen", sagte er leise, seine Augen suchten die Straße nach Lauscher ab.

„Das dachte ich mir."

„Ich kann Ihnen nicht alles sagen, aber passen Sie auf. Nicht nur auf der Basis, sondern auch hier. Jemand beobachtet Sie."

„Das höre ich oft."

Er schüttelte den Kopf. „Diesmal ist es ernst."

„Das sagen Sie, aber ich brauche mehr."

Er zögerte, bevor er antwortete. „Die Hindenburg ist nicht nur ein Luftschiff. Sie ist eine Bühne – und jeder Spieler hat seine eigene Agenda."

Bevor sie weiter fragen konnte, verschwand er in der Menge, und Hannah blieb mit mehr Fragen als Antworten zurück.

Die Reise zur Hindenburg-Basis hatte etwas beinahe Theatralisches. Der Zug fuhr durch eine Landschaft, die im Morgenlicht glitzerte, als wolle sie alle Zweifel an der Größe Deutschlands zerstreuen. Doch Hannah konnte die düstere Vorahnung nicht abschütteln, die wie ein Schatten über ihr lag.

Als der Zug in Frankfurt hielt, stieg sie aus und sah sich um. Die Luft war erfüllt von einer Mischung aus Kohlenrauch und der entfernten Süße von Feldern. Ein Auto wartete bereits auf sie – ein schwarzer Mercedes, dessen Lack so glänzend war, dass er beinahe wie eine Warnung wirkte.

Der Fahrer, ein wortkarger Mann mit einem Gesichtsausdruck, der nach „Keine Fragen stellen" schrie, fuhr sie direkt zur Basis. Die gigantischen Hangars, die in der Ferne auftauchten, wirkten wie Kathedralen der Moderne. Die Hindenburg selbst war halb sichtbar, ihr massiver Rumpf glänzte wie das Rückgrat eines schlafenden Tieres.

„Beeindruckend", murmelte Hannah, als sie ausstieg.

„Beeindruckend ist ein schwaches Wort."

Die Stimme ließ sie innehalten. Sie drehte sich um und sah Max, der in makelloser Uniform und mit einer Haltung, die förmlich „Pflichtbewusstsein" schrie, auf sie zuging.

„Reiner", sagte sie mit gespielter Überraschung. „Ich wusste nicht, dass Sie hier arbeiten. Oder gehören Sie jetzt zum Begrüßungskomitee?"

„Ich bin hier, um sicherzustellen, dass Sie keinen Ärger machen."

„Ich mache nie Ärger. Ärger findet mich."

Er schenkte ihr ein schwaches Lächeln, das so flüchtig war, dass sie fast glaubte, es sich eingebildet zu haben. „Kommen Sie mit. Es gibt viel zu sehen, und nur wenig davon ist für Ihre Augen bestimmt."

„Das ist beruhigend."

Max führte sie in den Hangar, wo Ingenieure und Mechaniker an den Seilen und Leitungen der Hindenburg arbeiteten. Der Geruch von Maschinenöl und frischer Farbe erfüllte die Luft, und das Summen von Gesprächen und Werkzeugen bildete eine seltsame Symphonie.

„Die Hindenburg ist ein Meisterwerk", sagte Max, als sie an einem der gewaltigen Wasserstofftanks vorbeigingen. „Ein Symbol für Deutschlands Stärke und Innovation."

„Und auch für Deutschlands Arroganz?" fragte Hannah, die ihren Blick über die riesigen Strukturen schweifen ließ.

„Arroganz und Ehrgeiz liegen oft nah beieinander."

„Sie sollten sich eine Karriere als Philosoph überlegen, Hauptmann."

„Und Sie sollten sich angewöhnen, weniger zu sprechen."

Hannah grinste, folgte ihm jedoch schweigend, als sie zu einer Gruppe von Offizieren und Ingenieuren kamen, die auf sie warteten. Der Anführer, ein älterer Mann mit scharfen Gesichtszügen und einer Haltung, die Respekt einforderte, stellte sich als Direktor der Basis vor.

„Fräulein Weber", sagte er, „wir freuen uns, dass die Presse so großes Interesse an unserem Projekt zeigt. Die Hindenburg ist das Herzstück unserer Vision."

„Das Herzstück?" Hannah hob eine Augenbraue. „Ich dachte, sie wäre das Werkzeug."

Der Direktor lächelte knapp. „Werkzeuge können Herzen haben. Folgen Sie mir."

Er begann mit einer offiziellen Führung, die aus glänzenden Zahlen und patriotischen Floskeln bestand. Hannah hörte zu, machte Notizen, aber sie spürte, dass die wahren Geschichten unter der Oberfläche lauerten – und nicht in den Broschüren.

Gelegentlich begegneten sich ihre und Max' Blicke. Einmal machte er eine winzige Handbewegung, kaum wahrnehmbar, doch Hannah verstand sofort. **Sei aufmerksam.**

Als die Gruppe eine kurze Pause einlegte, nutzte Hannah die Gelegenheit, um sich unauffällig von den anderen zu entfernen. Sie fand eine Seitentür, die in einen stilleren Bereich führte – weg von der Showbühne und hin zu den Arbeitsräumen der Mechaniker.

Max folgte ihr kurze Zeit später, seine Schritte leise wie die eines Raubtiers. „Was machen Sie hier?"

„Ich dachte, ich sehe mir die weniger glänzenden Seiten dieses Ortes an."

„Das hier ist kein Spielplatz, Weber."
„Das habe ich bemerkt."
Er hielt inne, sein Blick suchte den Raum ab. „Seien Sie vorsichtig. Es gibt Dinge, die Sie hier nicht sehen sollten."
„Das sagen Sie mir ständig."
„Vielleicht, weil ich es ernst meine."
Die Spannung zwischen ihnen war fast greifbar, doch bevor Hannah etwas erwidern konnte, öffnete sich eine andere Tür, und eine weitere Person trat ein. Es war Werner, der Mechaniker, den sie bereits kannte. Sein Gesichtsausdruck war angespannt, als er die beiden sah.
„Hannah", sagte er, „Sie sollten nicht hier sein."
„Das höre ich auch oft."
Werner schüttelte den Kopf, trat näher und flüsterte: „Es gibt Pläne – Dinge, die nicht offiziell sind. Sie sollten gehen, bevor Sie zu viel erfahren."
„Zu spät."
Max warf Werner einen scharfen Blick zu. „Sind Sie sicher, dass Sie hier reden sollten?"
„Ich bin sicher, dass wir alle zu viel riskieren."
Hannah spürte, wie sich ein neuer Knoten in ihrem Magen bildete. Die Geheimnisse, die die Hindenburg umgaben, schienen tiefer und gefährlicher zu sein, als sie erwartet hatte.

Die Geräusche in der Halle der Mechaniker waren gedämpft, als ob der Raum selbst das Atmen unterdrückte. Die Wände waren mit Werkzeugen, technischen Skizzen und ölverschmierten Plänen bedeckt, während in der Mitte ein unfertiger Abschnitt der Hindenburg wie ein mechanisches Rätsel thronte. Hannah bewegte sich vorsichtig durch den Raum, Max dicht hinter ihr, die Anspannung zwischen ihnen so greifbar wie der Geruch von Metall und Schmieröl.

„Weber", begann Max leise, „ich hoffe, Sie wissen, dass das hier keine brillante Idee ist."

„Brillante Ideen sind langweilig."

„Nein, brillante Ideen halten Sie am Leben."

Hannah ignorierte ihn und ließ ihren Blick über die verstreuten Papiere gleiten, die auf einem Arbeitstisch lagen. Sie hob eines auf und warf einen kurzen Blick darauf – technische Zeichnungen, die ihr nichts sagten, doch das Logo der Hindenburg prangte auffällig in der Ecke.

„Das sieht interessant aus."

Max nahm ihr das Papier aus der Hand, seine Miene ernst. „Das sollten Sie nicht berühren."

„Warum? Glauben Sie, es explodiert?"

„Nein, aber es könnte uns beide in Schwierigkeiten bringen."

„Zu spät."

Bevor er antworten konnte, ertönte hinter ihnen ein leises Geräusch – Schritte, die sich näherten, schwer und gleichmäßig. Max reagierte sofort, zog Hannah zur Seite und drückte sie hinter einen Stapel leerer Kisten.

„Was soll das?" flüsterte sie.

„Schweigen Sie einfach."

Durch den Spalt zwischen den Kisten sah Hannah, wie zwei Männer den Raum betraten. Einer von ihnen war in einen grauen Mantel gekleidet, der andere trug die Uniform eines Ingenieurs. Ihre Stimmen waren leise, doch die Worte, die sie aufschnappte, waren alles andere als beruhigend.

„Die Modifikationen sind fast abgeschlossen", sagte der Ingenieur. „Aber es gibt immer noch Probleme mit der Sicherheit."

„Das spielt keine Rolle", antwortete der Mann im Mantel. „Das Ziel ist wichtiger als die Mittel."

Max erstarrte neben ihr, und Hannah spürte die Spannung in seiner Haltung. Sie wollte etwas sagen, doch sein Blick – kühl und eindringlich – hielt sie davon ab.

Die Männer blieben noch einen Moment stehen, bevor sie sich umdrehten und wieder verschwanden. Die Tür fiel hinter ihnen ins Schloss, und die Stille kehrte zurück.

„Das war knapp", flüsterte Hannah, doch Max antwortete nicht. Stattdessen griff er nach einem der Papiere, die auf dem Tisch zurückgelassen worden waren. Sein Gesichtsausdruck verhärtete sich, als er die Zeichnungen betrachtete.

„Was ist das?" fragte sie, ihre Stimme immer noch gedämpft.

„Nichts, was Sie wissen sollten."

„Max."

Er hielt inne, sah sie an, und für einen Moment dachte sie, er würde ihr tatsächlich eine Antwort geben. Doch dann steckte er das Papier in seine Jacke.

„Wir müssen hier weg."

„Sie weichen der Frage aus."

„Das tue ich ständig. Kommen Sie."

Hannah folgte ihm widerwillig, ihre Gedanken rasten. Etwas an der Art, wie Max reagiert hatte, ließ sie wissen, dass die Situation noch ernster war, als sie es sich vorgestellt hatte.

Als sie den Technikraum verließen und sich zurück in die Hauptbereiche der Basis bewegten, bemerkte Hannah, dass Max ungewöhnlich schweigsam war. Sein Blick war scharf, und er schien jede Bewegung in ihrer Umgebung zu registrieren.

„Was haben Sie da gesehen?" fragte sie schließlich, ihre Geduld am Ende.

„Sie sind wirklich unermüdlich, nicht wahr?"

„Es ist eine meiner besten Eigenschaften."

Er hielt inne, drehte sich zu ihr um und sah sie an, als würde er abwägen, wie viel er preisgeben konnte. „Es ist etwas, das nicht existieren sollte."

„Das ist sehr hilfreich."

„Es muss reichen."

„Natürlich muss es das."

Er lächelte schwach, doch es war ein Lächeln, das keine Freude zeigte. „Weber, Sie sind in etwas hineingeraten, das größer ist, als Sie verstehen. Und wenn Sie nicht vorsichtig sind, wird es Sie verschlingen."

„Dann müssen Sie mir helfen, zu verstehen."

„Vielleicht."

Er wandte sich ab und ging weiter, doch Hannah wusste, dass sie die Sache nicht ruhen lassen konnte. Was auch immer die Hindenburg verbarg, es war nicht nur ein technisches Rätsel – es war ein Spiel auf Leben und Tod.

D er Stadtpark wirkte wie eine andere Welt. Die hohen Bäume warfen ihre Schatten unter das matte Licht der Laternen, und das Rascheln der Blätter im Wind übertönte das entfernte Murmeln der Stadt. Hannah zog ihren Mantel fester um sich, als sie den Kiesweg entlangging. Das Treffen mit Max war kaum eine Stunde vorher arrangiert worden, doch die Dringlichkeit in seiner Stimme ließ keinen Zweifel daran, dass dies keine gewöhnliche Unterhaltung werden würde.

Sie fand ihn an einem der abgelegenen Teiche, die Hände tief in den Taschen seines Mantels vergraben. Das Mondlicht ließ seine Züge härter wirken, aber etwas in seiner Haltung – angespannt, aber doch irgendwie vertraut – ließ sie sich unwillkürlich entspannen.

„Sie wählen wirklich die besten Orte für geheime Treffen", sagte sie und blieb ein paar Schritte entfernt stehen.

„Ich dachte, Sie mögen die dramatische Kulisse."
„Wenn ich Drama will, bleibe ich in meiner Redaktion."
„Dort sind Sie leichter zu finden."
Er drehte sich zu ihr um, seine Augen musterten sie, als ob er nach etwas suchte, das nur er erkennen konnte. „Hannah, warum hören Sie nicht auf?"
„Das haben Sie schon gefragt. Und ich habe Ihnen geantwortet."
„Ich muss es trotzdem wissen."
„Weil ich keine andere Wahl habe. Mein Vater ist tot, und die Wahrheit darüber liegt irgendwo in diesem Netz aus Lügen und Intrigen. Wenn ich aufhöre, hat sein Tod keinen Sinn."
Max schüttelte leicht den Kopf, ein Schatten von Bedauern in seinem Blick. „Es gibt keine Wahrheit, die diesen Schmerz heilt."
„Vielleicht nicht. Aber ich will es trotzdem wissen."
Er trat einen Schritt näher, und sie spürte, wie die Luft zwischen ihnen dichter wurde. Sein Blick war intensiv, fast forschend, und sie hielt ihn stand, obwohl ihr Herz schneller schlug.
„Sie sind stur", sagte er schließlich, ein schwaches Lächeln auf seinen Lippen.
„Das sagt der Richtige."
„Vielleicht brauchen wir das beide."
Sie wollte etwas Erwiderndes sagen, doch sein Blick hielt sie zurück. Es gab eine Verletzlichkeit in ihm, die sie selten sah, und sie wusste, dass dieser Moment anders war – wichtiger, bedeutender.
„Max... warum tun Sie das?" fragte sie leise.
„Was?"
„Mich beschützen. Helfen. Sie riskieren so viel, und doch sagen Sie mir nicht, warum."
Er hielt inne, als ob er nach den richtigen Worten suchte, doch stattdessen trat er einen weiteren Schritt auf sie zu. Seine Hand hob sich, zögernd, bevor sie eine Haarsträhne aus ihrem Gesicht strich.

„Weil Sie mich daran erinnern, dass es noch etwas gibt, das es wert ist, beschützt zu werden."

Hannahs Atem stockte, und für einen Moment war die Welt um sie herum verschwunden. Es gab nur ihn, sein Gesicht so nah, dass sie die Wärme seiner Haut spüren konnte.

„Das ist das gefährlichste, was Sie bisher gesagt haben", flüsterte sie.

„Ich weiß."

Bevor sie weiter sprechen konnte, senkte er seinen Kopf, und ihre Lippen trafen sich in einem Kuss, der gleichzeitig sanft und von einer intensiven Dringlichkeit geprägt war. Es war, als ob all die Spannung und das unausgesprochene Verlangen zwischen ihnen in diesem Moment explodierten.

Hannah spürte, wie ihre Hände sich an seinem Mantel festhielten, als ob sie ihn zurückhalten wollte – oder sich selbst. Doch genauso schnell, wie es begonnen hatte, zog Max sich zurück, seine Augen suchten die ihren, als ob er nach einer Antwort auf eine unausgesprochene Frage suchte.

„Das war... unerwartet", sagte sie schließlich, ihre Stimme leiser, als sie erwartet hatte.

„Manchmal ist das Unerwartete das Einzige, was Sinn ergibt."

Bevor sie antworten konnte, wurde die Stille von einem leisen Geräusch durchbrochen – Schritte, die sich näherten, gleichmäßig und unheilvoll. Max reagierte sofort, drehte sich in Richtung des Geräuschs, sein Körper angespannt wie eine gespannte Feder.

Aus dem Schatten trat eine bekannte Gestalt: Kurt Strasser. Sein Gesicht war von einem unheilvollen Lächeln geprägt, und seine Augen funkelten vor Berechnung.

„Wie romantisch", sagte er, seine Stimme kalt und spöttisch. „Ein Hauptmann der Luftwaffe und eine Journalistin, die sich im Mondlicht treffen. Fast wie in einem Roman."

Hannahs Herz setzte einen Schlag aus, doch sie ließ sich nichts anmerken. „Herr Strasser. Schön, Sie zu sehen. Ich wusste nicht, dass Sie ein Fan von Spaziergängen sind."

„Oh, ich liebe es, frische Luft zu schnappen. Besonders, wenn ich interessante Gesellschaft finde."

Max trat einen Schritt vor, sein Blick eiskalt. „Was wollen Sie, Strasser?"

„Nur ein Gespräch." Strasser hob die Hände in einer Geste gespielter Unschuld. „Es gibt so viele Gerüchte, und ich dachte, ich könnte etwas Klarheit schaffen."

„Dann klären Sie uns auf", sagte Hannah, ihre Stimme scharf.

„Oh, das werde ich." Sein Lächeln wurde breiter, doch es hatte nichts Freundliches an sich. „Aber nicht hier. Und nicht jetzt."

Mit diesen Worten drehte er sich um und verschwand wieder in den Schatten, doch die Spannung blieb, als ob er immer noch dort wäre, lauernd, beobachtend.

„Das war eine Warnung", sagte Max leise.

„Das war eine Drohung."

„Beides."

Hannah sah ihn an, und sie wusste, dass ihre Welt sich schneller drehte, als sie mithalten konnte. Doch eines war klar: Der Weg zurück war längst keine Option mehr.

Kapitel 8

Hannah lag in ihrem Bett und starrte an die Decke. Das Mondlicht war längst durch die graue Dämmerung ersetzt worden, doch ihr Kopf fühlte sich schwerer an als nach einer Flasche schlechten Weins. Sie rollte sich auf die Seite, zog die Decke über den Kopf und knurrte leise.

„Du bist offiziell verrückt, Hannah Weber", murmelte sie zu sich selbst.

Der Kuss mit Max – nein, der Moment mit Max – war wie ein Fiebertraum gewesen. Einer, der sie nun quälte, weil sie nicht wusste, was sie daraus machen sollte.

Ein Klopfen an der Tür riss sie aus ihren Gedanken. Sie warf die Decke zurück, stand widerwillig auf und schlurfte zur Tür, wo Greta mit einem dampfenden Becher Kaffee und einem erwartungsvollen Grinsen auf sie wartete.

„Guten Morgen, Schlafmütze", sagte Greta und drückte ihr den Becher in die Hand. „Du siehst aus, als hättest du die Nacht mit einem Hauptmann der Luftwaffe verbracht."

Hannahs Gesichtsausdruck verriet sie, bevor sie etwas sagen konnte. Greta zog eine Augenbraue hoch. „Oh. Mein. Gott. Hannah!"

„Halt den Mund."

„Ich wusste es! Irgendetwas lief da zwischen euch!"

„Greta, bitte. Ich brauche heute keine dramatische Aufbereitung meiner Fehler."

„Fehler?" Greta folgte ihr ins Zimmer und setzte sich auf die Bettkante, während Hannah einen großen Schluck Kaffee nahm. „Das klang nicht nach einem Fehler. Was ist passiert?"

„Ein Kuss", gab Hannah widerwillig zu. „Ein verdammt guter Kuss. Aber das ist nicht der Punkt."

„Natürlich ist das der Punkt!" Greta lachte leise. „Du hast endlich etwas, das kein Gerücht oder ein skandalöser Artikel ist. Das nennt man Romantik."

„Ich nenne es Verwirrung."

„Warum?"

„Weil Max... weil er ein Rätsel ist." Hannah ließ sich auf einen Stuhl fallen. „Ich weiß nicht, was er wirklich will oder warum er so handelt, wie er es tut. Und jetzt habe ich mich vielleicht in etwas hineingeritten, aus dem ich nicht mehr herauskomme."

Greta musterte sie nachdenklich. „Vielleicht hat er einen Grund, sich zu verschließen. Aber manchmal musst du den Sprung wagen, Hannah."

Bevor Hannah antworten konnte, klopfte es erneut an der Tür, diesmal schärfer, fast wie ein Schlag. Sie tauschten einen Blick, bevor Hannah die Tür öffnete.

Ein Kurier stand da, hielt ihr einen Umschlag hin und verschwand, bevor sie etwas fragen konnte.

„Ein Liebesbrief?" Greta grinste, doch Hannahs Herz zog sich zusammen, als sie den Umschlag öffnete. Darin befand sich nur ein einzelnes Stück Papier mit einer kurzen, aber beunruhigenden Nachricht:

„Treffen Sie mich um 10 Uhr im Café Linden. Es gibt Neuigkeiten, die Sie hören müssen. Vertrauen Sie niemandem."

Das Café Linden war eine unscheinbare Ecke in einer ruhigen Berliner Straße, wo die Geräusche der Stadt von den dicken Wänden gedämpft wurden und der Geruch von frisch gebrühtem Kaffee in der Luft lag. Es war ein Ort, der mehr zum Flüstern als zum Reden einlud – perfekt für geheime Treffen.

Hannah betrat das Café, zog ihren Mantel enger und ließ ihren Blick durch den Raum schweifen. Ihr Herz schlug schneller, als sie bemerkte, dass in einer Ecke ein Mann saß, dessen Gesicht von der tief ins Gesicht gezogenen Hutkrempe verdeckt war. Er sah auf, nur kurz, und nickte ihr zu.

„Natürlich ein Klischee", murmelte sie und ging zu ihm hinüber.

„Frau Weber", begann er, als sie sich setzte. Seine Stimme war leise, aber fest, und sein Akzent verriet, dass er nicht aus Berlin stammte. „Ich habe Informationen, die Sie interessieren könnten."

„Das hoffe ich doch." Hannah bestellte einen Kaffee, bevor sie den Mann direkt ansah. „Also, wer sind Sie, und warum sollte ich Ihnen vertrauen?"

„Mein Name ist nicht wichtig. Was wichtig ist, ist, was ich Ihnen sagen kann."

„Gut, dann sparen Sie sich die Geheimniskrämerei und kommen Sie zum Punkt."

Der Mann zögerte, dann zog er ein kleines Bündel Papiere aus seiner Manteltasche und legte es auf den Tisch. „Max Reiner. Kennen Sie ihn?"

Hannahs Augen verengten sich. „Vielleicht."

„Vielleicht ist nicht genug. Sie müssen vorsichtig sein."

„Und warum sollte ich das?"

Der Mann lehnte sich vor, seine Stimme senkte sich zu einem Flüstern. „Weil er nicht das ist, was er zu sein vorgibt. Reiner spielt ein gefährliches Doppelspiel."

Hannahs Herz setzte einen Schlag aus, doch sie hielt ihre Fassade aufrecht. „Das klingt nach einer sehr ernsten Anschuldigung. Haben Sie Beweise?"

„Hier." Er schob die Papiere zu ihr hinüber. „Berichte, die er an Strasser weitergeleitet hat. Details über Ihre Nachforschungen, Bewegungen, sogar private Gespräche. Er überwacht Sie, Frau Weber."

Hannah schluckte, nahm die Papiere und begann, sie zu überfliegen. Die Schrift war sauber, fast kalt, und die Informationen darauf ließen keinen Zweifel daran, dass sie aus erster Hand stammten.

„Woher haben Sie das?" fragte sie, ihre Stimme war leiser geworden.

„Das tut nichts zur Sache. Was zählt, ist, dass Sie jetzt die Wahrheit kennen."

„Die Wahrheit?" Sie legte die Papiere beiseite und sah ihm direkt in die Augen. „Die Wahrheit ist selten so einfach, wie Sie es darstellen."

„Vielleicht. Aber Sie sollten vorsichtig sein. Wenn Sie ihm vertrauen, könnte das Ihr Ende bedeuten."

Hannah saß schweigend da, die Worte des Mannes hallten in ihrem Kopf wider. Sie wollte nicht glauben, was er sagte, doch die Beweise vor ihr waren schwer zu ignorieren.

„Warum helfen Sie mir?" fragte sie schließlich.

„Weil ich weiß, was auf dem Spiel steht." Er stand auf, zog seinen Mantel enger und warf ihr einen letzten Blick zu. „Passen Sie auf sich auf, Frau Weber. Vertrauen Sie niemandem."

Mit diesen Worten verschwand er aus dem Café und ließ Hannah allein mit den Papieren und einem Kopf voller Fragen zurück.

Das Café in der Mitte Berlins war eines dieser Etablissements, das vorgab, gehobenen Geschmack zu bedienen, während der Kaffee bestenfalls mittelmäßig war. Hannah betrat den Raum mit einem Sturm aus Zweifeln und Wut in ihrem Inneren. Die Worte des Informanten und die Papiere, die sie gelesen hatte, brannten wie ein Funken, der eine Flamme in ihrem Kopf entzündet hatte.

Max saß bereits an einem der hinteren Tische, eine Zeitung vor sich ausgebreitet. Er wirkte so entspannt, dass es Hannah fast wütend machte. Als ob nichts in der Welt ihn berühren könnte – oder als ob er sicher war, dass niemand es wagen würde.

„Pünktlich wie immer", sagte er, ohne aufzusehen, als sie sich setzte.

„Manche Dinge lasse ich mir nicht entgehen." Ihre Stimme war scharf, und Max hob den Kopf, seine Augen sich verengend, als er ihren Tonfall bemerkte.

„Was ist passiert?"

„Das sollten Sie mir sagen."

„Hannah..."

„Hören Sie auf, mich mit diesem Ton anzusprechen!" Ihre Stimme war leiser geworden, doch die Wut darin war unüberhörbar. Sie zog die Papiere aus ihrer Tasche und warf sie vor ihn auf den Tisch. „Vielleicht können Sie mir das erklären."

Max' Gesicht blieb regungslos, während er die Dokumente überflog. Sein Schweigen, so kontrolliert es auch war, machte Hannah noch wütender.

„Das ist alles?" fragte er schließlich.

„Das ist alles?" Sie lachte trocken. „Sind Sie wirklich so kalt? Das hier ist ein Verrat, Max! Sie haben mich ausspioniert, für Strasser gearbeitet, alles, was ich getan habe, beobachtet – und Sie fragen, ob das alles ist?"

„Hannah." Seine Stimme war leise, doch die Autorität darin brachte sie dazu, innezuhalten. „Das ist nicht das, was Sie denken."

„Oh, wirklich? Vielleicht haben Sie vergessen, dass ich lesen kann."

Er legte die Papiere beiseite und sah sie an, seine Augen dunkler als je zuvor. „Es gibt Dinge, die Sie nicht verstehen können. Noch nicht."

„Dann erklären Sie es mir."

„Ich kann nicht."

„Natürlich nicht." Sie lehnte sich zurück, verschränkte die Arme vor der Brust. „Weil das Ihr Lieblingsspiel ist, oder? Geheimnisse bewahren, lügen, manipulieren..."

„Hannah." Sein Ton wurde schärfer. „Hören Sie auf. Jetzt."

Doch bevor sie antworten konnte, öffnete sich die Tür, und eine Gruppe Männer in dunklen Mänteln trat ein. Einer von ihnen war niemand Geringeres als Kurt Strasser. Sein Blick fiel sofort auf die beiden, und sein Lächeln war so kalt wie der Wind, der durch die Tür hereinkam.

„Wie schön, Sie beide zu sehen", sagte Strasser, während er sich näherte.

Hannah spürte, wie Max sich anspannte, seine Haltung so wachsam wie die eines Tieres, das in die Enge getrieben wurde.

„Strasser", sagte er, seine Stimme glatt, doch seine Augen funkelten gefährlich.

„Hauptmann Reiner." Strasser ließ sich auf einen Stuhl an ihrem Tisch fallen, als gehöre der Ort ihm. „Und Fräulein Weber. Wie romantisch, Sie beide hier zu sehen."

Hannah verschränkte die Arme noch enger. „Romantik ist eine Sache, die Sie nicht verstehen würden."

„Vielleicht nicht. Aber ich verstehe Loyalität." Strassers Blick glitt zu Max, und ein Hauch von Triumph lag in seinem Lächeln. „Sind Sie sicher, dass Sie das tun, Hauptmann?"

„Loyalität ist eine Frage der Perspektive", antwortete Max kühl.

„Das stimmt." Strasser richtete seinen Blick auf Hannah. „Und Ihre Perspektive, Fräulein Weber? Haben Sie darüber nachgedacht, wem Sie vertrauen?"

„Das tue ich immer."

„Das hoffe ich." Strasser lehnte sich zurück, sein Blick wanderte zwischen den beiden hin und her. „Manchmal können die Menschen, die uns am nächsten stehen, die gefährlichsten sein."

„Wie Sie?" konterte Hannah scharf.

Sein Lächeln wurde breiter. „Ich bin gefährlich, ja. Aber nicht für Sie. Noch nicht."

Mit diesen Worten erhob er sich, nickte Max zu und verließ das Café, gefolgt von seinen Männern. Die Stille, die er hinterließ, war schwer und angespannt.

Hannah wandte sich wieder Max zu, ihre Augen funkelten vor Zorn. „Das war eine Warnung, oder?"

„Das war eine Botschaft."

„Und was bedeutet sie?"

Max seufzte, fuhr sich durch die Haare und sah sie an. „Es bedeutet, dass wir keine Zeit haben, uns gegenseitig zu bekämpfen."

„Das sagen Sie jetzt?"

„Hannah." Sein Ton war eindringlich, fast flehend. „Sie müssen mir vertrauen."

„Warum sollte ich das?"

„Weil ich der Einzige bin, der Sie vor ihm beschützen kann."

Sie hielt inne, ihre Wut vermischte sich mit Verwirrung und etwas anderem – etwas, das sie nicht benennen konnte. „Ich weiß nicht, ob ich Ihnen glauben kann, Max."

„Dann bleiben Sie und finden es heraus."

Seine Worte hallten in ihrem Kopf nach, als sie schließlich nickte – mehr aus Instinkt als aus Überzeugung. Doch tief in ihrem Inneren wusste sie, dass sie bereits eine Wahl getroffen hatte.

Hannah stand vor der kleinen Wohnungstür, hinter der Max' Schwester Eliza lebte. Sie hatte gezögert zu kommen – nicht, weil sie Eliza nicht mochte, sondern weil sie nicht wusste, wie viel die Frau wusste. Oder noch schlimmer, wie viel sie bereit war, zu teilen.

Nach einem kurzen, entschlossenen Atemzug klopfte sie an.

Die Tür öffnete sich fast sofort, und Eliza sah sie mit einer Mischung aus Überraschung und Besorgnis an. „Hannah? Was ist los?"

„Wir müssen reden."

Eliza nickte, trat zur Seite und ließ sie eintreten. Die Wohnung war klein, aber ordentlich, mit Büchern und kleinen Blumenvasen, die eine warme Atmosphäre schufen – ein krasser Kontrast zu den düsteren Gedanken, die Hannah verfolgten.

„Setz dich." Eliza ging in die Küche und kehrte mit zwei Tassen Tee zurück. „Ich nehme an, das hier ist kein spontaner Freundinnenbesuch?"

„Nicht wirklich." Hannah umklammerte die Tasse und sah Eliza an. „Es geht um Max."

Elizas Lächeln verschwand, und sie setzte sich gegenüber von Hannah. „Was ist mit ihm?"

„Ich weiß nicht, wem ich glauben soll", begann Hannah. Ihre Stimme war leiser, als sie es geplant hatte, und sie merkte, wie schwer die Zweifel in ihrem Kopf wogen. „Ich habe Beweise gesehen... Papiere, die zeigen, dass er für Strasser arbeitet. Dass er mich ausspioniert."

Eliza blinzelte, und für einen Moment wirkte sie fassungslos, bevor sie leise sagte: „Das klingt nicht wie Max."

„Das dachte ich auch." Hannahs Finger spielten nervös mit der Tasse. „Aber die Beweise sind schwer zu ignorieren."

Eliza nahm einen tiefen Atemzug, bevor sie antwortete. „Max hat immer... schwierige Entscheidungen treffen müssen. Dinge, die ich nicht immer verstanden habe. Aber ich weiß, dass er loyal ist."

„Loyal zu wem?"

„Zu dem, was richtig ist."

Hannah lachte trocken. „Das ist eine schöne Antwort, Eliza. Aber ich brauche mehr als Moralvorträge."

„Das ist keine Moral. Es ist die Wahrheit." Eliza beugte sich vor, ihre Augen ernst. „Max ist nicht der Mann, der Ihnen etwas vormachen würde. Aber er ist der Mann, der alles tun würde, um Sie zu schützen – selbst, wenn das bedeutet, dass er Sie anlügen muss."

„Das ist kein Trost."

„Das weiß ich." Eliza zögerte, bevor sie weitersprach. „Aber Sie müssen verstehen, Hannah... Max hat Geheimnisse, die nicht einmal ich kenne. Er tut Dinge, die gefährlich sind, ja, aber nicht für sich selbst. Sondern für andere. Für Sie."

Hannah starrte in ihre Tasse, die Gedanken in ihrem Kopf drehten sich wie ein Karussell. Elizas Worte machten die Dinge nicht einfacher – im Gegenteil, sie warfen nur noch mehr Fragen auf.

„Hat er je etwas... Ungewöhnliches gesagt?" fragte sie schließlich.

Eliza schien nachzudenken. „Manchmal spricht er von Opfern. Von Dingen, die getan werden müssen, egal, was es kostet. Ich glaube, er meint, dass manche Entscheidungen niemand verstehen kann, außer derjenige, der sie trifft."

„Das klingt nach einem Mann, der sich für ein tragisches Opfer hält."

„Vielleicht." Eliza musterte sie. „Aber vielleicht ist das genau das, was er ist."

Hannah wusste nicht, was sie darauf antworten sollte. Sie wollte wütend sein, wollte eine klare Antwort, doch stattdessen fühlte sie sich nur noch verwirrter.

„Hannah", sagte Eliza schließlich, ihre Stimme sanft. „Was auch immer Sie über Max denken, eines weiß ich sicher: Er würde niemals etwas tun, das Sie absichtlich verletzt."

„Und wie passt das zu den Beweisen, die ich gesehen habe?"

Eliza schwieg, und die Stille fühlte sich schwer an. Schließlich sagte sie: „Manchmal sehen Dinge anders aus, als sie wirklich sind. Vielleicht sollten Sie ihm die Chance geben, es Ihnen zu erklären."

„Und wenn er lügt?"

„Dann werden Sie es wissen."

Hannah lachte leise, wenn auch ohne Freude. „Ich weiß nicht, ob ich noch irgendetwas weiß."

Eliza legte eine Hand auf ihre. „Vertrauen ist schwer, Hannah. Aber wenn jemand es verdient, dann Max."

Die Worte hallten in Hannahs Kopf wider, als sie später in die Nacht hinaustrat. Der Wind war kalt, und die Straßen waren fast leer, doch in ihrem Inneren tobte ein Sturm.

Konnte sie Max vertrauen? Konnte sie die Zweifel ignorieren und glauben, dass er auf ihrer Seite war? Oder war sie nur ein weiterer Bauer in einem viel größeren Spiel, das sie noch nicht vollständig verstand?

Kapitel 9

Hannah war gerade dabei, die letzten Notizen zu ihrem neuesten Artikel durchzugehen – ein harmloses Stück über das kulturelle Leben Berlins, das nichts von dem Chaos widerspiegelte, das sie in letzter Zeit umgab. Doch das leise Klopfen an ihrer Wohnungstür brachte alles zum Stillstand.

„Wenn das schon wieder ein ungebetener Besucher ist..." murmelte sie und öffnete die Tür.

Draußen stand Greta, ihre sonst so lebhafte Freundin wirkte blass und angespannt. In ihrer Hand hielt sie eine Zeitung, die sie Hannah fast in die Arme drückte.

„Lies das", sagte Greta, ohne ein weiteres Wort.

Hannah nahm die Zeitung und ließ ihren Blick über die Schlagzeilen gleiten, bis sie den kleinen Artikel in der Ecke der dritten Seite fand: **„Tragischer Unfall auf der Luftschiffbasis – Mechaniker Werner K. verstirbt bei Arbeitsunfall."**

„Was?" Hannahs Stimme war kaum mehr als ein Flüstern.

„Es steht, er sei gestürzt und habe sich das Genick gebrochen", sagte Greta. „Aber... Hannah, das ist doch kein Zufall."

„Natürlich nicht." Hannahs Hände zitterten, als sie die Zeitung beiseitelegte. Werner, der Mann, der ihr mehr über die verdächtigen Vorgänge auf der Hindenburg erzählt hatte, war jetzt tot. Und die offizielle Version war so glatt und unauffällig formuliert, dass sie mehr verdächtig machte, als beruhigte.

„Ich weiß, was du denkst", begann Greta.

„Du weißt gar nichts", unterbrach Hannah scharf. „Was ich denke, ist, dass jemand sehr bemüht ist, Spuren zu verwischen. Und Werner war eine Spur."

Greta legte eine Hand auf ihre Schulter. „Hannah, sei vorsichtig. Wenn er in Gefahr war, bist du es vielleicht auch."

Bevor Hannah antworten konnte, bemerkte sie, dass ein Umschlag unter ihrer Tür hindurchgeschoben worden war. Sie hob ihn auf, riss ihn auf und zog eine kurze Nachricht heraus.

„Treffen Sie mich um Mitternacht. Südliche Kapelle, Alter St. Matthäus-Friedhof. M."

„Natürlich", murmelte sie.

„Was ist das?" Greta versuchte, einen Blick auf die Nachricht zu werfen, doch Hannah zog sie weg.

„Nichts, was dich kümmern sollte."

„Das ist Max, nicht wahr?"

„Ich werde es herausfinden."

Greta seufzte. „Hannah, wenn du so weitermachst, wirst du eines Tages nicht mehr zurückkommen."

„Vielleicht", antwortete Hannah, zog ihren Mantel an und ging zur Tür. „Aber heute ist nicht dieser Tag."

D as Krankenhaus war bei Nacht ein Ort, der selbst den abgebrühtesten Seelen einen Schauer über den Rücken jagen konnte. Die langen, kühlen Flure waren in schummriges Licht getaucht, und das gelegentliche Quietschen eines Wagens oder das Klirren von Metall aus der Ferne verlieh der Szenerie eine gespenstische Note. Hannah zog ihren Mantel enger, während sie die knarrende Treppe in den Keller hinunterstieg.

„Natürlich treffen wir uns an einem Ort, der aussieht wie das Set eines schlechten Krimis", murmelte sie und versuchte, den aufsteigenden Nervositätsschub zu ignorieren.

Eliza wartete bereits unten. Sie trug eine schlichte weiße Schürze, ihre dunklen Haare waren zu einem ordentlichen Knoten gebunden, und ihr Gesichtsausdruck war so professionell, dass Hannah sie beinahe für eine andere Person hielt.

„Du bist pünktlich", sagte Eliza leise, ihre Stimme kaum mehr als ein Flüstern.

„Ich habe gelernt, dass man auf mysteriöse Treffen besser nicht zu spät kommt. Man weiß nie, was man verpasst."

Eliza schüttelte den Kopf und öffnete die schwere Stahltür, die in den Leichenraum führte. Die kalte Luft, die aus dem Raum strömte, traf Hannah wie ein Schlag, doch sie unterdrückte ein Zittern und trat ein.

Auf einem der blank polierten Tische lag Werners regloser Körper, ein weißes Tuch bedeckte ihn bis zur Brust. Hannah hielt kurz inne, bevor sie näher trat.

„Es gibt nichts Angenehmes an diesem Anblick", sagte Eliza und griff nach einer Akte. „Die offizielle Version lautet: Genickbruch nach einem Sturz aus einer Höhe von etwa drei Metern."

„Und die inoffizielle?"

„Sieht so aus." Eliza hob das Tuch ein wenig an und deutete auf eine tiefe, dunkle Blutung an Werners Hinterkopf. „Das ist kein einfacher Sturz. Es gibt Hinweise darauf, dass er getroffen wurde, bevor er fiel."

Hannah spürte, wie ihre Wut hochkochte. „Natürlich. Es war also Mord."

„Darauf würde ich wetten."

Eliza reichte ihr einen kleinen metallischen Gegenstand, der in einer Beweismitteltasche lag. „Das hier wurde in seiner Tasche gefunden. Es war gut versteckt, aber nicht gut genug."

Hannah nahm die Tasche und betrachtete den Gegenstand – ein winziges Zahnrad mit einer Gravur, die zu klein war, um sie mit bloßem Auge zu erkennen. „Was ist das?"

„Das wissen wir nicht", sagte Eliza. „Aber Werner hätte es nicht bei sich gehabt, wenn es nicht wichtig wäre."

„Großartig. Ein weiteres Rätsel." Hannah seufzte. „Was noch?"

Eliza zögerte, bevor sie fortfuhr. „Es gibt noch etwas, das du wissen solltest. Kurz bevor Werner hier eingeliefert wurde, habe ich bemerkt, dass zwei Männer in dunklen Mänteln ihn begleitet haben. Sie haben dafür gesorgt, dass niemand zu viele Fragen stellt."

„Strassers Leute."

„Vermutlich."

Bevor sie weiterreden konnten, ertönte plötzlich das Quietschen einer anderen Tür. Schritte hallten durch den Flur, und Elizas Gesicht wurde blass.

„Wir müssen hier raus", flüsterte sie und griff nach Hannahs Arm.

Doch die Schritte kamen näher, und Hannah spürte, wie ihr Herz schneller schlug. „Zu spät", murmelte sie.

Die Tür öffnete sich, und zwei Männer traten ein. Ihre Gesichter waren streng, ihre Bewegungen effizient. Strassers Leute – das konnte nicht deutlicher sein.

„Das hier ist eine gesperrte Zone", sagte einer der Männer, seine Stimme ruhig, aber bedrohlich.

Hannah tat ihr Bestes, nicht zu erstarren. „Wir waren nur... neugierig."

„Neugier kann tödlich sein." Der Mann trat näher, und Hannah spürte, wie Eliza sich anspannte.

„Oh, ich bin vorsichtig", erwiderte Hannah mit ihrem besten ironischen Ton. „Ich bin eine Journalistin. Wir leben von der Neugier."

„Vielleicht sollten Sie lernen, zu schweigen."

Bevor die Situation weiter eskalieren konnte, bemerkte Hannah eine Bewegung hinter den Männern. Max trat lautlos durch die Tür, seine Augen kalt und berechnend. In einer einzigen fließenden Bewegung zog er einen der Männer zurück und ließ ihn gegen die Wand krachen, bevor der andere überhaupt reagieren konnte.

„Bleiben Sie bei ihr", zischte Max zu Eliza, während er den zweiten Mann mit einem gezielten Schlag außer Gefecht setzte.

Hannahs Herz raste, doch sie folgte seiner Anweisung und trat mit Eliza zurück.

„Was zum Teufel...?" begann Hannah, doch Max schnitt ihr das Wort ab.

„Später. Wir müssen verschwinden."

Der Flur vor ihnen erstreckte sich wie ein endloser Tunnel. Das Echo von schnellen Schritten, keuchendem Atem und dem gelegentlichen Klappern eines umgestoßenen Gegenstands hallte durch das Gebäude. Hannah sprintete, ihre Gedanken ein Wirrwarr aus Angst, Adrenalin und – zu ihrem Entsetzen – der stillen Erkenntnis, dass sie trotz allem irgendwie Spaß hatte.

„Laufen Sie schneller!" rief Max über die Schulter, als er vor ihr durch eine Seitentür schoss.

„Oh, tut mir leid, dass ich keine militärische Ausbildung habe!" schnappte sie zurück, wobei ihr Atem in kurzen Stößen kam.

Hinter ihnen hörte sie die Männer Strassers, deren Rufe und schwere Schritte deutlich machten, dass sie nicht weit entfernt waren.

Eliza, die erstaunlich wendig war, deutete auf eine Abzweigung. „Da lang! Die Küche ist näher, und es gibt einen Hinterausgang!"

„Die Küche?" Hannah warf ihr einen skeptischen Blick zu, folgte ihr aber trotzdem. „Das klingt wie das Setting für eine absurde Farce."

„Das passt zu dir, Hannah", sagte Max, der an der Ecke wartete, um sicherzustellen, dass alle hinterherkamen.

Sie stürmten durch die Schwingtür in die Krankenhausküche, wo eine Gruppe Köche gerade damit beschäftigt war, riesige Töpfe zu schwenken und Tabletts mit dampfenden Schüsseln zu beladen. Das plötzliche Eindringen des Trios löste augenblicklich Panik aus.

„Was machen Sie hier?" rief ein stämmiger Koch, der ein riesiges Hackmesser in der Hand hielt.

„Nichts, worüber Sie sich Sorgen machen müssen!" rief Hannah, als sie an ihm vorbeirannte und fast über einen Sack Kartoffeln stolperte.

Max, dessen Instinkte ihn offenbar auch in chaotischen Küchen nicht im Stich ließen, griff nach einem der Tabletts und warf es wie eine improvisierte Barriere in Richtung der Tür, durch die ihre Verfolger gerade hereinstürmten. Das laute Klirren von Geschirr ließ die Männer innehalten, doch nur für einen Moment.

„Los, los!" rief Eliza, als sie einen Wagen mit Suppentöpfen zur Seite schob, um den Weg freizumachen.

Ein schmaler Flur führte weiter nach draußen, doch einer der Verfolger griff nach einem Stuhl und warf ihn mit voller Wucht in den Flur, um ihre Flucht zu behindern.

„Das ist doch nicht Ihr Ernst!" schrie Hannah, als sie sich an dem Hindernis vorbeizwängte.

„Das ist ihr Ernst", murmelte Max trocken, während er sich geschickt an ihr vorbeischob und einen weiteren Suppentopf zu den Füßen eines der Männer kippte.

Ein lautes Rutschen und Fluchen folgte, und Hannah konnte sich ein Lachen nicht verkneifen, obwohl ihr Herz wild pochte.

Als sie den nächsten Flur erreichten, war die Lage immer noch kritisch. Hannah spürte, wie ihre Beine schwer wurden, doch sie wusste, dass Aufgeben keine Option war.

„Da vorne ist eine Abzweigung", rief Eliza. „Wir müssen uns trennen!"

„Trennen?" Hannahs Stimme war schrill. „Das ist die schlimmste Idee, die ich je gehört habe!"

„Sie hat recht", sagte Max, sein Ton nüchtern. „Zwei von uns gehen durch die Seitentür, der andere nimmt die Treppe. Das wird sie verwirren."

„Fantastisch. Wer wird geopfert?"

Max warf ihr einen Blick zu, der so scharf war wie eine Rasierklinge. „Ich gehe zur Treppe. Sie beide nehmen die Seitentür. Eliza kennt den Weg."

„Oh, wie heldenhaft." Hannahs Stimme tropfte vor Sarkasmus, doch in ihrem Inneren zog sich etwas zusammen.

„Es ist keine Heldentat. Es ist Logik." Er hielt inne und beugte sich kurz zu ihr, seine Stimme wurde leiser. „Halten Sie sich an Eliza. Und passen Sie auf sich auf."

Bevor sie antworten konnte, war er bereits weg, seine Schritte hallten auf der Treppe wider.

Eliza zog Hannah durch die Seitentür, die in einen kleinen Hinterhof führte. Der kalte Nachtwind schlug ihnen ins Gesicht, doch Hannah fühlte sich nicht sicherer.

„Wohin jetzt?" fragte sie atemlos.

„Da hinten ist ein Zaun. Wir können durch die Gasse dahinter entkommen."

„Ein Zaun? Das ist Ihr Plan?"

„Wenn du eine bessere Idee hast, höre ich zu."

Ohne eine Antwort abzuwarten, zog Eliza sie weiter, und gemeinsam kletterten sie über den niedrigen Zaun – Hannah mit deutlich weniger Eleganz als Eliza.

Hinter ihnen hörten sie noch immer die Rufe der Männer, doch die Geräusche wurden schwächer, als sie sich tiefer in die dunkle Gasse wagten.

Nach einer endlosen Minute des Laufens hielt Eliza an einer Ecke an und lehnte sich keuchend an die Wand. Hannah tat es ihr gleich, ihre Beine fühlten sich an, als wären sie aus Blei.

„Das war..." Hannah schnappte nach Luft. „...interessant."

„Interessant ist nicht das Wort, das ich gewählt hätte", murmelte Eliza und spähte vorsichtig um die Ecke.

Hannah ließ sich an der Wand heruntergleiten, bis sie auf dem Boden saß. „Und jetzt?"

„Jetzt hoffen wir, dass Max nicht völlig irre ist und sich selbst retten kann."

Hannahs Lachen war trocken. „Das wäre das Mindeste."

Doch in ihrem Inneren war die Sorge um Max wie ein stilles Feuer, das sie nicht ignorieren konnte.

Der verlassene Flügel des Krankenhauses lag still und dunkel, nur schwaches Licht sickerte durch die staubigen Fenster. Der Ort hatte etwas von einem geheimen Refugium, einem Raum zwischen den Welten, fernab von den Verfolgern und der Realität draußen.

Hannah spürte ihren Herzschlag in den Ohren, als sie mit Eliza vorsichtig durch den Flur schlich. Jeder Schritt hallte wie ein Echo aus einem Albtraum, und die Stille schien so dicht, dass sie sie fast greifen konnte.

„Hier entlang", flüsterte Eliza und öffnete eine schwere Tür, die in einen kleinen, fensterlosen Raum führte.

Zu ihrer Überraschung saß Max bereits dort, an die Wand gelehnt, mit einem Schnitt an der Stirn und einem Blick, der gleichzeitig erschöpft und wütend war.

„Sie sind spät", sagte er trocken, ohne sich zu bewegen.

„Wir haben versucht, nicht erschossen zu werden", konterte Hannah und ließ sich auf den Boden fallen. „Entschuldigung, dass wir Ihren militärischen Standards nicht gerecht werden."

Max schnaubte, während er sich den Schweiß von der Stirn wischte. „Das war keine schlechte Flucht. Für Amateure."

„Oh, danke. Komplimente von einem Mann, der es nicht geschafft hat, ohne Verletzungen hierherzukommen."

Eliza rollte mit den Augen. „Könntet ihr euch für fünf Minuten vertragen? Ich glaube, wir haben genug Feinde da draußen."

Hannah schwieg, ihre Augen jedoch fest auf Max gerichtet. „Also, was jetzt? Ich nehme an, Sie haben einen Plan?"

Max sah sie an, und sein Blick war für einen Moment so intensiv, dass sie unwillkürlich schluckte. „Wir reden. Es gibt Dinge, die Sie wissen müssen."

„Das wurde auch Zeit."

Max holte tief Luft, sein Gesicht war angespannt, als ob jedes Wort eine Schlacht wäre. „Werner wusste Dinge, die er nicht wissen sollte. Dinge über die Hindenburg. Über das, was Strasser vorhat."

Hannahs Augenbrauen zogen sich zusammen. „Und was genau plant Strasser?"

„Das kann ich Ihnen nicht sagen. Noch nicht."

„Natürlich nicht." Sie verschränkte die Arme. „Sie sind ein Meister der Halbwahrheiten."

„Es geht um mehr, als Sie denken." Max' Ton wurde schärfer. „Das ist kein gewöhnliches Komplott. Es geht nicht nur um Politik, sondern um Menschenleben. Hunderte, vielleicht Tausende."

Hannah hielt inne, überrascht von der Ernsthaftigkeit in seiner Stimme. Doch ihr Instinkt ließ sie nicht los. „Und was ist mit Ihnen, Max? Sind Sie Teil davon? Oder kämpfen Sie dagegen?"

Max zögerte, und in seinem Blick lag eine Mischung aus Schmerz und Entschlossenheit. „Ich habe mich entschieden, auf der richtigen Seite zu stehen. Aber das macht die Dinge nicht einfacher."

„Die richtige Seite." Hannah lachte bitter. „Das ist ein schönes Konzept, wenn man die Regeln selbst festlegt."

„Sie haben keine Ahnung, was es kostet."

„Dann erklären Sie es mir!"

Die Spannung zwischen ihnen war so dicht, dass sie fast greifbar war. Doch bevor Max antworten konnte, trat Eliza vor und legte eine Hand auf Hannahs Arm.

„Hannah, das ist nicht der Moment, um Antworten zu erzwingen. Wir müssen einen Schritt nach dem anderen machen."

Hannah zog ihren Arm zurück, doch sie wusste, dass Eliza recht hatte. Sie atmete tief durch und nickte schließlich.

Die drei ließen sich in die Stille des Raumes sinken, jeder in seine Gedanken versunken. Max saß noch immer an der Wand, seine Augen geschlossen, während Hannah ihn aus dem Augenwinkel beobachtete.

Nach einer Weile konnte sie nicht anders, als zu flüstern: „Sie haben immer eine Antwort, nicht wahr?"

Er öffnete die Augen, und ein schwaches Lächeln huschte über sein Gesicht. „Nicht immer. Aber ich gebe mein Bestes."

„Das ist offensichtlich."

„Warum vertrauen Sie mir nicht einfach?"

„Vielleicht, weil Sie mir nie den ganzen Grund dafür geben."

Er lehnte sich vor, seine Stimme wurde leiser. „Und wenn ich Ihnen sage, dass ich alles tun würde, um Sie zu schützen?"

Hannah hielt inne, ihr Atem stockte. Seine Worte trugen eine Schwere, die sie nicht erwartet hatte, und in seinen Augen war etwas, das sie nicht benennen konnte.

„Max…" begann sie, doch bevor sie weitersprechen konnte, war er näher gerückt, seine Hand fand ihren Arm, und für einen Moment schien die Welt stillzustehen.

„Hannah." Seine Stimme war kaum mehr als ein Flüstern. „Sie sind wichtiger, als Sie denken."

Ihre Blicke trafen sich, und ohne es wirklich zu planen, beugte sie sich leicht vor. Seine Hand wanderte zu ihrem Gesicht, seine Finger streiften ihre Haut, und bevor sie es wirklich verstand, trafen sich ihre Lippen in einem Kuss, der sanft begann, aber von einer Intensität getragen war, die sie beide überraschte.

Doch das Schicksal hatte andere Pläne.

Ein lautes Geräusch hallte durch den Flur draußen, das Klappern von Schritten, und der Moment war vorbei. Max zog sich zurück, seine Augen wieder wachsam, während Hannah versuchte, ihre Gedanken zu sortieren.

„Wir sind nicht allein", sagte Eliza leise und griff nach der Tür.

„Natürlich nicht." Hannah richtete sich auf, ihr Herz schlug noch immer schneller, aber diesmal vor Angst. „Was jetzt?"

„Jetzt kämpfen wir." Max stand auf, sein Blick scharf und entschlossen. „Sind Sie bereit?"

„Ich habe keine Wahl."

„Das ist die richtige Einstellung."

Kapitel 10

Das Krankenhauszimmer war düster, abgesehen von einem einzigen Lichtstrahl, der durch die Lücke in den schweren Vorhängen fiel. Der monotone Piepton eines Herzmonitors durchbrach die Stille, während Hannah und Eliza nervös am Fußende des Bettes standen. Der ältere Mann, dessen Gesicht von den Jahren gezeichnet war, lag regungslos da, sein Atem flach, aber stetig.

„Er sieht aus, als hätte ihn ein Zug überfahren", murmelte Hannah, wobei sie versuchte, die Spannung im Raum mit einem Scherz zu brechen.

„Oder als hätte er zu viele Jahre mit deinem Vater gearbeitet", entgegnete Eliza trocken.

Hannah warf ihr einen Blick zu, doch bevor sie etwas erwidern konnte, regte sich Dr. Lehmann. Seine Finger zuckten, und seine Augenlider flatterten, bevor sie sich langsam öffneten.

„Willkommen zurück", sagte Hannah leise, während sie näher trat.

Lehmann blinzelte sie an, als würde er versuchen, die verschwommenen Konturen zu ordnen. Seine Stimme war brüchig, als er sprach. „Weber...?"

„Hannah Weber." Sie setzte sich an die Bettkante, ihr Ton jetzt sanfter. „Ich bin die Tochter von Friedrich Weber."

Ein Schatten zog über Lehmanns Gesicht, und seine Stimme wurde flüsternd. „Friedrich... er hat es gewusst. Er hat versucht, uns zu warnen."

Hannahs Herz setzte einen Schlag aus. „Warnen? Wovor?"

Lehmann schloss kurz die Augen, als würde er Kraft sammeln, bevor er weitersprach. „Die Hindenburg... die Pläne. Es gibt Dinge, die Sie nicht verstehen... gefährliche Dinge."

„Dann erklären Sie es mir."

Er sah sie an, seine Augen müde, aber voller Entschlossenheit. „In Friedrichs Labor gibt es Dokumente. Sie enthalten alles, was Sie wissen müssen. Aber... Sie müssen vorsichtig sein."

„Wo sind diese Dokumente?" fragte Hannah, ihr Herzschlag beschleunigte sich.

„In seinem alten Safe. Hinter der Werkbank." Lehmanns Stimme wurde schwächer. „Aber Sie dürfen nicht allein dorthin gehen. Strasser... er wird es wissen."

Der Name war wie ein Dolchstoß, doch Hannah nickte. „Ich werde vorsichtig sein."

Lehmann schloss erneut die Augen, seine Energie war erschöpft. Doch bevor er wieder in die Bewusstlosigkeit fiel, flüsterte er noch eine letzte Warnung: „Trauen Sie niemandem... niemandem."

Das Gebäude, in dem einst das Labor von Hannahs Vater untergebracht war, wirkte, als hätte es sich selbst aufgegeben. Die Fassade war von der Zeit gezeichnet, Risse durchzogen die Wände wie alte Narben, und das metallene Tor quietschte bedrohlich, als Hannah es aufschob. Der Geruch von Staub und Öl hing schwer in der Luft und weckte Erinnerungen, die sie lieber vergessen hätte.

„Großartig", murmelte sie, während sie eine Taschenlampe aus ihrer Tasche zog. „Ein Geisterhaus mit Werkzeugen. Genau das, was ich gebraucht habe."

Neben ihr stand Max, der wie immer mit einer Mischung aus Wachsamkeit und Gelassenheit wirkte. „Konzentrieren Sie sich. Wir sind nicht hier, um eine Tour durch Ihre Kindheit zu machen."

„Danke, dass Sie mich daran erinnern. Nicht, dass Sie eine Chance verpassen, mich zu belehren."

Er zuckte mit den Schultern und folgte ihr durch den schmalen Korridor. „Jemand muss Sie im Zaum halten."

„Das sagt der Mann, der ständig halbe Wahrheiten erzählt."

Max ignorierte ihren Kommentar und trat an ihr vorbei, als sie das Hauptlabor erreichten. Die Werkbänke waren mit einer dicken Staubschicht bedeckt, und verstreute Werkzeuge lagen da, als hätte jemand sie hastig verlassen.

„Der Safe müsste dort sein." Hannah deutete auf eine massive Werkbank am Ende des Raumes.

Max war bereits unterwegs, seine Bewegungen präzise, als er die Werkzeuge beiseite räumte. „Haben Sie die Kombination?"

„Vielleicht. Mein Vater hat sie mir einmal gesagt, aber ich war zwölf. Also keine Garantie."

„Fantastisch."

Hannah beobachtete ihn, während er begann, den Safe zu untersuchen, und sie spürte, wie die Anspannung in ihrem Körper wuchs. Alles hier erinnerte sie an ihren Vater – seine Arbeitsweise, seine Detailgenauigkeit, und vor allem seine Geheimnisse.

„Wissen Sie", begann sie, um die Stille zu brechen, „es wäre hilfreich, wenn Sie mir sagen könnten, was wir eigentlich suchen."

„Dokumente, die uns zeigen, was Strasser plant." Max warf ihr einen kurzen Blick zu. „Lehmann hat gesagt, sie enthalten alles, was wir wissen müssen."

„Und was, wenn wir nichts finden?"

„Dann sind wir genauso verloren wie jetzt."

Nach mehreren Minuten des Suchens und Fluchens knackte Max endlich den Safe. Mit einem leisen Klicken öffnete sich die Tür, und er zog einen Stapel alter, sorgfältig geordneter Dokumente heraus.

„Da haben wir es", murmelte er, als er die Papiere überflog.

„Und?" Hannah trat näher, ihre Neugier unübersehbar. „Was steht drin?"

„Notizen. Skizzen. Technische Details." Max hielt inne, seine Augen verengten sich. „Das hier... das ist nicht nur Technik. Es ist eine Mischung aus Strategie und Sabotage."

Bevor Hannah antworten konnte, hörte sie ein Geräusch hinter sich – das Knarzen von Schritten auf dem Boden. Sie drehte sich um, und ihr Herz setzte einen Schlag aus, als Kurt Strasser in den Raum trat, gefolgt von zwei seiner Männer.

„Wie rührend", sagte Strasser mit einem süffisanten Lächeln. „Eine Familienzusammenführung. Ich wusste, dass ich Sie hier finden würde, Fräulein Weber."

Hannah spürte, wie Max sich anspannte, während er die Dokumente festhielt. „Strasser. Haben Sie nichts Besseres zu tun, als uns zu verfolgen?"

„Oh, doch. Aber Sie machen es mir zu einfach."

„Wie schmeichelhaft." Hannah verschränkte die Arme vor der Brust. „Aber Sie verschwenden Ihre Zeit. Wir haben nichts, was Sie interessiert."

„Das glaube ich kaum." Strasser trat näher, seine Augen auf die Dokumente gerichtet. „Warum geben Sie mir nicht einfach, was ich brauche, und wir vergessen diesen kleinen Ausflug?"

„Weil wir nicht dumm sind." Max trat vor Hannah, sein Blick eiskalt. „Sie wissen genauso gut wie ich, dass wir Ihnen nicht vertrauen können."

„Vertrauen ist überbewertet." Strasser hob die Hand, und seine Männer traten einen Schritt vor, die Waffen deutlich sichtbar. „Aber ich habe keine Zeit für Diskussionen. Geben Sie mir die Papiere."

Hannahs Herz raste, doch sie wusste, dass Aufgeben keine Option war. „Und wenn wir das nicht tun?"

Strassers Lächeln wurde breiter. „Dann werden wir sehen, wie loyal Ihr Hauptmann wirklich ist."

Max hielt inne, und Hannah sah, wie sein Kiefer sich anspannte. Sie wusste, dass er etwas plante, doch sie konnte nicht ahnen, was.

„Hannah", sagte er schließlich, seine Stimme ruhig. „Wenn ich sage, dass Sie rennen sollen, dann rennen Sie."

„Max, was..."

„Tun Sie es einfach."

Bevor sie antworten konnte, schoss Max vor, ein heftiger Schlag traf einen der Männer, während er die Dokumente hinter sich warf.

„Jetzt, Hannah!"

Ohne nachzudenken, griff sie nach den Papieren und rannte, ihre Beine trugen sie durch den Korridor, während hinter ihr das Chaos ausbrach. Sie hörte Schreie, Schläge, und ihr Herz schlug so laut, dass es die Geräusche fast übertönte.

Das Büro, in dem Kurt Strasser residierte, war der Inbegriff bürokratischer Macht: makellose Ordnung, schwere Eichenmöbel und die Art von übertriebenem Pomp, die den Raum kälter wirken ließ, als er ohnehin schon war. Hannah fühlte sich wie ein Eindringling, während sie an der Kante eines viel zu steifen Stuhls saß und versuchte, ihre Gedanken zu ordnen.

Max saß neben ihr, so ruhig wie ein Sprengsatz, der kurz vor der Explosion stand. Strasser stand hinter seinem Schreibtisch, die Hände locker auf die polierte Oberfläche gelegt, sein Gesichtsausdruck eine Mischung aus Überlegenheit und unterschwelliger Aggression.

„Nun, Fräulein Weber", begann er mit seiner unverwechselbar öligen Stimme. „Es ist selten, dass ich das Vergnügen habe, eine so... hartnäckige Journalistin in meinem Büro willkommen zu heißen."

„Vergnügen ist nicht das Wort, das mir einfällt", erwiderte Hannah trocken.

Strasser lächelte, doch es erreichte seine Augen nicht. „Sie haben die Angewohnheit, sich in Dinge einzumischen, die nicht für Sie bestimmt sind. Ich könnte fast beeindruckt sein, wäre es nicht so… störend."

„Ich würde sagen, dass Stören mein Beruf ist."

Max warf ihr einen kurzen, warnenden Blick zu, doch sie ignorierte ihn. Wenn Strasser ein Spiel spielen wollte, dann konnte sie das auch.

„Lassen Sie mich ehrlich sein, Fräulein Weber", fuhr Strasser fort. „Ihre Einmischung hat Konsequenzen. Nicht nur für Sie, sondern auch für die, die Ihnen nahestehen."

„Sind das Drohungen?" Hannah lehnte sich zurück, ihre Stimme betont gelangweilt. „Ich dachte, Männer wie Sie ziehen es vor, im Dunkeln zu operieren."

„Ich ziehe Effizienz vor", entgegnete Strasser, wobei sein Lächeln kurz verschwand. „Und Sie sind alles andere als effizient. Ihre neugierigen Spielereien bringen nichts außer Chaos."

„Chaos ist manchmal genau das, was man braucht."

Max sprach endlich, seine Stimme schneidend ruhig. „Das reicht, Strasser. Wir wissen, was Sie vorhaben, und es wird nicht funktionieren."

„Oh?" Strassers Augen verengten sich, und er drehte sich zu Max. „Und was genau wissen Sie, Hauptmann? Glauben Sie, dass Ihre kleinen Loyalitätskonflikte Sie retten können?"

„Ich brauche keine Rettung."

„Interessant." Strasser trat um den Schreibtisch herum, sein Blick fest auf Max gerichtet. „Sie sind ein Mann, der für seine Überzeugungen kämpft. Aber ich frage mich, Max, was Sie tun werden, wenn diese Überzeugungen Sie nichts mehr nützen?"

Die Spannung im Raum war so dicht, dass Hannah sie fast spüren konnte. Sie wusste, dass Max etwas plante, doch sie konnte nur raten, was es war.

„Vielleicht sollten Sie sich weniger Sorgen um meine Überzeugungen machen und mehr um Ihre eigene Position, Strasser", sagte Max schließlich. „Die Wahrheit hat eine unangenehme Angewohnheit, ans Licht zu kommen."

„Die Wahrheit." Strasser lachte leise, seine Stimme voller Spott. „Ein schönes Konzept. Aber in unserer Welt ist die Wahrheit nichts weiter als das, was wir daraus machen."

Hannah konnte nicht anders, als zu kontern. „Das ist eine interessante Philosophie. Vielleicht sollten Sie sie auf einer Parteiversammlung präsentieren. Ich bin sicher, sie wird mit tosendem Applaus aufgenommen."

Strassers Augen verengten sich, und für einen Moment schien es, als würde er etwas sagen, doch ein Klopfen an der Tür unterbrach ihn.

„Herein!" rief er, und Greta trat ein, ein Aktenordner unter dem Arm und ein Ausdruck von gespielter Unschuld auf dem Gesicht.

„Entschuldigen Sie die Störung, Herr Strasser", sagte sie mit einem süßen Lächeln, das Hannah beinahe laut auflachen ließ. „Aber ich dachte, Sie könnten das hier brauchen."

„Was ist das?" fragte Strasser, wobei er den Ordner entgegennahm.

„Nur einige Unterlagen, die ich zufällig gefunden habe." Greta warf Hannah einen schnellen Blick zu, bevor sie fortfuhr. „Ich dachte, sie könnten... nützlich sein."

Strasser öffnete den Ordner, doch sein Gesichtsausdruck verhärtete sich schnell, als er die ersten Seiten überflog. „Was soll das?"

„Ein kleiner Einblick in Ihre Aktivitäten, Herr Strasser", sagte Greta mit unschuldiger Miene. „Es ist erstaunlich, wie viele Spuren man hinterlässt, wenn man glaubt, unantastbar zu sein."

Hannah musste sich beherrschen, nicht laut zu applaudieren. Strassers Gesicht war eine Mischung aus Wut und Verwirrung, und sie konnte sehen, wie sein Verstand fieberhaft arbeitete.

„Sie wissen nicht, mit wem Sie sich anlegen", zischte er schließlich.

„Das könnte ich Ihnen auch sagen", erwiderte Greta mit einem Lächeln, das genauso scharf war wie ein Messer.

Die Spannung brach, als Strasser abrupt die Tür aufriss und nach seinen Männern rief. Max nutzte den Moment, um Hannahs Arm zu greifen und sie aus dem Raum zu ziehen. Greta folgte ihnen, ihre Schritte leise, aber schnell.

„Das war knapp", murmelte Greta, als sie durch einen Seitengang eilten.

„Knapp ist ein Zustand, den ich langsam gewohnt bin", erwiderte Hannah. „Aber gut gemacht, Greta. Woher hatten Sie diese Dokumente?"

„Eine Dame hat ihre Geheimnisse."

Max warf ihr einen prüfenden Blick zu, sagte aber nichts. Stattdessen führte er sie durch eine versteckte Tür, die in einen schmalen Flur führte.

„Wir müssen hier raus, bevor Strasser merkt, was wirklich los ist", sagte er leise.

„Und dann?" fragte Hannah, ihre Stimme fordernd.

„Dann sehen wir uns an, was wir haben – und entscheiden, wie wir ihn endgültig stoppen können."

Der vertraute Duft nach frisch gebrühtem Kaffee und übertrieben viel Lavendel begrüßte Hannah, als sie den Unterschlupf von Frau Müller betrat. Die Wirtin stand in der Küche, bewaffnet mit einem Kochlöffel, den sie wie ein Schwert schwang, und musterte die Neuankömmlinge kritisch.

„Na, da sind Sie ja endlich! Ich dachte schon, die Nazis hätten Sie verschleppt!"

„Fast", murmelte Hannah und ließ sich auf einen der gepolsterten, aber viel zu abgenutzten Stühle fallen.

„Kein Grund zur Sorge, Frau Müller", fügte Greta hinzu und zog ihre Handschuhe aus. „Wir sind widerstandsfähiger, als wir aussehen."

„Das will ich hoffen. Hier, trinken Sie das." Frau Müller schob jedem von ihnen eine dampfende Tasse Tee hin, während sie weiter um sie herumscharwenzelte wie eine mütterliche Henkerin.

Max, der still am Fenster stand, nahm die Tasse ohne ein Wort, seine Augen fest auf die dunkle Straße gerichtet. Hannah beobachtete ihn aus dem Augenwinkel, während sie an ihrem Tee nippte, und spürte die unausgesprochene Spannung zwischen ihnen.

„Nun", begann Frau Müller schließlich, ihre Hände in die Hüften gestemmt. „Wenn Sie mir nicht bald erklären, warum ich meinen Ruhestand riskiere, dann ziehe ich die Konsequenzen und gehe ins Bett."

„Vielleicht sollten Sie das tun", entgegnete Max kühl, ohne sich umzudrehen.

„Oh, das ist ja charmant!" Frau Müller schnaubte. „Aber gut, ich bin ohnehin zu müde für Ihre Geheimniskrämerei. Machen Sie, was Sie wollen, aber ruinieren Sie mir bitte nicht die Polster mit Ihren dreckigen Stiefeln!"

Mit diesen Worten rauschte sie ab, die Tür hinter sich zuziehend. Greta grinste. „Ich liebe diese Frau."

„Also", sagte Hannah schließlich und stellte ihre Tasse ab. „Wollen wir über den Elefanten im Raum sprechen? Oder warten wir, bis Strasser hier auf der Matte steht?"

Max drehte sich endlich um, sein Gesicht immer noch eine Maske der Kontrolle. „Wir haben keine Zeit für Sarkasmus, Hannah."

„Oh, das ist schade, denn ich habe eine Menge davon."

Greta unterbrach sie mit einem Räuspern. „Vielleicht fangen wir mit dem an, was wir tatsächlich wissen. Was haben wir aus dem Ministerium?"

Max zog die Dokumente hervor, die sie aus dem Safe ihres Vaters gerettet hatten, und legte sie auf den Tisch. Die alte, vergilbte Schrift war kaum lesbar, doch die technischen Zeichnungen und Notizen sprachen für sich.

„Das sind Pläne für eine Modifikation der Hindenburg", erklärte Max. „Etwas, das unter dem Radar bleiben sollte. Sabotage auf höchstem Niveau."

„Warum überrascht mich das nicht?" murmelte Hannah.

„Es geht nicht nur um Sabotage." Max sah sie an, seine Augen so ernst, dass sie sich unwohl fühlte. „Es geht darum, einen internationalen Skandal auszulösen. Strasser plant, die Katastrophe der Hindenburg als Vorwand für einen politischen Konflikt zu nutzen."

„Und wer sind die Bauern in diesem Spiel?" Greta blätterte durch die Papiere.

„Amerikanische Agenten. Strasser will sie verantwortlich machen, um die Beziehungen zu den USA zu vergiften."

„Und wie passt mein Vater da rein?" fragte Hannah, ihre Stimme schärfer, als sie beabsichtigt hatte.

Max zögerte, bevor er antwortete. „Ihr Vater wusste, dass die Modifikationen gefährlich waren. Er hat versucht, es zu stoppen, aber Strasser hat ihn zum Schweigen gebracht."

Die Worte trafen sie wie ein Schlag, doch Hannah hielt die Fassade aufrecht. „Also war er ein weiteres Opfer in Strassers großem Spiel."

„Nicht nur ein Opfer." Max trat näher. „Er hat die Dokumente hinterlassen, weil er wusste, dass jemand sie finden musste. Dass jemand die Wahrheit ans Licht bringen würde."

„Und jetzt liegt das an uns", sagte Greta, ihre Stimme ungewöhnlich ernst.

„Großartig", murmelte Hannah. „Nichts wie eine historische Verantwortung, um den Abend zu versüßen."

Der Raum wurde still, während sie die Dokumente weiter durchsahen. Doch die Spannung zwischen Hannah und Max war fast greifbar, ein unsichtbares Band, das sie miteinander verband und gleichzeitig auf Abstand hielt.

„Hannah", begann Max schließlich, seine Stimme leiser. „Ich weiß, dass das viel ist. Aber wir können das nicht ignorieren."

„Ich ignoriere nichts." Sie sah ihn an, ihre Augen suchten seine. „Aber ich weiß nicht, wie weit ich Ihnen trauen kann."

„Das verstehe ich."

„Verstehen Sie das wirklich?" Ihre Stimme wurde lauter. „Weil es sich nicht so anfühlt. Es fühlt sich an, als hätten Sie ein Dutzend Geheimnisse, und ich soll Ihnen trotzdem blind folgen."

„Ich habe nie gesagt, dass Sie mir blind folgen sollen."

„Und was haben Sie gesagt, Max? Dass ich einfach vertrauen soll, dass Sie der Gute sind?"

„Ich tue, was ich kann, um Sie zu schützen."

„Vielleicht will ich nicht geschützt werden."

Die Worte hingen in der Luft, und für einen Moment schien es, als würde Max etwas sagen, doch er schwieg.

Greta sah zwischen den beiden hin und her, bevor sie sich räusperte. „Nun, das ist ja fast romantisch. Aber vielleicht sollten wir uns darauf konzentrieren, nicht getötet zu werden?"

Schließlich sprach Hannah, ihre Stimme fester. „Was ist der Plan?"

Max nickte langsam. „Wir bringen diese Informationen an die richtigen Leute. Und wir stoppen Strasser, bevor er die Hindenburg zerstören kann."

„Das klingt fast einfach", sagte Greta trocken.

„Es wird alles andere als das." Max sah Hannah direkt an. „Aber wir haben keine andere Wahl."

Hannah atmete tief durch, ihre Gedanken ein Sturm aus Zweifel und Entschlossenheit. „Dann machen wir es."

Kapitel 11

Der Frankfurter Flughafen summte vor Aktivität, ein Kaleidoskop aus hektischem Personal, Reisenden mit überdimensionierten Koffern und neugierigen Schaulustigen, die das majestätische Luftschiff bestaunten. Die Hindenburg ragte wie ein metallisches Monster über der Szene auf, elegant und bedrohlich zugleich. Hannah stand am Rande des Treibens, ihre Notizblock in der einen und eine Zigarette in der anderen Hand.

„Das ist sie also", murmelte sie, während der Rauch sich in der kühlen Morgenluft auflöste.

„Beeindruckend, nicht wahr?" Eine Stimme hinter ihr ließ sie zusammenzucken. Es war Greta, deren Gesichtsausdruck eine Mischung aus Neugier und Besorgnis zeigte.

„Beeindruckend ist ein Wort dafür." Hannah blies den Rauch aus. „Ich hätte ‚mögliche fliegende Todesfalle' gewählt."

„Das ist die richtige Einstellung", kam Max' Stimme, als er plötzlich neben ihnen auftauchte. Er trug die schlichte Uniform eines Technikers, was ihn gleichzeitig unauffällig und alarmierend seriös wirken ließ.

„Sie sehen ja aus wie aus dem Katalog für Geheimagenten", bemerkte Hannah, wobei sie den Sarkasmus kaum verbergen konnte.

„Und Sie wie jemand, der zu viele Fragen stellt." Max zog eine Liste aus seiner Tasche und überflog sie mit einem kritischen Blick. „Haben Sie alles, was Sie brauchen?"

„Oh, ja." Hannah hielt ihren Block hoch. „Einen Stift, etwas Papier und einen unauslöschlichen Hang zur Selbstzerstörung."

Max warf ihr einen scharfen Blick zu, sagte aber nichts. Stattdessen richtete er seine Aufmerksamkeit auf Greta. „Halten Sie sich bereit. Sobald wir an Bord sind, gibt es kein Zurück mehr."

Greta nickte, ihre übliche Lässigkeit wich einem ungewohnt ernsten Ausdruck. „Und Sie, Max? Bereit, den Helden zu spielen?"

„Ich spiele keine Helden", entgegnete er knapp. „Ich tue, was nötig ist."

„Das sagen Helden immer." Hannah schnippte ihre Zigarette weg und wandte sich dem riesigen Luftschiff zu. „Nun gut, dann mal los. Lassen Sie uns das Biest besteigen."

Der Innenraum der Hindenburg war eine Mischung aus technischer Perfektion und luxuriösem Komfort. Polierte Metalle glänzten im diffusen Licht, während die Kabinen wie die Suiten eines erstklassigen Hotels eingerichtet waren. Doch trotz der Pracht schwang in der Luft eine seltsame Spannung mit – ein Gefühl, als würde etwas nicht stimmen.

Hannah bemerkte sofort die Gesichter der Passagiere, von denen einige zu selbstsicher wirkten, während andere nervös an ihren Handschuhen zogen oder unruhig die Fenster betrachteten.

„Interessante Gesellschaft", murmelte sie, als sie an einem besonders grimmig aussehenden Mann vorbeiging.

„Sehen Sie das als Ansporn für Ihre journalistische Neugier", sagte Greta, die hinter ihr ging. „Jeder von ihnen könnte eine Geschichte sein."

„Oder eine Bombe."

Greta lachte leise, doch das Lachen hielt nicht lange an. Max war bereits im Maschinenraum verschwunden, wo er seine Rolle als Techniker spielte, und die Anspannung wuchs mit jeder Minute.

Hannah ließ sich auf einen der bequemen Sessel im Loungebereich fallen, zog ihren Notizblock heraus und tat so, als würde sie die Annehmlichkeiten des Fluges bewundern. Tatsächlich beobachtete sie jede Bewegung um sie herum, ihre Gedanken rasten.

Als sie schließlich die Gelegenheit hatte, unauffällig in den technischen Bereich zu schlüpfen, fand sie Max über einen Kontrollpult gebeugt vor, sein Gesicht war in Gedanken versunken.

„Und? Haben Sie die Hindenburg schon repariert?" fragte sie, ihre Stimme leise, aber mit einem Hauch von Ironie.

„Die Reparaturen sind nicht das Problem." Max sah nicht auf, als er sprach. „Das Problem ist, dass jemand hier ist, der nicht hier sein sollte."

Hannah trat näher, ihre Augen suchten nach Hinweisen auf seinem Gesicht. „Was meinen Sie?"

„Ich habe die Passagierliste überprüft. Einige Namen stimmen nicht überein."

„Das überrascht mich nicht. Strassers Leute?"

„Möglich." Er sah sie endlich an, und in seinen Augen lag eine Entschlossenheit, die sie gleichzeitig beruhigte und beunruhigte. „Wir müssen wachsam bleiben."

„Wachsam ist mein zweiter Vorname."

„Ich dachte, es wäre ‚Stur'."

„Sehr witzig."

Ein kleines Lächeln huschte über sein Gesicht, doch es verschwand schnell, als ein plötzliches Rumpeln durch das Schiff ging.

„Was war das?" fragte Hannah, ihr Herz schlug schneller.

„Ein Hinweis darauf, dass wir keine Zeit verlieren dürfen."

Das gleichmäßige Brummen der Motoren, das die Hindenburg durch die Nacht trug, hatte etwas Hypnotisches. Doch für Hannah und Max war die trügerische Ruhe nichts weiter als der Vorhang vor einer drohenden Katastrophe. Der Maschinenraum, wo sie sich versteckt hielten, war erfüllt von einem Gemisch aus heißer, geölter Luft und der subtilen Spannung, die nur Menschen in Gefahr spüren.

Max warf Hannah einen kurzen Blick zu, als sie gemeinsam über die glänzenden, metallenen Gänge gingen. „Bleiben Sie dicht bei mir und fassen Sie nichts an."

„Oh, ich hatte geplant, die ersten Hebel zu ziehen, die ich sehe." Ihre Stimme tropfte vor Sarkasmus.

„Ich meine es ernst, Hannah."

„Das tue ich auch", murmelte sie, folgte ihm jedoch ohne weitere Widerworte.

Es dauerte nicht lange, bis Max plötzlich anhielt. Er kniete sich hin und öffnete eine Abdeckung, hinter der ein dichtes Netz aus Kabeln und Schläuchen sichtbar wurde. Hannah lehnte sich über seine Schulter und beobachtete, wie er mit präzisen Bewegungen ein Panel öffnete.

„Und? Haben Sie das Übel gefunden?"

Max zog etwas hervor – ein kleines, unscheinbares Gerät, das an einem der Hauptkabel befestigt war. „Das ist nicht Teil der Hindenburg."

„Was ist das?"

„Ein chemischer Zünder." Max' Stimme war leise, aber scharf. „Wenn das Ding aktiviert wird, entzündet es das Wasserstoffgemisch. Es wäre ein Wunder, wenn irgendjemand überlebt."

Hannah spürte, wie ihr Herz schneller schlug. „Das ist... absurd. Wer würde so etwas tun?"

„Jemand, der Chaos will." Er hielt inne und sah sie an, seine Augen waren kühl und fokussiert. „Strasser."

„Natürlich. Es ist immer Strasser."

„Und er ist hier."

Hannahs Augen weiteten sich. „Wollen Sie mir sagen, dass der Mann, der uns seit Wochen verfolgt, zufällig auf demselben Flug ist?"

„Es ist kein Zufall." Max stand auf, das Gerät fest in seiner Hand. „Wir müssen mehr davon finden. Das ist nur ein Teil des Plans."

„Und wenn wir es nicht schaffen?"

„Dann endet dieser Flug in einem Feuerball."

„Wunderbar. Genau das, was ich hören wollte."

Sie waren gerade auf dem Weg, das nächste verdächtige Gebiet zu überprüfen, als eine Bewegung im Schatten sie innehalten ließ. Ein Mann trat aus der Dunkelheit, gekleidet in die schlichte Uniform eines Technikers, doch sein Blick war alles andere als harmlos.

„Ich wusste, dass Sie herumschnüffeln würden", sagte er, seine Stimme ruhig, aber bedrohlich.

Max zog Hannah hinter sich und stellte sich zwischen sie und den Fremden. „Sie gehören zu Strasser."

„Vielleicht. Vielleicht auch nicht." Der Mann griff in seine Tasche und zog eine Waffe hervor. „Aber das ist irrelevant, nicht wahr?"

„Das kommt darauf an", sagte Hannah, bevor sie nachdenken konnte. „Wenn Sie vorhaben, uns zu erschießen, sollten wir zumindest wissen, mit wem wir es zu tun haben."

„Hannah", murmelte Max warnend.

„Was? Ich will nur höflich sein."

Der Mann schnaubte. „Ihr Humor wird Ihnen nichts nützen."

„Wissen Sie, das sagen die Leute oft, aber es hat mich bisher am Leben gehalten."

Bevor der Mann antworten konnte, stürzte Max sich auf ihn. Die Waffe krachte auf den Boden, und die beiden Männer rangen miteinander, ihre Bewegungen wild und brutal.

Hannah trat einen Schritt zurück, ihr Blick flog zwischen den Kämpfenden und der Waffe hin und her. Ohne nachzudenken, griff sie nach der Pistole und zielte auf den Mann.

„Aufhören!" Ihre Stimme war laut und klar, trotz des Chaos in ihrem Inneren.

Der Mann hielt inne, sein Atem schwer. Max nutzte den Moment, um ihn mit einem gezielten Schlag auszuschalten.

„Das war knapp", murmelte er, während er den bewusstlosen Körper des Mannes zur Seite zog.

„Knapp ist meine neue Normalität." Hannah senkte die Waffe und atmete tief durch. „Was jetzt?"

„Jetzt zerstören wir das Gerät."

Zurück im Maschinenraum arbeitete Max schnell, seine Finger bewegten sich geschickt über das verdächtige Gerät. Hannah stand neben ihm, ihre Augen suchten den Raum nach weiteren Hinweisen ab.

„Sind wir sicher, dass es nur dieses eine Ding gibt?" fragte sie schließlich.

„Nein."

„Fantastisch."

„Aber wir haben keine Zeit, alles zu überprüfen." Max sah sie an, sein Blick entschlossen. „Wir müssen handeln, bevor sie merken, dass wir etwas wissen."

Hannah nickte langsam, obwohl sie wusste, dass sie nichts von dieser Situation kontrollieren konnte. „Gut. Tun Sie, was Sie tun müssen."

Kapitel 12

Der Kapitän der Hindenburg, ein Mann namens Ernst Lehmann, war das perfekte Bild eines erfahrenen Luftfahrtpioniers: streng, entschlossen und unerschütterlich in seiner Überzeugung, dass er jedes Problem mit Disziplin und Protokoll lösen konnte. Doch als Hannah und Max in sein Büro stürmten, sah er eher aus, als hätte er Kopfschmerzen, die von einer Bande widerspenstiger Passagiere verursacht wurden.

„Das ist eine schwerwiegende Anschuldigung, Hauptmann", sagte er und strich sich mit einer Hand über seinen akkurat gestutzten Schnurrbart.

„Es ist keine Anschuldigung, Herr Kapitän. Es ist eine Tatsache." Max hielt das entschärfte Zündgerät hoch. „Jemand hat Sabotagepläne an Bord geschmuggelt. Wenn wir nicht handeln, wird dieses Schiff in Flammen aufgehen."

Hannah, die in einer Ecke stand und die Arme vor der Brust verschränkt hatte, fügte trocken hinzu: „Und ich nehme an, die Passagiere wären nicht begeistert von dieser Wendung."

Lehmann warf ihr einen scharfen Blick zu. „Fräulein Weber, ich brauche keine journalistischen Kommentare. Ich brauche Beweise."

„Beweise?" Hannah trat vor und deutete auf das Gerät in Max' Hand. „Was nennen Sie das? Ein tragbares Radio?"

Lehmann öffnete den Mund, doch bevor er antworten konnte, trat einer der Offiziere vor – ein Mann mit stahlgrauen Augen, der eindeutig nicht begeistert war. „Mit Verlaub, Herr Kapitän, wir können uns nicht von unbegründeten Behauptungen ablenken lassen. Unsere Priorität ist der sichere Flug nach Amerika."

„Unbegründet?" Hannahs Augen blitzten. „Vielleicht sollten Sie sich in den Maschinenraum begeben und die netten Überraschungen selbst anschauen."

„Genug!" Lehmann schlug mit der Faust auf den Tisch, und die gesamte Anspannung im Raum schien sich in einem Moment zu entladen. „Ich werde das persönlich überprüfen. Aber Hauptmann, wenn sich herausstellt, dass das ein Irrtum ist..."

„Es ist keiner." Max' Ton war so endgültig, dass selbst der skeptische Offizier den Mund hielt.

Nach einigen angespannten Minuten kehrte der Kapitän mit zwei Technikern zurück. Der Ausdruck auf seinem Gesicht war jetzt eine Mischung aus Besorgnis und Wut.

„Sie haben recht", sagte er, seine Stimme schwer. „Das Gerät wurde absichtlich installiert. Aber ich werde nicht zulassen, dass Panik ausbricht. Wir handeln leise und entschlossen."

„Das ist gut", murmelte Hannah. „Weil Schreien und Rennen wahrscheinlich nicht zu Ihrer Autorität beitragen würden."

Max ignorierte ihren Kommentar und wandte sich an den Kapitän. „Wir brauchen Zugang zu allen kritischen Bereichen des Schiffs. Es könnten mehr Geräte installiert sein."

„Das wird schwierig", warf der skeptische Offizier ein. „Wir können nicht überall herumlaufen, ohne Fragen aufzuwerfen."

„Oh, lassen Sie mich das übernehmen", sagte Hannah mit einem ironischen Lächeln. „Ich bin großartig darin, lästige Fragen zu stellen."

Während einige der Crewmitglieder bereit waren zu helfen, war der Widerstand von Teilen des Personals unverkennbar. Hannah spürte die Spannung, als sie und Max durch die Korridore eilten, begleitet von einem jungen Techniker, der mehr Angst als Enthusiasmus zeigte.

„Warum sind manche Ihrer Kollegen so... widerspenstig?" fragte sie Max leise.

„Weil manche von ihnen wahrscheinlich auf Strassers Gehaltsliste stehen", antwortete Max ohne zu zögern.

„Großartig. Also arbeiten wir mit einer halben Crew und der anderen Hälfte gegen uns?"

„Willkommen in meinem Leben."

Der Frachtraum der Hindenburg war ein labyrinthischer Albtraum aus Kisten, Seilen und Metallstrukturen, die von schwachem Licht und flackernden Schatten durchzogen waren. Die Luft war stickig, das leise Brummen der Motoren verstärkte die klaustrophobische Atmosphäre.

„Wirklich gemütlich hier unten", murmelte Hannah, während sie sich durch die schmalen Gänge schlängelte. „Ich habe immer davon geträumt, zwischen Kisten zu sterben."

„Bleiben Sie ernst, Hannah." Max, der vor ihr ging, hatte einen Schraubenschlüssel in der einen Hand und einen Blick, der so scharf war wie ein Rasiermesser. „Wenn es hier eine Bombe gibt, müssen wir sie finden, bevor jemand anderes es tut."

„Das wäre jemand wie Strassers Schergen?"

„Oder jemand, der keine Ahnung hat, was er tut und versehentlich alles in die Luft jagt."

„Beruhigend."

Es dauerte nicht lange, bis sie ein verdächtiges Geräusch hörten – ein leises Klicken, gefolgt von einem rhythmischen Summen. Max erstarrte und hob die Hand, um Hannah zum Schweigen zu bringen.

„Das ist es", flüsterte er.

„Das Geräusch? Oder das Ding, das uns töten könnte?"

„Beides."

Er kniete sich hin und begann, unter einer Kiste nach dem Ursprung des Geräuschs zu suchen. Hannah hielt den Atem an und spähte über seine Schulter, während er vorsichtig Kabel entwirrte, die an einem unscheinbaren Metallkasten befestigt waren.

„Und? Wie schlimm ist es?"

„Es ist schlimmer, als ich dachte."

„Das sagen Sie, um mich zu beruhigen, nicht wahr?"

„Halten Sie die Klappe und halten Sie die Taschenlampe ruhig."

Hannah folgte seiner Anweisung, ihr Herzschlag raste. Die Minuten dehnten sich zu einer Ewigkeit, während Max mit konzentrierter Präzision an den Drähten arbeitete.

„Fast... geschafft", murmelte er, doch bevor er den letzten Draht durchtrennen konnte, hörten sie Schritte hinter sich.

„Bleiben Sie stehen!" Die Stimme war tief und drohend, und als Hannah sich umdrehte, sah sie zwei Männer in Uniformen, die eindeutig nicht zur regulären Crew gehörten.

„Oh, großartig." Sie richtete sich auf und verschränkte die Arme. „Wir haben Gesellschaft."

Max drehte sich langsam um, seine Hände erhoben, doch sein Blick blieb scharf. „Sie arbeiten für Strasser."

„Das ist irrelevant", sagte einer der Männer und richtete eine Waffe auf sie. „Sie sollten hier unten nicht sein."

„Und Sie sollten keine Bomben installieren", entgegnete Hannah, ihr Ton trocken. „Aber hier sind wir."

Die Männer wechselten einen Blick, bevor einer von ihnen vortrat. „Sie werden jetzt mitkommen."

„Das wird nicht passieren", sagte Max ruhig, bevor er sich blitzschnell bewegte. Er riss ein Seil von einer Kiste und warf es auf den Mann mit der Waffe, bevor er ihm einen gezielten Schlag versetzte.

Hannah, die in diesem Moment beschloss, ihre journalistischen Fähigkeiten gegen physische Aggression einzutauschen, griff nach einem losen Stück Holz und schlug es dem zweiten Mann über den Kopf.

„Nicht schlecht", keuchte Max, als er seinen Gegner zu Boden ringen ließ.

„Ich bin voller Talente", murmelte sie, bevor sie sich bückte, um sicherzustellen, dass der Mann bewusstlos war.

Zurück bei der Bombe arbeitete Max mit der Geschwindigkeit eines Mannes, der wusste, dass jede Sekunde zählte. Hannah beobachtete ihn, ihr Atem flach, während sie versuchte, die Angst zu unterdrücken, die wie ein eisiger Knoten in ihrem Magen saß.

„Und? Ist es jetzt einfacher?" fragte sie, ihre Stimme zittrig.

„Nicht wirklich." Max schnitt den letzten Draht durch, und das Summen verstummte. „Aber das sollte es gewesen sein."

„Sollte?"

„Das ist alles, was ich Ihnen garantieren kann."

Hannah starrte ihn an, bevor sie schließlich ein Lachen ausstieß – ein nervöses, halb hysterisches Lachen, das in der Stille des Frachtraums widerhallte. „Das ist das beruhigendste, was ich den ganzen Tag gehört habe."

Doch bevor sie den Raum verlassen konnten, hörte Max ein Geräusch – das leise Ticken einer zweiten Bombe, versteckt hinter einer weiteren Kiste. Er fluchte leise, bevor er sich daran machte, auch diese zu entschärfen.

„Bleiben Sie hier", befahl er Hannah.

„Vergessen Sie's. Wenn das Ding hochgeht, will ich zumindest in der Nähe sein, um Ihnen ‚Ich hab's Ihnen doch gesagt' ins Gesicht zu schreien."

„Sie sind unmöglich."

„Und Sie lieben es."

Max warf ihr einen Blick, der für einen Moment weicher war, bevor er sich wieder auf die Bombe konzentrierte. Doch diesmal ging es nicht so glatt. Ein falscher Zug, und ein Draht schnappte zurück, scharf genug, um eine tiefe Wunde in seinem Arm zu reißen.

„Max!" Hannah war sofort bei ihm, ihr Gesicht vor Sorge verzerrt. „Was ist los?"

„Es ist nur ein Schnitt." Seine Stimme war ruhig, aber sie konnte den Schmerz in seinen Augen sehen. „Ich bin noch nicht fertig."

„Verdammt, Max, lassen Sie mich helfen!"

„Nein." Sein Ton war endgültig. „Sie bleiben hier und halten den Lichtstrahl ruhig."

Trotz seiner Verletzung schaffte Max es, die Bombe zu entschärfen. Als das Ticken verstummte, ließ er sich gegen die Wand sinken, sein Atem schwer.

„Das war zu knapp", murmelte er.

„Willkommen in meinem Leben." Hannah kniete sich neben ihn und untersuchte seine Wunde. „Das sieht nicht gut aus."

„Es wird reichen."

„Das ist keine Antwort."

Er lächelte schwach, sein Gesicht blass. „Wir haben es geschafft, Hannah. Das ist alles, was zählt."

Bevor sie weiterreden konnten, hörten sie Schritte – diesmal langsam und gemessen. Ein Mann trat aus dem Schatten, seine Haltung entspannt, doch in seinen Augen lag etwas Unnachgiebiges.

„Sie beide haben wirklich ein Talent dafür, Ärger zu machen."

„Und Sie sind?" fragte Hannah scharf.

„Ein Freund. Zumindest im Moment." Der Mann hielt inne, bevor er eine kleine Metallkapsel hochhielt. „Strasser hat mehr davon. Aber wenn wir zusammenarbeiten, können wir das vielleicht ändern."

Hannah tauschte einen Blick mit Max, der trotz seiner Erschöpfung nickte. „Wir haben keine Wahl."

Der Funksaal der Hindenburg war eine kleine, enge Kabine, in der das Summen der Geräte und das leise Knacken des Radios die drückende Spannung noch verstärkten. Max saß auf einem Hocker und hielt seinen verletzten Arm, während der neue Verbündete – der sich als Friedrich Beck vorstellte – am Funkgerät arbeitete. Hannah stand daneben, ihr Blick wanderte zwischen Max und dem Gerät hin und her.

„Sie sehen schrecklich aus", sagte sie schließlich, den Sarkasmus in ihrer Stimme nicht verbergend.

„Und Sie klingen, als würden Sie sich Sorgen machen", entgegnete Max, seine Stimme ruhig, aber erschöpft.

„Vielleicht, weil ich nicht darauf aus bin, mit einem explodierenden Luftschiff in den Geschichtsbüchern zu landen."

„Ein interessanter Ansatz." Friedrich drehte sich mit einem schiefen Grinsen zu ihnen um. „Aber wenn wir Strasser nicht aufhalten, wird genau das passieren."

Ein plötzliches Knacken durchbrach das leise Summen, und eine vertraute, kalte Stimme ertönte aus den Lautsprechern.

„Meine Damen und Herren an Bord der Hindenburg", begann Strasser, seine Worte so glatt wie Eis. „Ich hoffe, Sie genießen den Flug. Doch ich fürchte, er wird nicht ganz so reibungslos verlaufen, wie Sie gehofft haben."

Hannah spürte, wie sich ihr Magen zusammenzog. „Dieser Kerl hat wirklich einen Hang zum Drama."

„Ruhe", zischte Max, während er sich auf die Stimme konzentrierte.

„Irgendwo an Bord dieses majestätischen Luftschiffs befinden sich weitere Vorrichtungen", fuhr Strasser fort. „Sie werden in genau 30 Minuten ausgelöst, es sei denn, meine Forderungen werden erfüllt."

„Forderungen?" Friedrich runzelte die Stirn. „Das ist neu."

„Oh, es ist ganz einfach", sagte Strasser, fast beiläufig. „Ich brauche nur die kleinen Dokumente, die Sie von Herrn Weber gestohlen haben, und die Garantie, dass sie vernichtet werden. Andernfalls wird die Hindenburg zu einem leuchtenden Fanal der Geschichte."

Das Radio verstummte, und die Stille, die folgte, war schwerer als alle Worte zuvor.

„Nun", begann Hannah schließlich und brach die Stille mit ihrem typischen Sarkasmus. „Das klingt ja nach einem fairen Geschäft. Wo kann ich unterschreiben?"

„Das ist keine Option." Max sah sie mit finsterem Blick an. „Wenn wir die Dokumente aufgeben, ist alles, wofür wir gearbeitet haben, verloren. Strasser wird trotzdem handeln."

„Und wenn wir es nicht tun?" Friedrich verschränkte die Arme. „Wird er uns alle töten und mit der Schuld davonkommen."

„Das nennt man eine Win-Win-Situation." Hannah ließ sich in einen Stuhl fallen und stützte das Kinn auf die Hand. „Was sollen wir also tun? Einen Zaubertrick? Einen Heldenmoment?"

„Es gibt einen Weg", sagte Max leise, seine Stimme zögernd. „Aber er ist riskant."

„Natürlich ist er das." Hannah seufzte. „Also, raus damit."

Max erklärte den Plan in knappen Worten: Die verbleibenden Sprengsätze mussten lokalisiert und entschärft werden, bevor sie Strassers Drohung überhaupt in Erwägung ziehen konnten. Doch das bedeutete, die restlichen versteckten Saboteure aufzuspüren – und das ohne die Crew oder die Passagiere in Panik zu versetzen.

„Das ist Wahnsinn", sagte Friedrich, nachdem Max geendet hatte. „Wir haben keine Zeit. Selbst wenn wir die Bomben finden, was ist mit Strasser?"

„Das übernehme ich." Hannahs Worte kamen, bevor sie darüber nachdenken konnte.

Max drehte sich zu ihr um, seine Augen schmal. „Was meinen Sie?"

„Jemand muss Strasser beschäftigen, oder? Ich bin die perfekte Ablenkung. Ein bisschen charmanter Witz, ein bisschen journalistischer Instinkt, und voilà – er hat keine Zeit, seine Pläne umzusetzen."

„Das ist Selbstmord."

„Nein, das ist Strategie." Sie lächelte schwach, doch die Schwere der Situation war nicht zu übersehen. „Außerdem habe ich einen Vorteil, den Sie nicht haben: Ich sehe nicht aus, als würde ich eine Bombe entschärfen können."

Die nächsten Minuten vergingen wie im Flug. Während Max und Friedrich ihre Ausrüstung überprüften, sammelte Hannah all ihren Mut. Sie wusste, dass sie sich in ein gefährliches Spiel begab, doch sie hatte keine Wahl.

„Hannah", sagte Max, als sie sich schließlich gegenüberstanden. Sein verletzter Arm hing schlaff an seiner Seite, doch seine Augen waren wachsam. „Das ist kein Witz. Wenn etwas schiefgeht..."

„Ich weiß." Sie trat näher, ihre Stimme leiser. „Ich werde vorsichtig sein. Aber Sie müssen mir auch vertrauen."

Er sagte nichts, doch sein Blick sprach Bände. Schließlich griff er nach ihrer Hand, und für einen Moment war die Welt um sie herum still.

„Passen Sie auf sich auf", sagte er schließlich, seine Stimme kaum mehr als ein Flüstern.

„Das Gleiche gilt für Sie."

Hannah bewegte sich durch die Korridore der Hindenburg wie eine Schauspielerin, die gerade ihre Rolle gelernt hatte – sicher in ihren Schritten, obwohl ihre Nerven in einem ständigen Aufruhr waren. Ihre Mission war klar: Strasser zu konfrontieren, ihn abzulenken und Max und Friedrich genug Zeit zu verschaffen, um die Bomben zu entschärfen.

Das leise Dröhnen der Motoren wurde immer wieder von entfernten Donnerschlägen übertönt. Der Sturm, der sich am Horizont zusammenbraute, war mehr als nur eine Laune des Wetters; er war ein Vorbote für die bevorstehende Katastrophe.

„Hannah, du bist verrückt", murmelte sie sich selbst zu, während sie den Griff ihrer Handtasche fester umklammerte. In dieser Tasche befand sich nichts Nützliches außer einem Lippenstift und einem Notizbuch – und sie war sich sicher, dass Strasser von beiden wenig beeindruckt sein würde.

Im Bauch der Hindenburg kroch Max durch einen weiteren engen Schacht, die Stirn voller Schweiß und der verletzte Arm in einer improvisierten Schlinge. Friedrich folgte ihm dicht, ein Schraubenschlüssel in der einen und eine Taschenlampe in der anderen Hand.

„Das ist Wahnsinn", murmelte Friedrich, während er eine Kiste zur Seite schob.

„Das ist Notwendigkeit." Max' Stimme klang angespannt, aber fokussiert. „Wenn wir diese Bomben nicht finden, bevor der Sturm uns erreicht, spielt es keine Rolle, was Strasser plant. Wir sind so oder so tot."

Friedrich hielt inne und richtete den Lichtstrahl auf ein weiteres verdächtiges Gerät. „Da ist eine."

„Gut. Kein Fehler diesmal."

Max begann vorsichtig, das Gerät zu entschärfen, seine Bewegungen geübt, trotz der Einschränkungen durch seinen verletzten Arm. Doch sein Verstand wanderte immer wieder zu Hannah. Was, wenn sie Strasser nicht ablenken konnte? Was, wenn sie...

„Konzentrieren Sie sich", knurrte Friedrich, als ob er Max' Gedanken gelesen hätte.

„Ich bin konzentriert", erwiderte Max kühl. „Jetzt halten Sie die Lampe ruhig."

Hannah fand Strasser in der Lounge, wo er sich lässig über einen Tisch lehnte und ein Glas Whiskey in der Hand hielt. Sein Gesichtsausdruck war der eines Mannes, der den Ausgang eines Spiels bereits kennt.

„Ah, Fräulein Weber." Sein Lächeln war glatt wie Seide. „Ich hatte schon befürchtet, Sie würden den Flug verpassen."

„Ich wäre nirgendwo anders lieber als hier", erwiderte sie mit einer Spur zu viel Enthusiasmus, bevor sie sich elegant auf den Stuhl ihm gegenüber fallen ließ. „Das Drama ist einfach unwiderstehlich."

„Drama? Das ist eine harte Beschreibung für ein technisches Meisterwerk."

„Oh, ich spreche nicht von der Hindenburg." Sie lehnte sich vor, ihre Stimme gesenkt. „Ich spreche von Ihnen."

Strasser hob eine Augenbraue. „Interessant. Sie haben also beschlossen, mich zu unterhalten, bevor... nun ja, bevor die Dinge außer Kontrolle geraten?"

„Unterhalten?" Sie zog ein unschuldiges Gesicht. „Vielleicht. Oder ich könnte hier sein, um Sie auf eine Art journalistische Weise zu sezieren."

Sein Lächeln blieb, aber seine Augen verengten sich. „Vorsicht, Fräulein Weber. Mit dem Feuer zu spielen, ist nicht immer klug."

„Ach, aber wo bleibt da der Spaß?"

Während Hannah mit Strasser spielte, begann die Hindenburg durch die ersten Böen des Sturms zu schaukeln. Das einst so stabile Luftschiff war nun ein Spielball des Wetters, und die Crew begann, sich hektisch zu bewegen, um die Passagiere zu beruhigen.

„Es scheint, als hätten wir Gesellschaft", sagte Hannah und warf einen Blick aus dem Fenster, wo die ersten Blitze den Himmel durchzogen.

„Das Wetter ist nur ein kleiner Umweg", sagte Strasser. „Mein Plan bleibt unverändert."

„Das ist faszinierend." Hannah legte den Kopf schief. „Aber sagen Sie mir, Strasser, was passiert, wenn Ihr kleiner Plan schiefgeht? Haben Sie einen Fallschirm versteckt?"

Er lachte leise. „Ich bewundere Ihre Kühnheit, Fräulein Weber. Aber keine Sorge. Ich habe immer einen Ausweg."

Die letzte Bombe war komplizierter, größer, und die Zeit wurde immer knapper. Max arbeitete mit unerbittlicher Entschlossenheit, doch seine Hände zitterten vor Anstrengung und Schmerz.

„Wir haben noch fünf Minuten", sagte Friedrich, seine Stimme angespannt.

„Dann lassen Sie mich in Ruhe arbeiten."
„Max, wenn das schiefgeht..."
„Es wird nicht schiefgehen."
Zurück in der Lounge war Hannahs Zeit abgelaufen. Strasser stand auf, sein Lächeln gefährlich. „Es war nett, mit Ihnen zu plaudern, aber ich fürchte, ich muss mich um wichtigere Angelegenheiten kümmern."

Hannah erhob sich langsam, ihr Herz raste. „Eine letzte Frage, bevor Sie gehen, Herr Strasser."

„Natürlich."

„Haben Sie je daran gedacht, wie man sich fühlen muss, wenn man alles kontrollieren will – und es dann doch verliert?"

Strasser hielt inne, sein Lächeln verschwand für einen Moment, bevor es zurückkehrte, kälter als zuvor. „Man verliert nur, wenn man aufgibt."

Ein ohrenbetäubender Donner erschütterte das Luftschiff, als Max den letzten Draht durchtrennte. Die Bombe verstummte, doch die Hindenburg geriet ins Wanken, als eine massive Böe sie zur Seite drückte.

Hannah spürte den Aufprall und stolperte, doch sie fing sich rechtzeitig, um zu sehen, wie Strasser den Raum verließ. Sie folgte ihm, ihre Augen voller Entschlossenheit.

Kapitel 13

Die Luft in der Hindenburg war drückend, als ob sie selbst die aufziehende Katastrophe spüren konnte. Hannah hatte das dumpfe Gefühl, dass etwas schiefgehen würde, aber sie konnte es nicht genau benennen – bis sie den ersten Funken sah.

Es begann harmlos, ein flüchtiger Lichtblitz im hinteren Teil des Schiffs, kaum wahrnehmbar durch die Korridore. Doch die Sekunden, die folgten, fühlten sich an wie eine Ewigkeit, während ein dünner Rauchfaden sich in die Luft schlängelte, bevor er sich zu einer schwarzen, dichten Wolke ausbreitete.

„Verdammt", flüsterte Hannah und riss ihren Blick los, um zu Max zu sprinten, der gerade aus einem der unteren Decks kam.

„Hannah!" Seine Stimme war scharf, aber ruhig, sein Blick richtete sich sofort auf die Rauchentwicklung. „Das ist es."

„Das ist es?" Hannah starrte ihn an, ihr Herz raste. „Das ist mehr als ‚es'! Das ist eine verdammte Feuerkatastrophe!"

„Bleiben Sie ruhig", sagte Max, obwohl seine eigene Stimme einen Hauch von Panik verriet.

„Ruhig? Ruhig?" Sie zeigte auf die wachsende Wolke. „Das Ding da oben wird uns alle rösten, und Sie sagen ‚ruhig'?"

„Hannah." Max packte sie an den Schultern und zwang sie, ihm in die Augen zu sehen. „Wir haben einen Plan. Jetzt ist nicht der Moment, um die Fassung zu verlieren."

Hannah atmete tief durch, obwohl die Luft bereits vom Rauch schwer wurde. „Okay, Captain Coolness. Was jetzt?"

Die ersten Schreie hallten durch die Korridore, als das Feuer sichtbar wurde. Passagiere stürzten aus ihren Kabinen, einige mit Gepäck, als ob ein Koffer voller Seidenkleider sie vor den Flammen retten könnte. Andere waren starr vor Angst, ihre Gesichter aschfahl, während sie hilflos auf das Inferno starrten.

„Jemand muss sie beruhigen", murmelte Max, während er sich durch die Menge schob.

„Beruhigen?" Hannah hob eine Augenbraue. „Vielleicht singen wir ein Schlaflied?"

„Hannah!" Max warf ihr einen warnenden Blick zu, bevor er seine Stimme erhob. „Alle bleiben ruhig! Folgen Sie den Anweisungen der Crew!"

„Das ist alles, was Sie haben?" fragte Hannah trocken.

„Haben Sie eine bessere Idee?"

„Ich arbeite daran."

Das Feuer begann sich schneller auszubreiten, als Max und Hannah erwartet hatten. Die Hitze war jetzt überall spürbar, das leise Knistern der Flammen wurde von den panischen Schreien der Passagiere übertönt.

Hannah bemerkte eine ältere Frau, die auf dem Boden kauerte, unfähig, sich zu bewegen. Ohne nachzudenken, stürzte sie sich auf sie zu und zog sie auf die Füße.

„Kommen Sie, wir müssen hier raus!"

„Mein Mann... er ist noch in der Kabine!"

„Wir holen ihn!" Hannah sah sich hektisch um, bevor sie Max zuwinkte.

„Wir haben keine Zeit", sagte er, als er näherkam.

„Machen Sie Zeit", zischte sie und zog die Frau mit sich.

Währenddessen hatte Max bereits die Kontrolle über eine kleine Gruppe von Crewmitgliedern übernommen, die mit Löschgeräten bewaffnet waren.

„Wir müssen das Feuer eindämmen, bis die Passagiere evakuiert sind", befahl er.

„Und was dann?" fragte einer der Männer.

Max zögerte nicht. „Dann beten wir."

Die Flammen krochen wie eine unaufhaltsame Bestie durch die Hindenburg, während die Crew hektisch versuchte, die Kontrolle zu behalten. Rauch füllte die Gänge, und die Luft wurde heißer und stickiger mit jeder Sekunde. Hannah spürte, wie der Schweiß in ihren Nacken rann, als sie eine Gruppe panischer Passagiere in Richtung eines Notausgangs drängte.

„Bitte bewegen Sie sich weiter!" Ihre Stimme war laut, aber nicht ganz so fest, wie sie gehofft hatte. Eine ältere Dame blieb stehen, klammerte sich an ihren Schmuckkoffer wie an ein Rettungsboot.

„Mein Schmuck! Es sind Familienerbstücke!"

„Großartig", murmelte Hannah und packte die Frau am Arm. „Ihre Erbstücke werden Sie nicht retten, wenn Sie brennen wie eine Kerze auf einem Geburtstagskuchen. Los jetzt!"

Inzwischen hatte Max eine Gruppe der Crew organisiert, um einen Fluchtweg freizuhalten. Er stand auf einer Kiste, die Arme erhoben, während er versuchte, die Menge zu beruhigen.

„Hören Sie auf mich! Wir bringen Sie alle raus, aber Sie müssen mitarbeiten! Keine Panik, keine Drängelei!"

„Keine Panik?" rief ein Mann aus der Menge, seine Stimme überschlug sich. „Das ganze Schiff brennt, und Sie reden von Ruhe?"

„Ja, genau." Max sprang von der Kiste und ging direkt auf den Mann zu. „Weil Panik Ihnen nicht helfen wird, lebendig hier rauszukommen."

Hannah beobachtete die Szene und musste trotz der Gefahr ein Grinsen unterdrücken. „Wieder mal Ihr Charme in Aktion, Max?"

„Hannah, nicht jetzt."

„Wann sonst? Vielleicht, wenn wir in den Flammen aufgehen?"

Mitten im Chaos tauchte Friedrich auf, der neue Verbündete, der bereits im Frachtraum geholfen hatte. Er trug einen schweren Feuerlöscher und warf ihn Max zu, der ihn geschickt auffing.

„Ich dachte, Sie könnten das brauchen", sagte Friedrich trocken.

„Sie kommen wie gerufen", antwortete Max, während er das Gerät in Position brachte. „Hannah, bleiben Sie bei den Passagieren. Friedrich, mit mir."

„Großartig", murmelte Hannah. „Die Männer spielen Helden, und ich darf die Babysitterin sein."

„Sie sind großartig darin", rief Max über seine Schulter.

„Das war Sarkasmus!"

Einige der Crewmitglieder bewiesen wahren Heldenmut. Ein junger Steward, der nicht älter als zwanzig aussah, half einer Mutter, ihre beiden Kinder durch die engen Gänge zu tragen, während ein anderer Mann versuchte, ein Leck im Wasserleitungssystem zu reparieren, um die Flammen zu bekämpfen.

„Wir haben mehr Mut, als ich dachte", sagte Hannah leise zu sich selbst, während sie die Szene beobachtete.

Doch die Zeit lief davon, und das Feuer schien unaufhaltsam.

Plötzlich spürte Hannah eine Hand auf ihrer Schulter. Sie wirbelte herum und sah Greta, die außer Atem und mit Ruß bedeckt vor ihr stand.

„Greta! Was machst du hier?"

„Ich könnte dich dasselbe fragen", erwiderte Greta und schüttelte den Kopf. „Ich habe einen Weg nach draußen gefunden. Ein offener Frachtraum – wenn wir die Leute dorthin bringen, können sie vielleicht springen."

„Springen? Aus dieser Höhe?" Hannahs Stimme war fast ein Kreischen.

„Es ist besser, als zu verbrennen."

Hannah nickte langsam. „Dann los. Wir haben keine Zeit zu verlieren."

Gemeinsam mit Greta begann Hannah, die Passagiere in Richtung des Frachtraums zu führen. Es war ein riskantes Manöver, doch es war die einzige Option.

„Folgen Sie uns! Bleiben Sie ruhig und bewegen Sie sich schnell!" rief sie, während sie die Menschen vorwärts drängte.

„Ruhig? Das sagen Sie so leicht!" rief ein Mann mit einem Hut, der schief auf seinem Kopf saß.

„Wenn Sie hier schreien können, können Sie auch laufen", entgegnete Hannah scharf.

Plötzlich gab es einen lauten Knall, und die Hindenburg erzitterte. Ein Teil des Decks brach ein, und die Passagiere schrieen in Panik. Hannah spürte, wie ihr Herz raste, doch sie biss die Zähne zusammen und rief weiter: „Weiter! Bewegen Sie sich!"

In der Ferne sah sie Max und Friedrich, die weiterhin gegen die Flammen kämpften. Ihre Blicke trafen sich, und obwohl Max blutverschmiert und erschöpft war, nickte er ihr zu – ein stilles Versprechen, dass er weitermachen würde.

Hannah wusste, dass Strasser irgendwo auf diesem Schiff war. Irgendwo inmitten des Chaos, der Flammen und der panischen Passagiere lauerte er wie eine Schlange im hohen Gras. Sie hatte keine Ahnung, wie sie ihn aufhalten würde – oder ob sie es überhaupt konnte. Doch sie wusste eines: Er durfte nicht entkommen.

Der Rauch war dicht, und ihre Kehle brannte, während sie sich durch die immer heißer werdenden Gänge bewegte. Ihre Gedanken waren ein Wirrwarr aus Panik, Wut und Entschlossenheit. Dann hörte sie ihn.

„Fräulein Weber, immer zur rechten Zeit."

Hannah drehte sich um und sah Strasser, der am Ende des Ganges stand. Er war erstaunlich ruhig, sein Gesicht kaum von Schweiß gezeichnet, obwohl die Umgebung zu kochen schien. In seiner Hand hielt er eine Mappe – zweifellos die Dokumente, die Max und sie um jeden Preis schützen wollten.

„Ach, Sie." Hannah verschränkte die Arme, obwohl sie spürte, wie ihre Hände zitterten. „Ich hätte wissen müssen, dass Sie der Typ sind, der in einer Katastrophe immer noch gut aussieht."

„Flirten Sie mit mir?" fragte Strasser mit einem kühlen Lächeln.

„Wenn ich flirte, merken Sie es." Sie machte einen Schritt auf ihn zu, ihre Augen fest auf die Mappe gerichtet. „Warum geben Sie sich nicht einfach geschlagen? Es gibt hier nichts mehr, was Sie retten können."

„Oh, da irren Sie sich." Strasser hob die Mappe leicht an. „Diese kleinen Seiten sind mächtiger, als Sie sich vorstellen können."

„Und Sie denken, Sie können sie mitnehmen?" Hannah lachte trocken. „Haben Sie sich die Lage angesehen? Dieses Schiff wird keine Landebahn erreichen."

„Das bleibt abzuwarten." Strasser begann, sich langsam rückwärts zu bewegen, in Richtung eines Treppenhauses.

Hannah wusste, dass sie handeln musste, bevor er entkam. Mit einem schnellen Sprung warf sie sich auf ihn, und die Mappe flog aus seiner Hand, während sie beide auf den Boden stürzten.

„Sie sind erstaunlich zäh", knurrte Strasser, als er sich aufrappelte und versuchte, die Mappe zu erreichen.

„Das hat mir schon jemand gesagt." Hannah trat ihm gegen das Schienbein, was ihm ein Knurren entlockte, bevor sie selbst nach der Mappe griff.

Doch Strasser war schneller. Mit einem brutalen Ruck zog er sie zurück, und sie spürte einen scharfen Schmerz in ihrer Schulter.

„Das reicht!" Seine Stimme war jetzt voller Wut, seine Beherrschung drohte zu brechen.

Bevor Strasser einen weiteren Schlag landen konnte, stürzte Max in den Raum. Seine Kleidung war rußbedeckt, sein Gesicht blutverschmiert, doch seine Augen waren entschlossen.

„Lassen Sie sie los, Strasser."

Strasser drehte sich um und musterte Max mit einer Mischung aus Überraschung und Verachtung. „Ah, der Verräter. Wie passend, dass Sie hier sind, um zu scheitern."

„Das werden wir sehen." Max stürzte sich auf ihn, und die beiden Männer begannen, in einem brutalen Nahkampf zu ringen.

Hannah kroch zur Seite und griff nach der Mappe, die zwischen den Kämpfenden lag. Sie zog sie an sich, ihre Finger umklammerten das Leder, als wäre es ihr Leben.

Der Kampf zwischen Max und Strasser war heftig, und Hannah konnte nicht umhin, die rohe Kraft und Entschlossenheit in beiden Männern zu bewundern. Doch schließlich gelang es Max, Strasser mit einem gezielten Schlag zu Boden zu schicken.

„Das ist vorbei", keuchte Max, während er sich aufrichtete und Hannah einen schnellen Blick zuwarf.

„Noch nicht ganz." Hannah hob die Mappe. „Wir müssen das hier in Sicherheit bringen."

Strasser, der am Boden lag, lachte leise. „Sie mögen vielleicht gewonnen haben, aber das ist noch nicht das Ende."

„Vielleicht nicht", sagte Hannah und warf ihm einen kalten Blick zu. „Aber es ist definitiv das Ende für Sie auf diesem Schiff."

Der Wind heulte wie ein wütender Geist, als Hannah und Max sich auf das offene Deck der Hindenburg schleppten. Die Hitze der Flammen war überall, der Rauch brannte in ihren Augen und ließ jede Bewegung wie ein Kampf gegen unsichtbare Wellen erscheinen.

„Haben Sie irgendeine Idee, wie wir das überleben?" rief Hannah, während sie nach Luft rang und versuchte, das flatternde Ende ihrer Jacke unter Kontrolle zu bringen.

Max warf ihr einen schnellen Blick zu, die Mappe fest an seine Brust gepresst. „Ich habe viele Ideen. Leider sind die meisten davon tödlich."

„Oh, wunderbar." Sie schüttelte den Kopf, ihr Haar klebte an ihrer Stirn. „Genau die Art von Motivation, die ich jetzt brauche."

Das Deck unter ihren Füßen zitterte, als die Struktur des Luftschiffs weiter nachgab. Max deutete auf eine Stelle am Rand, wo ein Teil der Hülle gerissen war und ein Stück des Rahmens wie eine schiefe Rampe in die Leere ragte.

„Dort drüben. Wenn wir springen, haben wir eine Chance."

„Eine Chance? Das klingt nicht gerade ermutigend."

„Es ist besser, als hier zu sterben."

„Das ist Ihre Messlatte? ‚Besser als sterben'?" Hannah warf ihm einen scharfen Blick zu, doch sie folgte ihm, während er vorsichtig auf die Kante zuging.

Bevor sie sprangen, hielt Max inne. Seine Augen suchten ihren Blick, und für einen Moment schien die brennende Hindenburg um sie herum stillzustehen.

„Hannah." Seine Stimme war ruhig, aber in seinem Ton lag eine Dringlichkeit, die sie innehalten ließ.

„Was? Jetzt ist nicht der Moment für große Reden, Max."

„Doch, ist es." Er trat näher, die Hitze und der Rauch schienen für einen Moment in den Hintergrund zu treten. „Ich muss Ihnen das sagen. Ich... ich liebe Sie."

Hannahs Augen weiteten sich, und für einen Moment schien sie nach Worten zu suchen. Dann schnaubte sie leise, ein schwaches Lächeln auf ihren Lippen. „Das ist das schlechteste Timing, das ich je erlebt habe."

„Ich weiß." Er zuckte mit den Schultern, ein schwaches Lächeln auf seinem Gesicht. „Aber besser spät als nie, oder?"

„Sie sind wirklich unmöglich." Sie trat näher und legte eine Hand auf seine Wange, ihre Finger zitterten leicht. „Aber ich liebe Sie auch. Und ich habe vor, Ihnen das noch oft vorzuwerfen."

Das Geräusch eines weiteren Knalls ließ sie zurückschrecken, und Max griff nach ihrer Hand. „Jetzt oder nie."

„Ich hasse ‚oder nie'."

„Dann springen Sie!"

Ohne weiter nachzudenken, rannten sie gemeinsam auf die Kante zu und sprangen in die Leere. Der Wind riss an ihnen, die Hitze des Feuers wich der Kälte des freien Falls. Hannahs Herz raste, und sie hielt sich an Max fest, während die Welt um sie herum zu verschwimmen schien.

Der Aufprall ins Wasser war wie ein Schock für ihren gesamten Körper. Die Kälte des Atlantiks umhüllte sie, und für einen Moment war sie nicht sicher, ob sie jemals wieder auftauchen würde. Doch dann durchbrach sie die Oberfläche, keuchend und nach Luft ringend.

„Max!" rief sie, während sie sich umdrehte und nach ihm suchte.

„Hier!" Seine Stimme war schwach, aber lebendig, und sie sah, wie er ein paar Meter entfernt auftauchte, die Mappe noch immer fest in der Hand.

„Natürlich", murmelte sie, während sie zu ihm hinüberschwamm. „Sogar im Tod wären Sie stoisch."

„Wir sind nicht tot." Max grinste schwach, sein Atem schwer. „Noch nicht."

Sie hielten sich an einem Trümmerstück fest, während die Hindenburg hinter ihnen in einem finalen Feuerball aufging. Die Dunkelheit des Himmels wurde für einen Moment von den Flammen erhellt, bevor alles wieder in die Stille des Ozeans zurückfiel.

„Also, das war ein Abenteuer", sagte Hannah schließlich, während sie Max ansah, der ebenfalls kaum seine Erschöpfung verbergen konnte.

„Abenteuer?" Er lachte leise. „Das ist das romantischste, was Sie sagen können?"

„Warten Sie, bis wir an Land sind." Sie lächelte schwach, ihre Finger fanden seine unter Wasser. „Dann werde ich Sie richtig beleidigen."

„Ich freue mich schon."

Kapitel 14

Der Geruch von Desinfektionsmitteln hing schwer in der Luft des provisorischen Feldhospitals, das irgendwo an der Küste von New Jersey errichtet worden war. Der Klang von gedämpften Stimmen und das entfernte Klappern von Metalltabletts vermischten sich mit dem gelegentlichen Stöhnen der Verletzten. Hannah lag auf einer harten Pritsche, die mit einem dünnen Laken bedeckt war, und starrte an die Zeltdecke, während ihre Gedanken noch immer zwischen den Flammen und dem Ozean gefangen waren.

„Haben Sie einen besonderen Grund, warum Sie die Decke so böse ansehen?" Die vertraute Stimme ließ sie blinzeln, und sie wandte den Kopf, um Max zu sehen, der an der Kante ihrer Pritsche lehnte.

„Ich überlege, ob ich sie anzünden soll", murmelte sie trocken, bevor ein schwaches Lächeln über ihr Gesicht huschte. „Sie sehen schlimmer aus als ich."

„Ich werde es überleben." Max hob den Arm, der jetzt sauber verbunden war, und setzte sich vorsichtig neben sie. „Ich habe gehört, wir haben es tatsächlich geschafft."

„‚Geschafft' ist ein großzügiger Ausdruck." Sie richtete sich langsam auf, wobei sie ein Zischen unterdrückte, als ihre Rippen protestierten. „Die Hindenburg ist weg. Wir haben die Dokumente, aber... war es das wert?"

Max sah sie an, seine blauen Augen ernst. „Wenn wir Strassers Pläne damit stoppen können, ja."

„Ich bewundere Ihren Optimismus."

„Das ist keine Gewohnheit. Nur eine Ausnahme."

Ein Uniformierter betrat das Zelt, ein Notizbuch in der Hand. Er sah aus wie ein Mann, der an bürokratisches Chaos gewöhnt war, aber der Sturm in seinen Augen verriet, dass diese Katastrophe selbst ihn überforderte.

„Weber, Hannah und Reiner, Maximilian?"

„Das bin ich", antwortete Hannah und hob die Hand, obwohl sie sich sicher war, dass sie bereits halb wie ein Wrack aussah.

„Wir haben Berichte über weitere Überlebende erhalten", erklärte der Mann und warf einen Blick auf sein Notizbuch. „Einige Mitglieder der Crew und Passagiere. Aber… es ist ein Wunder, dass überhaupt jemand überlebt hat."

„Wunder sind nicht unser Stil", murmelte Hannah und tauschte einen Blick mit Max. „Wir ziehen das Drama vor."

Der Mann ignorierte ihren Kommentar und fuhr fort: „Die Amerikaner sind jetzt involviert. Es wird Fragen geben."

„Das überrascht mich kein bisschen", sagte Max mit einem bitteren Lächeln. „Die Amerikaner lieben Fragen. Vor allem, wenn es um Deutsche geht."

„Ich hoffe, Sie haben gute Antworten." Der Mann nickte knapp und verließ das Zelt.

Keine fünf Minuten später wurden sie in ein größeres Zelt geführt, das offensichtlich für „wichtige Gespräche" reserviert war. Zwei Männer in grauen Anzügen saßen hinter einem provisorischen Tisch, ihre Gesichter so neutral wie der Rest ihrer Kleidung.

„Fräulein Weber. Herr Reiner." Der ältere der beiden Männer legte die Hände auf den Tisch und sah sie über seine Brille hinweg an. „Ich bin Agent Miller, und das ist Agent Carter. Wir haben ein paar Fragen zu den Ereignissen auf der Hindenburg."

„Natürlich haben Sie die." Hannah setzte sich auf den Stuhl und verschränkte die Arme. „Ich hoffe, Sie haben auch Antworten, denn wir könnten ein paar gebrauchen."

Carter, der jüngere der beiden, hob eine Augenbraue. „Was genau meinen Sie?"

„Oh, nur das Offensichtliche." Sie beugte sich vor, ihr Ton scharf. „Warum ein Luftschiff voller Passagiere als Schlachtfeld benutzt wurde. Warum wir fast in die Luft gesprengt wurden. Und warum ich das Gefühl habe, dass die Hälfte der Leute auf diesem Schiff nicht einfach nur Touristen waren."

„Das ist vertrauliche Information", sagte Miller ruhig.

„Natürlich ist es das."

Während Hannah ihre Energie in Sarkasmus steckte, beobachtete Max die Männer sorgfältig. Er wusste, dass sie hier waren, um mehr zu erfahren, als sie preisgaben – und dass sie keine Freunde waren, zumindest nicht jetzt.

„Hören Sie", sagte er schließlich, seine Stimme kühl. „Wir wissen, dass diese Situation komplizierter ist, als Sie zugeben wollen. Aber wenn wir überleben sollen, brauchen wir mehr als Andeutungen und leere Fragen."

Miller und Carter tauschten einen Blick. Es war Carter, der schließlich sprach. „Wir arbeiten an einer Lösung. Aber wir brauchen Ihre Zusammenarbeit."

„Zusammenarbeit?" Hannah lachte trocken. „Was genau bedeutet das?"

„Es bedeutet Schutz", antwortete Miller. „Aber nur, wenn Sie uns die richtigen Informationen geben."

Die heiße Luft des Verhörzelts hatte sich kaum gelegt, als Hannah und Max in das Lager zurückkehrten. Beide schwiegen, während der Schatten der Fragen der amerikanischen Agenten über ihnen hing wie ein drohendes Gewitter.

„Nun", begann Hannah schließlich, während sie sich auf eine der Pritschen fallen ließ. „Das war... erbaulich. Glauben Sie, sie haben uns durchschaut?"

Max setzte sich ihr gegenüber und rieb sich die Stirn. „Sie haben nichts durchschaut, weil wir ihnen nichts gegeben haben. Aber das wird sie nicht davon abhalten, uns weiterhin auf die Probe zu stellen."

„Großartig. Ich liebe es, ein wandelndes Rätsel zu sein."

„Sie sind ein wandelndes Rätsel." Max' Mundwinkel zuckte. „Nur, dass Sie gelegentlich laut denken."

„Das nennt man Charme."

Bevor Hannah antworten konnte, wurde die Zelteingangsklappe ruckartig zurückgeschlagen. Zwei neue Gestalten traten ein, beide in unauffälligen Anzügen, die mehr nach Bürokratie als nach Heldentum aussahen. Doch ihre Augen – aufmerksam, wachsam und ein wenig zu ruhig – verrieten, dass sie mehr als einfache Schreibtischmenschen waren.

„Maximilian Reiner und Hannah Weber?" Der ältere der beiden, ein Mann mit kantigem Gesicht und leichtem Akzent, sprach mit der Autorität eines Mannes, der an Führung gewöhnt war.

„Vielleicht." Hannah verschränkte die Arme und lehnte sich zurück. „Kommt drauf an, wer fragt."

„Mein Name ist Anderson", antwortete der Mann knapp, während sein Begleiter – ein schmaler Typ mit Brille – schweigend daneben stand. „Und ich bin hier, um Ihnen zu helfen."

„Das sagt jeder, bevor er etwas will", murmelte Hannah. „Was ist Ihre Spezialität? Fallen? Erpressung? Politische Intrigen?"

„Informationen", sagte Anderson trocken. „Und Schutz. Wenn Sie ihn annehmen."

Max beugte sich vor, seine Haltung angespannt. „Was meinen Sie mit ‚Schutz'? Und was genau wollen Sie im Gegenzug?"

„Wir wissen, dass Sie Informationen über das haben, was auf der Hindenburg passiert ist", erklärte Anderson. „Und wir wissen, dass diese Informationen entscheidend sind – für uns und für Sie."

„Das ist ein interessanter Weg, ‚Wir wollen Ihre Geheimnisse' zu sagen", bemerkte Hannah.

„Es geht nicht nur um Geheimnisse." Andersons Stimme wurde fester. „Es geht darum, Sie beide am Leben zu halten. Glauben Sie wirklich, dass die, die hinter der Sabotage stecken, einfach aufhören werden, nur weil das Luftschiff gefallen ist?"

„Ein guter Punkt." Max musterte Anderson misstrauisch. „Aber was garantiert uns, dass wir Ihnen vertrauen können?"

„Nichts." Andersons Ton war unverblümt. „Aber Sie haben auch keine bessere Option."

Hannah sah zwischen Anderson und Max hin und her, ihr Verstand raste. Es war ein klassisches Spiel: Sie sollten die schwächere Option wählen, weil sie keine andere Wahl hatten. Aber was, wenn diese „Hilfe" sie nur tiefer in Gefahr brachte?

„Okay", sagte sie schließlich, ihre Stimme scharf. „Sagen wir, wir akzeptieren Ihren Schutz. Wohin führt uns das? Ein Safehouse mit Kaffee und Donuts? Oder in ein noch größeres Chaos?"

„Ein Safehouse", antwortete Anderson mit einem Hauch von Humor. „Aber der Kaffee ist schlecht."

„Oh, wunderbar." Hannah lehnte sich zurück. „Das ist fast überzeugend."

Max hob eine Hand, um das Gespräch zu stoppen. „Bevor wir irgendetwas zustimmen, brauchen wir Antworten. Wer genau sind Sie? Und warum sollten wir glauben, dass Sie nicht Teil eines größeren Spiels sind?"

Anderson zögerte für einen Moment, bevor er einen Schritt näher trat. „Wir sind ein Teil eines größeren Spiels. Aber im Moment sind wir Ihre besten Verbündeten, um es zu überleben."

„Das ist keine Antwort."

„Es ist die Wahrheit."

Hannah seufzte. „Großartig. Wir sind also Schachfiguren, und Sie sind der nette Spieler, der uns nicht vom Brett werfen will."

„So könnte man es sehen." Andersons Mundwinkel zuckte. „Aber manchmal gewinnt man das Spiel nur, indem man die richtigen Figuren schützt."

Das Lager wirkte für einen kurzen Moment fast friedlich, als Anderson und sein schweigsamer Kollege verschwanden. Hannah lehnte sich gegen eine der Zeltwände, während Max sich auf die Kante eines Feldbettes setzte, die Hände in den Haaren vergraben.

„Na, das war doch mal ein tolles Angebot", sagte Hannah trocken. „Ein Safehouse mit schlechtem Kaffee. Ich bin fast gerührt."

„Es ist besser als das, was uns in Berlin erwartet." Max hob den Kopf und sah sie an, seine Augen scharf. „Wir wissen beide, dass Strassers Leute dort nicht untätig sind."

„Oh, sicher." Hannah zuckte mit den Schultern. „Und ich wette, sie haben schon einen schönen kleinen Steckbrief mit meinem Namen und dem Text ‚bitte lebend, aber nur, wenn es bequem ist' vorbereitet."

„Für mich wohl eher ‚tot oder lebendig'." Max lächelte schwach. „Aber ich fürchte, ich habe nie gut auf Steckbriefe ausgesehen."

Ihr Austausch wurde unterbrochen, als ein junger Soldat hastig ins Zelt trat. Sein Gesicht war aschfahl, und er hielt ein Telegramm in der Hand, das leicht zitterte.

„Fräulein Weber? Herr Reiner?"

„Das sind wir", sagte Hannah mit einem misstrauischen Blick. „Was gibt's?"

Der Soldat reichte ihr das Telegramm, nickte knapp und verschwand so schnell, wie er gekommen war. Hannah öffnete das Papier und ließ ihre Augen über die Zeilen fliegen. Ihre Gesichtszüge verhärteten sich, und sie reichte das Telegramm schweigend an Max weiter.

„Das ist ein schlechter Scherz, oder?" murmelte er, während er die Nachricht las.

„Ich bin sicher, Berlin hat keinen Sinn für Humor." Hannah verschränkte die Arme und begann im Zelt auf und ab zu gehen. „Greta und Eliza sind in Gefahr, Strassers Netz zieht sich enger zusammen, und jetzt müssen wir entscheiden, ob wir hier bleiben oder zurückgehen und in das Wespennest springen."

„Es ist Selbstmord", sagte Max leise, als er das Telegramm beiseitelegte. „Wenn wir zurückgehen, sind wir so gut wie tot."

„Und wenn wir hier bleiben?" Hannah blieb stehen und sah ihn an, ihre Augen funkelten. „Was dann? Wir verstecken uns, während Strasser alles gewinnt? Das ist nicht Ihr Stil, Max."

„Es geht nicht nur um Stil." Er stand auf, seine Gestalt füllte das Zelt. „Es geht darum, zu überleben, damit wir überhaupt eine Chance haben, das Richtige zu tun."

„Das Richtige?" Hannah lachte bitter. „Wie edel. Aber ‚das Richtige' hat meinen Vater nicht gerettet. Es hat Greta und Eliza nicht beschützt. Und es wird uns auch nicht helfen, wenn wir hier sitzen und zusehen, wie die Welt in Flammen aufgeht."

Max schwieg einen Moment, bevor er leise sagte: „Sie wissen, dass Sie recht haben."

Hannah griff nach dem Telegramm und las es noch einmal, als ob sie hoffte, dass die Worte sich ändern würden. Aber die Nachricht war eindeutig: Greta und Eliza waren aufgespürt worden. Ihre Sicherheit hing von einem Faden ab – einem Faden, den Strasser jederzeit durchtrennen konnte.

„Also, was ist der Plan?" fragte sie schließlich und sah Max an.

„Zurück nach Berlin", sagte er, seine Stimme fest. „Aber nicht ohne Vorbereitung."

„Oh, ich liebe es, wenn Sie so entschlossen klingen." Hannah grinste schwach. „Lassen Sie mich raten: Anderson wird uns dabei helfen, oder?"

„Er wird keine Wahl haben."

Die Sonne ging über dem provisorischen Lager unter, und die Schatten der Zelte wurden länger, als Hannah und Max sich leise dem abgesprochenen Treffpunkt näherten. Es war eine kleine, unscheinbare Baracke am Rande des Geländes, so unauffällig, dass sie auffällig wirkte – ein klassisches Versteck für diejenigen, die zu viel Wert auf Geheimhaltung legten.

„Sind Sie sicher, dass das eine gute Idee ist?" flüsterte Hannah, während sie auf ihre Umgebung achtete.

„Nein", antwortete Max trocken. „Aber gute Ideen haben uns bisher auch nicht weitergebracht."

„Beruhigend."

Anderson wartete bereits drinnen, seine Silhouette von einer flackernden Lampe erhellt. Neben ihm stand der schweigsame Kollege mit der Brille, der nun ein dickes Notizbuch in der Hand hielt. Es sah aus, als hätte er vor, jeden Atemzug zu protokollieren.

„Ah, unsere tapferen Überlebenden." Andersons Ton war eine Mischung aus Respekt und Sarkasmus. „Ich nehme an, Sie sind hier, um Bedingungen zu stellen."

„Ganz genau." Hannah trat nach vorne, ihre Haltung so selbstbewusst, dass Max nicht sicher war, ob sie bluffte oder wirklich wusste, was sie tat. „Wir wissen, dass Sie uns brauchen. Und wir wissen, dass Sie mehr wissen, als Sie zugeben."

„Interessant." Anderson lehnte sich zurück, während ein dünnes Lächeln auf seinem Gesicht erschien. „Und was wollen Sie im Gegenzug?"

Max nahm das Wort. „Wir brauchen Unterstützung für eine Operation in Berlin. Transport, Ressourcen, Informationen. Und wir brauchen sie schnell."

„Berlin?" Andersons Augenbrauen hoben sich leicht. „Warum sollte ich das Risiko eingehen, meine begrenzten Ressourcen für eine Mission einzusetzen, die sich nach Selbstmord anhört?"

„Weil das, was wir haben, Sie interessieren wird." Hannah zog die Ledermappe hervor, die sie auf der Hindenburg gerettet hatten, und legte sie mit einer dramatischen Geste auf den Tisch.

Andersons Augen verengten sich, und selbst der schweigsame Kollege sah interessiert auf. „Und das ist?"

„Etwas, das Sie sich ansehen sollten", sagte Hannah. „Aber nur, wenn wir uns einig sind."

Anderson öffnete die Mappe und begann, die Dokumente durchzugehen. Sein Gesicht blieb neutral, doch Hannah bemerkte, wie seine Finger die Seiten ein wenig fester hielten, als er die letzten Zeilen las.

„Interessant." Er schloss die Mappe und sah sie an. „Das ist wertvoll. Aber es reicht nicht aus, um meine Organisation zu gefährden."

„Ihre Organisation?" Hannah lachte leise. „Tun Sie nicht so, als wären Sie ein wohltätiger Samariter. Wir wissen, dass Ihre Leute bereits tief in diesem Schlamassel stecken."

„Vorsicht, Fräulein Weber." Andersons Stimme war leise, aber sie hatte die Schärfe eines Messers.

„Vorsicht ist vorbei." Max verschränkte die Arme. „Wir machen das, weil das Richtige ist. Wenn Sie uns nicht helfen wollen, tun wir es alleine. Aber wenn Sie mit uns zusammenarbeiten, könnten Sie das Blatt wenden."

Anderson lehnte sich zurück, die Fingerspitzen aneinandergelegt. „Sie sind überzeugend, ich gebe es zu. Aber Sie fordern viel. Es gibt keine Garantie, dass Ihre Mission erfolgreich ist."

„Es gibt nie Garantien", erwiderte Hannah. „Aber wenn Sie nicht handeln, garantieren Sie, dass Strasser gewinnt. Ist das wirklich ein Risiko, das Sie eingehen wollen?"

Ein langer Moment des Schweigens folgte, bevor Anderson schließlich nickte. „Gut. Sie haben meinen Support. Aber denken Sie daran: Das hier ist keine Wohltätigkeit. Ich erwarte Ergebnisse."

„Und wir erwarten, dass Sie Ihre Versprechen halten", sagte Max kühl.

Die Details wurden schnell geklärt. Anderson sicherte ihnen einen Transport nach Europa zu sowie Zugang zu bestimmten Kontakten in Berlin, die ihnen helfen könnten. Doch die Zeit drängte, und Hannah konnte das Gefühl nicht abschütteln, dass sie einen teuren Preis für diese Allianz zahlen würden.

Als sie die Baracke verließen, sah Hannah zu Max auf. „Glauben Sie, dass wir ihm trauen können?"

„Nein." Max lächelte schwach. „Aber manchmal muss man dem Teufel die Hand reichen, um den größeren Dämon zu besiegen."

„Oh, wie poetisch." Sie zog eine Augenbraue hoch. „Hoffen wir, dass dieser Teufel wenigstens anständigen Kaffee hat."

Kapitel 15

Der sogenannte „sichere Unterschlupf" war eine unscheinbare, leicht heruntergekommene Villa an der Küste von New Jersey. Die Fensterläden hingen schief, die Tapete blätterte ab, und das Knarren der Bodendielen gab jedem Schritt ein gespenstisches Echo. Hannah betrachtete das Gebäude mit einer Mischung aus Misstrauen und trockenem Humor.

„Also das ist es? Das große Safehouse? Ich habe schon bessere Verstecke in Romanen gefunden."

Max, der neben ihr stand, zog eine Augenbraue hoch. „Wenn Sie eine Fünf-Sterne-Unterkunft erwarten, sind Sie hier falsch. Aber es hat ein Dach und keinen sichtbaren Eingang für Strassers Schergen."

„Wie beruhigend." Sie stieß die Tür mit einem leichten Stoß auf und trat ein. Der muffige Geruch von altem Holz und Staub schlug ihr entgegen. „Ach, der Duft von Sicherheit."

Die ersten Tage im Safehouse waren ein seltsamer Mix aus Langeweile und Paranoia. Hannah hatte sich im Wohnzimmer eingerichtet, das mit einem abgenutzten Sofa und einem Tisch voller Akten, Karten und Notizen eher wie eine improvisierte Kommandozentrale aussah.

„Wissen Sie", sagte sie eines Abends, als sie sich auf dem Sofa ausstreckte, „ich hätte nie gedacht, dass mein Leben so endet – versteckt in einem Geisterhaus mit einem Mann, der mehr Geheimnisse hat als ein verschlossener Tresor."

„Besser als tot." Max stand am Fenster, seine Silhouette vor dem schmalen Lichtstreifen, der durch die Ritzen der Vorhänge fiel.

„Das ist Ihre Messlatte?" Sie zog eine Augenbraue hoch. „Nicht tot? Sie sind wirklich ein Optimist."

Die relative Ruhe wurde jäh unterbrochen, als ein Kurier spät in der Nacht an die Tür klopfte. Hannah öffnete vorsichtig und fand einen blassen, jungen Mann, der nervös ein Telegramm überreichte, bevor er fast fluchtartig verschwand.

„Oh, das sieht ja vielversprechend aus", murmelte sie, als sie das Telegramm las. Ihre Augen wurden schmal, und sie reichte es wortlos an Max weiter.

„Strassers Leute werden aktiver", las Max vor, seine Stimme angespannt. „Sie greifen gezielt Unterstützer in Deutschland an. Greta und Eliza sind untergetaucht, aber ihr Netzwerk ist gefährdet."

„Großartig", sagte Hannah sarkastisch. „Als ob wir hier nicht schon genug Probleme hätten."

Bevor sie die Nachricht vollständig verdauen konnten, klopfte es erneut an der Tür. Diesmal öffnete Max mit gezogener Waffe – eine Vorsichtsmaßnahme, die Hannah durchaus unterstützte.

Vor der Tür stand ein Mann mittleren Alters mit scharfen Gesichtszügen und einem verschlissenen Mantel, der ihn wie einen Detektiv aus einem alten Film aussehen ließ. „Maximilian Reiner? Hannah Weber?"

„Wer fragt?" Maxs Stimme war ruhig, aber seine Finger blieben fest um den Abzug seiner Pistole gelegt.

„Mein Name ist Jonas Green", sagte der Mann, während er seine Hände hob, um zu zeigen, dass er unbewaffnet war. „Ich arbeite für das FBI. Und wir müssen reden."

„Oh, ich liebe Überraschungen", murmelte Hannah, während sie Max einen vielsagenden Blick zuwarf. „Lassen wir ihn rein. Wenn er lügt, können wir ihn immer noch rauswerfen – oder schlimmeres."

Green setzte sich an den Tisch und zog einen Stapel Papiere aus seiner Tasche. „Wir wissen, dass Sie Informationen haben, die für unsere Ermittlungen von entscheidender Bedeutung sind. Strassers Netzwerk in den USA wächst, und es gibt Hinweise, dass Ihre Mission in Deutschland nicht ganz so beendet ist, wie Sie vielleicht denken."

„Großartig", sagte Hannah und verschränkte die Arme. „Noch mehr Leute, die uns sagen, wie wichtig wir sind. Wollen Sie uns auch noch Schutz und schlechten Kaffee anbieten?"

„Ich bin hier, um Ihnen zu helfen", sagte Green mit einem leichten Lächeln. „Und um zu verhindern, dass Sie getötet werden."

„Das wird langsam langweilig", murmelte Max. „Jeder will uns retten. Warum fühlen wir uns dann immer mehr wie die Zielscheiben?"

Hannah und Max fanden sich in einem sterilen Raum wieder, der mehr nach einem schlecht beleuchteten Büro als nach einem Verhörraum aussah. Ein Tisch, zwei Stühle und eine Uhr, deren Ticken die Stille zerschnitt. Ihnen gegenüber saß ein junger FBI-Agent, der so aussah, als hätte er gerade erst sein Training abgeschlossen. Neben ihm stand Jonas Green, der sie hergebracht hatte, und eine Frau mittleren Alters mit stechendem Blick und einer Mappe voller Dokumente.

„Sie wollen also die Wahrheit?" Hannahs Stimme war scharf, während sie sich in ihrem Stuhl zurücklehnte. „Das ist ein interessanter Ansatz. Normalerweise bekommen wir immer nur Fragen."

„Fräulein Weber", begann die Frau mit einer Stimme, die genauso hart war wie ihr Blick, „wir wollen lediglich verstehen, was auf der Hindenburg passiert ist. Ihre Informationen könnten entscheidend sein."

„Entscheidend für was?" Max verschränkte die Arme. „Ihr Land? Ihre Karriere? Oder für die nächste Überschrift in der Zeitung?"

Green trat nach vorne, seine Miene besorgniserregend ernst. „Wir haben Grund zu der Annahme, dass Strassers Netzwerk in den Vereinigten Staaten aktiver ist, als wir dachten. Ihre Dokumente könnten helfen, das zu bestätigen."

„Oh, großartig." Hannah lächelte, aber es erreichte ihre Augen nicht. „Wir sind also nicht nur Helden in Deutschland, sondern auch hier. Warum fühle ich mich dann immer noch wie ein Schachbrett-Bauer?"

„Weil Sie einer sind", murmelte Max leise, bevor er lauter hinzufügte: „Wir kooperieren, aber nur, wenn wir etwas im Gegenzug bekommen."

„Zum Beispiel?" fragte die Frau, ihre Augen verengten sich.

„Sicherheit. Und Antworten", sagte Max, seine Stimme fest.

Die nächste Stunde verbrachten sie damit, die technischen Einzelheiten der Sabotage auf der Hindenburg zu erklären. Max, der immer noch etwas skeptisch war, behielt seine Antworten präzise, aber vage genug, um sich nicht zu sehr zu offenbaren.

„Die Modifikationen, die Sie beschreiben", sagte Green schließlich, während er Notizen machte, „sind erstaunlich präzise. Wissen Sie, wer dafür verantwortlich war?"

„Oh, natürlich", sagte Hannah mit trockenem Humor. „Wir haben Strasser beim Installieren der Sprengsätze zugesehen, während wir Tee getrunken haben."

Die Frau hob eine Augenbraue, aber Green lachte leise. „Wir brauchen keine Namen, nur Hinweise."

Als die Tür sich öffnete, trat ein Mann ein, der sich nicht vorstellte, sondern sich wortlos an die Wand lehnte. Sein prüfender Blick ließ Hannahs Haut kribbeln, und sie sah zu Max hinüber, der unmerklich nickte – auch er hatte die Veränderung bemerkt.

„Ist das Ihr Plan?" fragte Hannah spitz. „Uns so lange mit Blicken zu durchbohren, bis wir etwas Dummes sagen?"

„Wir sind lediglich vorsichtig", sagte die Frau. „Es gibt Hinweise, dass jemand in Ihrem Kreis... nicht ganz ehrlich ist."

„Natürlich", murmelte Hannah, während sie sich zurücklehnte.

„Was ist ein Spionagefilm ohne einen Verräter?" Green klappte seine Notizen zu und sah sie beide an. „Das hier ist noch lange nicht vorbei. Wir haben Informationen, die darauf hindeuten, dass jemand in Ihrer unmittelbaren Umgebung für Strasser arbeitet."

„Wirklich?" Max sprach ruhig, aber seine Stimme hatte einen gefährlichen Unterton. „Und wer genau soll das sein?"

Green zuckte mit den Schultern. „Das versuchen wir herauszufinden. Aber bis dahin rate ich Ihnen, niemandem zu vertrauen."

Hannah lachte trocken. „Oh, das ist leicht. Ich habe seit Jahren niemandem vertraut."

Der Abend war überraschend ruhig, als Max und Hannah zum Safehouse zurückkehrten. Zu ruhig. Hannah konnte das Unbehagen in der Luft spüren – ein Knistern, das weder von den nahenden Herbststürmen noch von ihrem angespannten Gespräch mit den Amerikanern herrührte.

„Irgendetwas stimmt hier nicht", murmelte sie und warf einen misstrauischen Blick auf die Straße, die in der Dämmerung fast leer war.

Max nickte, seine Hand war instinktiv näher an die Waffe in seiner Jacke gewandert. „Bleiben Sie nah bei mir."

„Oh, keine Sorge." Hannahs Stimme war leise, aber ihre Augen funkelten vor Trotz. „Ich habe nicht vor, heute Abend alleine zu sterben."

Als sie das Safehouse erreichten, wirkte alles normal. Die Fensterläden waren geschlossen, die Eingangstür leicht angelehnt – genau so, wie sie sie zurückgelassen hatten. Doch es war die Art von Normalität, die falsch wirkte, wie eine zu perfekte Kulisse.

„Warten Sie hier", flüsterte Max, während er die Tür vorsichtig mit der Schulter aufdrückte.

„Oh, großartig." Hannah verschränkte die Arme. „Jetzt spielen wir also ‚der mutige Held und die hilflose Dame'?"

„Sie können gern reingehen und die Schurken selbst begrüßen", sagte Max trocken.

„Vielleicht später."

Kaum war Max durch die Tür getreten, da brach das Chaos los. Zwei Männer stürzten aus den Schatten, ihre Bewegungen schnell und präzise. Einer hatte einen Schlagstock, der andere ein Messer, und beide zielten auf Max, der gerade noch rechtzeitig auswich.

„Max!" Hannah rannte hinterher, ohne zu zögern.

Max' Bewegungen waren geschmeidig und effizient, als er den ersten Angreifer mit einem gezielten Schlag entwaffnete. Doch der zweite Mann war schneller, und bevor Max reagieren konnte, hatte er eine blutige Schramme an der Seite.

„Oh nein, das lassen wir nicht zu!" Hannah griff nach einer alten Vase, die auf einem wackeligen Tisch stand, und schleuderte sie mit erstaunlicher Präzision auf den zweiten Angreifer. Der Mann stolperte zurück, fluchend und überrascht.

„Das hätten Sie mir früher sagen können, dass Sie gut zielen können", keuchte Max, während er den ersten Mann endgültig außer Gefecht setzte.

„Ach, ich mag Überraschungen."

Bevor sie jedoch Luft holen konnten, hörten sie Schritte von draußen – mehr Angreifer. Doch gerade als Hannah sich auf einen weiteren Kampf vorbereitete, hörte sie das Knattern eines Motors. Ein schwarzes Auto hielt abrupt vor dem Haus, und aus der Fahrertür sprang Jonas Green.

„Hinein!" rief er, während er die Tür aufhielt.

„Habe ich erwähnt, dass ich Überraschungen hasse?" murmelte Hannah, bevor sie Max half, zum Auto zu kommen.

Das Auto raste durch die engen Straßen, während Max versuchte, die blutende Wunde an seiner Seite zu drücken. Green, der hinter dem Steuer saß, warf ihnen einen schnellen Blick zu. „Ich habe Ihnen gesagt, dass das Safehouse nicht sicher ist."

„Danke für die Erinnerung", fauchte Hannah. „Haben Sie auch erwähnt, dass Sie uns mitten in einem Hinterhalt retten würden?"

„Das gehört nicht zu meinem üblichen Service."

Max konnte trotz der Situation ein schwaches Lächeln nicht unterdrücken. „Wohin fahren wir?"

„Ein anderes Versteck", sagte Green. „Aber wir müssen uns beeilen. Es sieht so aus, als hätte Strasser mehr Leute hier, als wir gedacht haben."

Als das Auto schließlich in eine dunkle Gasse einbog, spürte Hannah, wie die Spannung in ihrem Körper langsam nachließ. Doch ihre Gedanken rasten. Der Angriff war nicht nur ein Zufall – jemand hatte sie verraten.

„Wir können niemandem mehr trauen", sagte sie leise, während sie aus dem Fenster starrte.

„Außer uns", antwortete Max.

Hannah sah ihn an, und trotz des Blutes und der Erschöpfung in seinem Gesicht konnte sie die Entschlossenheit in seinen Augen sehen. „Das reicht mir."

Das neue Versteck war eine alte Lagerhalle, verborgen in einer abgelegenen Ecke des Hafens von New Jersey. Der salzige Geruch des Meeres vermischte sich mit dem muffigen Aroma von feuchtem Holz und Rost. Jonas Green führte sie durch ein Labyrinth aus Kisten und Netzen, bevor er eine schwere Metalltür öffnete, die zu einem fensterlosen Raum führte.

„Das ist es", sagte Green knapp. „Nicht ideal, aber sicher."

„Oh, sicher", murmelte Hannah, während sie sich umsah. „Nichts schreit ‚Gemütlichkeit' wie ein Raum ohne Fenster und der ständige Geruch von Fisch."

„Wir sind nicht hier, um es gemütlich zu haben", antwortete Max, seine Stimme rau vor Erschöpfung. Er lehnte sich an eine Kiste und presste eine Hand gegen die Wunde an seiner Seite.

„Setzen Sie sich." Hannah zog eine kleine Erste-Hilfe-Tasche aus einem der Regale und kniete sich vor Max. „Das ist das zweite Mal, dass ich Sie in kürzester Zeit zusammenflicken muss. Möchten Sie vielleicht eine Sammelkarte für Verletzungen?"

„Es ist nicht so schlimm."

„Nicht schlimm?" Hannah hob eine Augenbraue. „Das sagen Männer immer, bevor sie in Ohnmacht fallen."

„Ich falle nicht in Ohnmacht."

„Wunderbar. Dann können Sie sich selbst verarzten."

Max schnaubte leise, ließ sie aber machen, während sie die Wunde reinigte und verband. Ihre Bewegungen waren geschickt, doch ihre Augen funkelten vor Wut.

Jonas Green beobachtete sie schweigend, bevor er schließlich sprach. „Wir müssen reden."

„Oh, endlich", sagte Hannah sarkastisch. „Ich dachte schon, wir würden in dieser aufregenden Stille verharren."

„Es gibt Hinweise darauf, dass jemand in unserem Netzwerk für Strasser arbeitet." Green verschränkte die Arme und sah sie beide an. „Und die Spur führt direkt zu Ihnen."

„Wie bitte?" Max richtete sich auf, trotz des Schmerzes in seiner Seite.

„Seien Sie vorsichtig mit Ihren Anschuldigungen", fügte Hannah hinzu, ihre Stimme gefährlich leise. „Wir haben genug durchgemacht, um keine weiteren Schuldzuweisungen zu brauchen."

„Das ist keine Anschuldigung." Green zog ein zerknittertes Dokument aus seiner Tasche und legte es auf den Tisch. „Es ist ein Bericht, der beweist, dass Informationen aus Ihrem Kreis an Strasser weitergeleitet wurden."

Max griff nach dem Dokument und studierte es sorgfältig. „Das könnte jeder gewesen sein. Unsere Pläne wurden an mehreren Orten durchgegeben."

„Genau", stimmte Green zu. „Und dennoch gab es Details, die nur jemand kennen konnte, der direkten Zugang zu Ihnen beiden hatte."

„Großartig." Hannah ließ sich in einen Stuhl fallen und verschränkte die Arme. „Also, wer von uns ist der Bösewicht? Sollten wir Lose ziehen?"

„Niemand hier ist der Verräter." Max legte das Dokument zurück auf den Tisch. „Aber jemand hat uns ausgenutzt. Wir müssen herausfinden, wer."

Green nickte. „Es gibt noch etwas." Er zog ein weiteres Dokument hervor, dieses Mal mit einer Liste von Namen. „Wir haben eine Verbindung zwischen Strassers Netzwerk und mehreren hochrangigen Persönlichkeiten in den USA gefunden. Einer davon ist in Ihrer direkten Umgebung tätig."

„Das wird ja immer besser." Hannah griff nach der Liste und las die Namen durch. Ihre Augen weiteten sich leicht, als sie eine bekannte Verbindung entdeckte. „Das ist doch ein Scherz."

„Was?" fragte Max, während er sich zu ihr beugte.

„Ich kenne diesen Namen." Sie tippte auf die Liste. „Er war bei dem Verhör dabei. Der Typ mit dem unheimlichen Blick."

„Wenn das stimmt, dann hat Strasser hier mehr Einfluss, als wir dachten", sagte Green, während er die Liste zurücknahm. „Wir müssen ihn finden und ausschalten, bevor er weiteren Schaden anrichtet."

„Ausschalten?" Hannah hob eine Augenbraue. „Sie meinen wohl, ihn zur Rede stellen und höflich um eine Erklärung bitten?"

„Nennen Sie es, wie Sie wollen", sagte Green trocken.

„Wunderbar." Sie lehnte sich zurück und warf Max einen Blick zu. „Wie fühlen Sie sich bei der Aussicht, dass wir bald wieder ins Feuer springen?"

„Ich bin dabei, wenn Sie es sind."

Kapitel 16

Hannah stand vor einem fleckigen Spiegel in der Lagerhalle, ihr Blick schweifte über ihr eigenes müdes Gesicht. Sie fühlte sich wie eine Schachfigur, die unermüdlich auf dem Brett hin und her geschoben wurde. Doch jetzt, mit dem nächsten Zug vor Augen, wusste sie, dass sie ihre Rolle selbst bestimmen musste.

„Das ist Wahnsinn", sagte Max hinter ihr, seine Stimme fest, aber nicht ohne einen Hauch von Sorge.

„Danke für die Einschätzung, Captain Offensichtlich." Hannah drehte sich zu ihm um. „Aber wir haben keine Wahl. Wir müssen zurück nach Berlin."

„Zurück?" Max machte einen Schritt auf sie zu, seine Augen blitzten vor Zorn und Frustration. „Hannah, das ist ein Himmelfahrtskommando! Strasser wird uns erwarten. Er wird vorbereitet sein."

„Genau deshalb müssen wir gehen." Hannah verschränkte die Arme vor der Brust. „Wenn wir hier bleiben, haben wir keine Chance, sein Netzwerk zu zerstören. Und ehrlich gesagt, Max, ich mag es nicht, auf der Flucht zu sein."

„Das ist keine Flucht, das ist Taktik!" Max fuhr sich durch die Haare, ein Zeichen dafür, dass seine Geduld schwand. „Wir könnten hier bleiben, Informationen sammeln, Ressourcen aufbauen—"

„Und dabei zusehen, wie er gewinnt?" Hannahs Stimme schnitt durch den Raum wie ein scharfes Messer. „Wie viele Menschenleben willst du noch aufs Spiel setzen, Max, nur weil du Angst hast?"

„Das hat nichts mit Angst zu tun!"

„Oh, natürlich nicht." Sie trat näher, ihre Augen funkelten. „Du bist ein tapferer Kriegsheld, nicht wahr? Aber wenn es darum geht, tatsächlich etwas zu riskieren, versteckst du dich lieber."

Die Worte trafen ihr Ziel. Max starrte sie an, und für einen Moment herrschte eine Stille, die schwerer war als die Luft um sie herum.

„Entschuldigen Sie die Unterbrechung", kam Jonas Greens Stimme von der Tür. Er lehnte lässig gegen den Rahmen, doch in seinen Augen lag eine Mischung aus Belustigung und Ernst. „Aber wenn Sie beide sich ausgetobt haben, könnten wir vielleicht über die Logistik sprechen?"

„Wir haben uns nicht ausgetobt", murmelte Max, während Hannah gleichzeitig sagte: „Wir sind fertig."

Green schmunzelte. „Gut. Denn die Amerikaner sind bereit, Ihnen zu helfen. Aber nur, wenn Sie sich zusammenreißen und einen klaren Plan vorlegen."

„Oh, großartig", murmelte Hannah. „Die Helden Amerikas kommen zur Rettung. Soll ich vor Dankbarkeit in die Knie gehen?"

„Bitte nicht", antwortete Green trocken. „Aber wenn Sie wirklich zurück nach Deutschland wollen, brauchen Sie unsere Unterstützung."

Die nächsten Stunden verbrachten sie mit der Planung. Ein kleiner Trupp amerikanischer Agenten würde Hannah und Max begleiten, unterstützt von falschen Papieren und einer perfekt inszenierten Tarnung.

„Ich hasse es, das zuzugeben", sagte Max leise, als er die letzten Dokumente durchging, „aber sie haben recht. Ohne ihre Hilfe haben wir keine Chance."

„Ich hasse es, überhaupt zuzuhören", erwiderte Hannah, während sie sich durch die Liste ihrer Decknamen arbeitete. „Hannah Kraus? Wirklich? Könnten sie nicht etwas Kreativeres finden?"

„Ich finde, es passt zu Ihnen", sagte Max mit einem schwachen Lächeln.

„Ha-ha."
Kurz vor ihrer Abreise saßen sie nebeneinander auf einer alten Kiste, die Hände in den Schoß gelegt.
„Hannah", begann Max, seine Stimme ungewohnt sanft. „Wenn das schiefgeht—"
„Es wird nicht schiefgehen."
„Aber wenn doch—"
„Max." Sie drehte sich zu ihm um, legte eine Hand auf seine. „Wir haben uns durch Schlimmeres gekämpft. Und ich weiß, dass wir das überleben werden. Weil wir es müssen."
Für einen Moment sagte er nichts, dann nickte er langsam. „Ich hoffe, Sie haben recht."
„Das tue ich immer."

Die Überfahrt nach Deutschland verlief überraschend reibungslos. Ihr Deckmantel war perfekt inszeniert – Hannah als Journalistin, Max als technischer Berater einer amerikanischen Firma, begleitet von „Kollegen", die sich ebenso unscheinbar gaben wie die Fracht, die sie transportierten. Der Geruch von Maschinenöl und Kohle überlagerte die Luft, während ihr Zug gemächlich durch die nächtliche Landschaft rollte.

Hannah saß am Fenster, eine Zeitung in der Hand, die sie nicht wirklich las. Stattdessen beobachtete sie ihr verschwommenes Spiegelbild, ihre Gedanken wanderten zwischen Angst und Entschlossenheit hin und her.

„Sie könnten wenigstens so tun, als ob Sie sich für den Artikel interessieren", murmelte Max leise, der neben ihr saß und einen Aktenkoffer hielt, der mehr Dokumente enthielt, als er zugeben wollte.

„Entschuldigung, wenn mein Enthusiasmus für deutsche Propaganda nicht übersprudelt", flüsterte sie zurück. „Aber hey, ich werde mich bemühen, wie ein patriotisches Meisterwerk zu wirken."

Als der Zug schließlich in einem kleinen Bahnhof hielt, waren sie die einzigen Passagiere, die ausstiegen. Der Ort war so trostlos wie in einer Postkarte, die man nicht verschicken wollte – neblige Straßen, verlassene Gebäude und eine unheimliche Stille, die nur durch das leise Zischen der Lokomotive unterbrochen wurde.

Ein Mann in einem langen Mantel wartete am Ende des Bahnsteigs. Er sah aus wie eine Gestalt aus einem Film noir, mit einem Hut, der tief in sein Gesicht gezogen war, und einer Zigarette, die im diffusen Licht aufglomm.

„Sind Sie Herr und Frau Kraus?" fragte er in gebrochenem Englisch, ohne seine Zigarette zu entfernen.

„Ja", antwortete Max knapp, während Hannah einen Schritt näher trat.

„Gut. Folgen Sie mir."

„Oh, wie beruhigend", murmelte Hannah. „Ein wortkarger Fremder, der uns in die Dunkelheit führt. Was könnte da schon schiefgehen?"

Der Mann führte sie durch eine Reihe von Gassen, bis sie schließlich in einem alten Lagerhaus ankamen. Das Innere war genauso unscheinbar wie das Äußere, doch Hannah bemerkte die kleinen Zeichen von Leben – ein Radio, das leise spielte, eine Kiste mit Konserven, die in der Ecke stand, und ein paar Stühle, die um einen abgenutzten Tisch gruppiert waren.

„Setzen Sie sich", sagte der Mann und nahm seinen Hut ab, um einen grauen Haarschopf freizugeben. „Ich bin Otto. Und das ist unser kleines Paradies."

„Paradies?" Hannah sah sich um und hob eine Augenbraue. „Ich hoffe, Sie haben eine großzügige Definition von Luxus."

„Wir nehmen, was wir kriegen können." Otto ließ sich auf einen der Stühle fallen und deutete auf eine junge Frau, die gerade hereinkam. „Das ist Elise. Sie kümmert sich um die Nachrichten."

Elise legte einen Stapel Dokumente auf den Tisch und sprach schnell. „Strasser wird immer dreister. Seine Leute haben mehrere Widerstandsgruppen in den letzten Wochen ausgeschaltet. Es gibt Gerüchte, dass er etwas Großes plant – etwas, das die amerikanischen Verhandlungen sabotieren könnte."

„Natürlich", murmelte Hannah, während sie die Dokumente durchblätterte. „Er kann es nicht lassen, ein egomanischer Größenwahnsinniger zu sein."

„Was ist das für ein Plan?" fragte Max, seine Stimme angespannt.

„Wir wissen es nicht genau", gab Elise zu. „Aber es hat mit Berlin zu tun. Und es wird bald passieren."

Die Unterhaltungen wurden immer angespannter, während sie versuchten, die wenigen Hinweise zusammenzufügen, die sie hatten. Hannah spürte, wie die Last der Verantwortung schwerer wurde.

„Was machen wir jetzt?" fragte sie schließlich, während sie Max ansah.

„Wir müssen nach Berlin", sagte er ohne zu zögern. „Strasser wird dort sein, und wenn wir ihn nicht aufhalten, könnte das alles für nichts gewesen sein."

„Oh, großartig." Sie lehnte sich zurück und sah zu Otto. „Haben Sie wenigstens einen Plan, wie wir dorthin kommen, ohne dass wir auf einer Fahndungsliste landen?"

Otto grinste schief. „Das kommt darauf an, wie gut Sie schauspielern können."

Das Lagerhaus war in ein gedämpftes Halbdunkel getaucht, als die Tür mit einem leisen Quietschen aufging. Hannah hob den Kopf, bereit für den nächsten wortkargen Informanten, doch die Gestalt, die eintrat, ließ sie erstarren.

„Hannah Weber", erklang eine vertraute Stimme, die einen Hauch von Ironie trug, „du siehst genauso aus wie beim letzten Mal, nur ein bisschen... zerrupfter."

„Greta?" Hannahs Stimme war ein Flüstern, bevor sie sich aufrichtete und zu ihrer alten Freundin hinüberging.

„In Fleisch und Blut." Greta lächelte, ihre Augen leuchteten vor einer Mischung aus Freude und Erleichterung. Sie trug eine abgewetzte Jacke und eine einfache Mütze, aber ihre Haltung war so aufrecht wie immer.

„Ich dachte, du wärst... verschwunden."

„Ich war." Greta grinste breit. „Aber ich bin schwer loszuwerden."

„Also, ihr zwei kennt euch?" Otto schien überrascht, aber nicht unzufrieden, als er den Austausch beobachtete.

„Greta und ich haben eine lange Geschichte", sagte Hannah trocken. „Eine Geschichte voller Dramen, Geheimnisse und gelegentlicher Lebensrettungen."

„Ich habe mehr Leben gerettet, als ich in Gefahr gebracht habe", warf Greta ein.

„Das ist diskutabel."

Greta ließ sich in einen der Stühle fallen, zog ein zerknittertes Papier aus ihrer Tasche und legte es auf den Tisch. „Ich bin nicht nur hier, um alte Zeiten aufleben zu lassen. Ich habe Informationen."

Max, der bisher still gewesen war, lehnte sich vor. „Was für Informationen?"

„Strasser", sagte Greta und sah ihn an. „Er plant etwas Großes. Und ich glaube, ich weiß, wo er es tut."

Das Papier, das Greta mitgebracht hatte, enthielt eine handgezeichnete Karte und ein paar Notizen in hastig gekritzeltem Deutsch. Hannah beugte sich darüber und versuchte, die Details zu entziffern.

„Ein Lagerhaus in der Nähe des Regierungsviertels?" murmelte sie. „Das ist riskant, selbst für Strasser."

„Er liebt das Drama", sagte Greta. „Außerdem hat er genug Leute, um es zu verteidigen."

„Großartig", sagte Max. „Wir haben also einen Standort, aber keine Ahnung, was er vorhat."

„Das kriegen wir noch raus." Greta lehnte sich zurück und grinste. „Ich dachte, ihr beiden seid die Experten darin, aus dem Nichts etwas zusammenzusetzen."

„Es hilft, wenn man ein bisschen mehr als Nichts hat", murmelte Hannah, bevor sie Max einen Blick zuwarf. „Was denkst du?"

„Ich denke, dass wir keine Wahl haben." Seine Stimme war ruhig, aber seine Augen verrieten die Anspannung. „Wenn Strasser etwas plant, müssen wir ihn aufhalten. Und das bedeutet, dass wir einen Schritt voraus sein müssen."

Später, als Greta und Otto Details besprachen, zog Hannah ihre Freundin beiseite. „Greta... warum hast du nichts gesagt? Ich dachte wirklich, du wärst—"

„Tot?" Greta sah sie mit einem schiefen Lächeln an. „Es war sicherer, wenn du das glaubst."

„Für wen? Für dich oder für mich?"

„Für uns beide." Greta legte eine Hand auf Hannahs Schulter. „Ich wollte dich schützen. Und wenn ich ehrlich bin, wollte ich mich auch schützen. Aber jetzt bin ich hier, und wir stehen das zusammen durch, okay?"

Hannah atmete tief durch und nickte. „Okay. Aber wenn du noch einmal ohne ein Wort verschwindest, bringe ich dich selbst um."

Als sie zurück zum Tisch gingen, bemerkte Hannah, dass Max sie beobachtete. Seine Augen waren kühl, aber aufmerksam – wie jemand, der gerade ein kompliziertes Puzzle zusammensetzt.

„Ist alles in Ordnung?" fragte er, als Hannah sich setzte.

„Alles bestens." Sie schenkte ihm ein schiefes Lächeln. „Greta hat eine Gabe dafür, dramatische Auftritte zu machen."

„Das habe ich bemerkt."

Mit Greta an ihrer Seite war das Team stärker, aber die Spannung war greifbar. Die Details über Strassers Pläne waren noch vage, und jeder wusste, dass das nächste Kapitel ihres Plans gefährlicher sein würde als alles zuvor.

„Also", sagte Greta, während sie ihre Karte wieder aufrollte, „wer ist bereit, in die Höhle des Löwen zu spazieren?"

„Bereit?" Hannah schnaubte. „Das ist nicht das richtige Wort. Aber lass uns loslegen, bevor ich meine Meinung ändere."

Max nickte. „Berlin wartet. Und wir müssen schneller sein als Strasser."

Berlin begrüßte sie mit der kalten Umarmung eines Wintermorgens. Die Straßen waren wie leergefegt, nur das rhythmische Knirschen von Stiefeln und das ferne Röhren eines Automotors durchbrachen die Stille. Hannah zog ihren Mantel fester um sich und blickte über die Schulter. Greta und Max gingen dicht hinter ihr, ihre Gesichter angespannt.

„Ich hatte vergessen, wie heimelig es hier ist", murmelte sie. „Nichts sagt ‚Willkommen zurück' wie das Gefühl, dass jede Ecke dich umbringen könnte."

„Vielleicht solltest du das für deinen nächsten Artikel verwenden", antwortete Greta trocken. „‚Berlin: Die Stadt, die dich nicht nur willkommen heißt, sondern auch verfolgt.' Klingt catchy."

„Ruhig", unterbrach Max leise. Seine Augen scannten die Straße vor ihnen, sein Griff um die Tasche, in der ihre gefälschten Papiere lagen, war weiß vor Anspannung. „Wir sind fast da."

Das Lagerhaus, das Greta auf der Karte markiert hatte, war ein tristes Gebäude am Rande eines Industriegebiets. Es war so unauffällig, dass es schon wieder auffällig war – ein Ort, an dem man entweder Schmuggelware versteckte oder einen tödlichen Plan schmiedete.

„Das ist es?" Hannah hob eine Augenbraue. „Ich habe schon sicherere Orte für eine Kaffeepause gesehen."

„Das ist nur die Fassade", sagte Greta und deutete auf die abgedunkelten Fenster. „Drinnen ist es sicher lebhafter. Wenn wir Glück haben, sind sie zu beschäftigt, um uns sofort zu bemerken."

„Ja, oder sie erwarten uns schon." Hannah zog ihre Handschuhe aus und sah Max an. „Hast du einen Plan, Captain?"

„Ja." Max blickte sie beide an. „Wir gehen rein, finden heraus, was Strasser plant, und kommen lebend wieder raus."

„Brillant", murmelte Hannah. „Warum habe ich nicht daran gedacht?"

Das Innere des Lagerhauses war genauso düster wie erwartet – hohe Regale voller Kisten, ein schwaches Licht, das von nackten Glühbirnen ausging, und eine bedrückende Stille, die nur von gelegentlichen Schritten unterbrochen wurde.

„Ich weiß nicht, was schlimmer ist", flüsterte Hannah, „die Tatsache, dass wir hier sind, oder dass ich langsam anfange, mich an diese Situationen zu gewöhnen."

Greta grinste schief. „Vielleicht solltest du einen Kurs in Stressmanagement machen, sobald das hier vorbei ist."

„Ich denke darüber nach."

Ein Geräusch hinter ihnen ließ sie alle innehalten. Es war ein leises Klicken, kaum hörbar, aber genug, um Hannahs Nackenhaare aufzustellen.

„Wir sind nicht allein", flüsterte Max.

„Großartig." Greta zog ein kleines Messer aus ihrer Tasche. „Ich liebe Überraschungsgäste."

Bevor sie reagieren konnten, wurden sie von allen Seiten umzingelt. Männer in dunklen Mänteln traten aus den Schatten, ihre Waffen auf die Gruppe gerichtet.

„Willkommen", erklang eine vertraute Stimme, die Hannahs Blut gefrieren ließ. Aus den Reihen der Männer trat niemand Geringeres als Kurt Strasser selbst. Sein Gesicht war so selbstgefällig wie immer, ein breites Lächeln, das mehr Bedrohung als Freude ausstrahlte.

„Hannah Weber." Strassers Stimme tropfte vor Spott. „Und Maximilian Reiner. Ich muss sagen, ich bin beeindruckt. Ihr Mut ist wirklich bewundernswert. Oder sollte ich sagen: eure Dummheit?"

„Oh, bitte", antwortete Hannah kühl. „Wenn wir Dummheit sehen wollten, hätten wir uns einfach ihre letzte Rede angehört."

Strasser lachte leise. „Immer so schlagfertig. Es ist fast schade, dass unser Spiel heute endet."

„Was wollen Sie?" fragte Max, während er sich langsam vor Hannah stellte.

„Was ich immer wollte", antwortete Strasser. „Macht. Kontrolle. Und das Wissen, dass ich die wahren Verräter beseitigt habe."

Doch bevor Strasser weiterreden konnte, flackerte das Licht im Lagerhaus, und ein lautes Krachen ließ alle innehalten. Eine Explosion erschütterte die hintere Wand, und in der aufgewirbelten Staubwolke trat eine Silhouette hervor – Otto, mit einer Pistole in der einen Hand und einem breiten Grinsen auf dem Gesicht.

„Ich hoffe, ich störe nicht", sagte er, bevor er einen der Männer niederstreckte.

Die nächsten Minuten waren ein Wirbel aus Schüssen, Schreien und rennenden Schritten. Hannah, Greta und Max nutzten die Ablenkung, um sich in Deckung zu bringen.

„Ich wusste, dass Otto nicht ganz nutzlos ist", murmelte Greta, während sie eine Pistole aus einer der Kisten zog.

„Das hättest du mir früher sagen können", fauchte Hannah, während sie nach einer Möglichkeit suchte, Strasser auszumachen.

„Wo ist er?" rief Max, seine Augen suchten die Menge ab.

„Wahrscheinlich schon auf dem Weg nach draußen", antwortete Greta. „Das ist sein Stil."

Hannah wusste, dass sie nur eine Chance hatten, Strasser aufzuhalten. Sie warf einen Blick auf Max, der kurz nickte, bevor sie sich in die Menge stürzte. Doch als sie Strasser endlich sah, war er bereits auf dem Weg zu einer Hintertür.

„Nicht so schnell", rief sie, während sie ihm folgte.

Strasser drehte sich um, sein Gesicht von einer Mischung aus Überraschung und Zorn gezeichnet. Doch bevor er reagieren konnte, stürzte Max hinter ihm her, und ein letzter Kampf begann.

Kapitel 17

Die Tür zum alten Pensionat knarrte, als Hannah sie aufdrückte, der vertraute Geruch von Bohnerwachs und altbackenem Apfelkuchen schlug ihr entgegen. Für einen Moment fühlte sie sich, als sei die Zeit stehen geblieben – bis eine donnernde Stimme die Stille zerriss.

„Himmel! Ist das wirklich meine verlorene Hannah?"

Hannah drehte sich um, nur um fassungslos die stämmige Gestalt von Frau Müller zu erblicken, die wie ein Panzer aus der Küche rollte, ein Nudelholz in der Hand und ein Gesicht voller ungläubiger Freude.

„Frau Müller", begann Hannah zögernd, doch die ältere Frau war bereits bei ihr, zog sie in eine Umarmung, die eher einer Bärenfalle glich.

„Ich dachte, Sie seien irgendwo... Gott weiß wo!" Frau Müllers Augenbrauen schossen in die Höhe. „Und dieser Herr!" Sie deutete auf Max, der hinter Hannah stand und sichtbar versuchte, nicht zu grinsen. „Haben Sie einen neuen Mann? Warum habe ich davon nichts gehört?"

„Er ist kein ‚neuer Mann'", protestierte Hannah, ihre Wangen leicht gerötet.

„Natürlich nicht", sagte Frau Müller augenzwinkernd, während sie Max von oben bis unten musterte. „Er sieht viel zu gut aus, um nur ein Freund zu sein."

„Darf ich mich vorstellen?" Max trat vor, seine Stimme höflich, aber mit einem Hauch von Amüsement. „Max Reiner."

„Reiner? Ach, was für ein schöner Name! Und so gut erzogen." Frau Müller nickte anerkennend, bevor sie sich wieder Hannah zuwandte. „Aber Sie sehen müde aus, Kind. Kommen Sie rein, setzen Sie sich, ich mache Ihnen etwas zu essen."

„Wir haben wirklich keine Zeit—" begann Hannah, doch Frau Müller hatte sie bereits in die Küche geschoben, Max direkt hinter ihr.

Während Frau Müller hektisch durch die Küche wirbelte, ein Monolog über die neuesten Klatschgeschichten haltend, tauschten Hannah und Max einen vielsagenden Blick.

„Das ist... surreal", murmelte Max, während er einen Bissen von einem improvisierten Apfelstrudel nahm.

„Willkommen in meinem Leben", antwortete Hannah trocken.

„Und was führt Sie beide zurück nach Berlin?" Frau Müller stellte eine dampfende Tasse Tee vor Hannah ab und blickte sie neugierig an.

„Arbeit", sagte Hannah schnell. „Ein Artikel über... historische Gebäude."

„Ha! Historische Gebäude!" Frau Müller schnappte nach Luft. „Dann sollten Sie das Ministerium besuchen. Dort brodelt es wie ein Topf mit schlechtem Gulasch."

„Das Ministerium?" Hannah setzte die Tasse ab, ihre Neugier geweckt.

„Ja, ja. Die Gerüchte sind überall", flüsterte Frau Müller und lehnte sich verschwörerisch näher. „Wichtige Leute verschwinden, und keiner sagt warum. Es heißt, dass etwas Großes geplant wird."

Hannahs Herz setzte einen Schlag aus. Sie tauschte einen schnellen Blick mit Max, der ebenfalls angespannt wirkte.

„Wissen Sie mehr darüber?" fragte Max höflich.

„Ach, ich bin nur eine alte Frau", sagte Frau Müller und zuckte mit den Schultern. „Aber wenn Sie mich fragen, irgendetwas Dunkles geht da vor sich. Seien Sie vorsichtig, meine Lieben."

Später, als sie sich in einem der Gästezimmer zurückzogen, ließ Hannah sich auf das alte Bett fallen und starrte an die Decke. „Das Ministerium. Es war immer das Ministerium."

„Dann wissen wir, wohin wir morgen gehen müssen." Max setzte sich auf einen Stuhl und rieb sich nachdenklich das Kinn. „Aber wir müssen vorsichtig sein. Strasser wird uns erwarten."

„Er erwartet uns immer." Hannah drehte den Kopf und sah ihn an. „Aber diesmal werden wir ihn überraschen."

Der Regen prasselte unaufhörlich gegen die Fenster des kleinen Hauses, in dem Dr. Lehmann untergebracht war. Die Straßen waren dunkel, und nur die fahlen Lichtkegel der Laternen warfen gespenstische Schatten. Hannah zog ihren Schal enger um den Hals, als sie und Max die Stufen zur Eingangstür hinaufgingen.

„Bist du sicher, dass das der richtige Ort ist?" fragte Max leise, seine Hand auf der Waffe in seiner Manteltasche.

„Das hat Otto gesagt." Hannah klopfte dreimal an die Tür, wie es abgesprochen war.

Ein leises Kratzen war zu hören, dann wurde die Tür einen Spalt breit geöffnet. Ein Paar blasser, von den Jahren gezeichneter Augen musterte sie argwöhnisch.

„Hannah?" Die Stimme war brüchig, aber vertraut.

„Dr. Lehmann." Sie nickte, und die Tür öffnete sich weiter.

Dr. Lehmann sah noch älter aus, als Hannah ihn in Erinnerung hatte. Seine Schultern waren gebeugt, und seine Bewegungen wirkten vorsichtig, als hätte das Leben selbst ihn zu Boden gedrückt. Doch seine Augen funkelten mit einer Intelligenz, die das Alter nicht trüben konnte.

„Setzen Sie sich, setzen Sie sich", sagte er und deutete auf einen abgenutzten Sessel. „Wir müssen vorsichtig sein. Es gibt immer Ohren, die lauschen."

„Wie geht es Ihnen, Doktor?" fragte Hannah, während sie Platz nahm.

„Besser, seitdem ich höre, dass Sie leben." Ein schwaches Lächeln huschte über sein Gesicht. „Und das, obwohl ich Ihnen immer gesagt habe, sich aus Ärger herauszuhalten."

„Ich schätze, ich war nie gut darin, auf Ratschläge zu hören."

Lehmann griff nach einer Mappe auf dem Tisch und öffnete sie mit zitternden Händen. „Ich habe etwas für Sie. Es ist nicht alles, aber es ist ein Anfang."

Hannah beugte sich vor, während er einige vergilbte Seiten herauszog. „Das sind Aufzeichnungen meines Vaters."

„Ja." Lehmanns Stimme war kaum mehr als ein Flüstern. „Er hat sie mir anvertraut, bevor er... bevor es passierte."

Die Seiten waren voller technischer Zeichnungen, Notizen und kryptischer Hinweise. Hannahs Augen glitten über die Schrift ihres Vaters, und ein Kloß bildete sich in ihrem Hals.

„Das ist unglaublich." Sie hielt inne, als ihr eine Notiz ins Auge fiel. „,Aquila'? Was bedeutet das?"

Lehmann zögerte, bevor er antwortete. „Es war der Codename für ein Projekt, an dem Ihr Vater gearbeitet hat. Ein Projekt, das niemals das Licht der Welt hätte erblicken dürfen."

„Was war das Ziel des Projekts?" fragte Max, der sich zu ihnen gesellt hatte.

„Offiziell sollte es eine Weiterentwicklung für die Luftfahrt sein", sagte Lehmann, während er die Seiten durchblätterte. „Aber in Wahrheit... Es war eine Waffe. Eine Waffe, die in der Lage wäre, Zerstörung in einem Ausmaß anzurichten, das wir uns nicht vorstellen können."

Hannahs Magen verkrampfte sich. „Und Strasser weiß davon?"

„Nicht nur das", flüsterte Lehmann. „Er hat die Pläne. Er hat sie gestohlen, kurz bevor Ihr Vater..."

Die Schwere der Situation ließ den Raum still werden, das einzige Geräusch war das monotone Trommeln des Regens.

„Wir müssen ihn aufhalten", sagte Max schließlich. „Wenn Strasser diese Pläne umsetzt, wird das die Welt verändern – und nicht zum Besseren."

„Aber wie?" fragte Hannah. „Er hat Ressourcen, Macht, und wir... wir haben vergilbte Seiten und eine Handvoll Verbündeter."

„Manchmal", sagte Lehmann mit einem schwachen Lächeln, „braucht es nur eine kleine Flamme, um einen großen Brand zu entfachen."

Hannah und Max verabschiedeten sich von Lehmann, bewaffnet mit den Dokumenten und einer neuen Entschlossenheit. Doch als sie die dunklen Straßen Berlins entlanggingen, wusste Hannah, dass dies erst der Anfang war.

„Denkst du, wir haben eine Chance?" fragte sie leise.

„Vielleicht", antwortete Max. „Aber selbst wenn nicht – wir müssen es versuchen."

„Das ist keine besonders aufbauende Antwort."

„Ich bin kein besonders aufbauender Typ."

Das Ministerium für Luftfahrt war in der nächtlichen Dunkelheit kaum mehr als eine massive Silhouette gegen den sternenlosen Himmel. Die Fenster des Gebäudes wirkten wie Augen, die jede Bewegung auf der Straße beobachteten. Hannah zog die Mütze tiefer ins Gesicht und folgte Greta und Max, ihre Schritte gedämpft auf dem nassen Pflaster.

„Ich habe das Gefühl, ich sollte etwas Dramatisches sagen", murmelte Hannah. „Wie ‚Das ist Wahnsinn!' oder ‚Das werden wir nie überleben!', aber ehrlich gesagt bin ich zu müde."

„Sagen Sie lieber nichts, sonst hören Sie uns", erwiderte Max, sein Ton kühl, aber nicht unfreundlich.

„Würde es helfen, wenn ich sage, dass ich einen Plan habe?" Greta grinste schief, während sie einen großen Schlüsselbund aus ihrer Tasche zog.

„Einen Plan?" Hannah hob skeptisch eine Augenbraue. „Oder nur einen Schlüssel?"

„Beides." Greta hielt den Schlüssel triumphierend hoch. „Manchmal ist das eine das andere."

Der Seiteneingang, den Greta ausgewählt hatte, war unscheinbar und versteckt hinter einem Haufen alter Kisten. Sie steckte den Schlüssel ins Schloss, und nach einem nervenaufreibenden Moment klickte die Tür leise auf.

„Voilà", flüsterte Greta und deutete auf den dunklen Flur dahinter. „Willkommen in der Höhle des Löwen."

„Fantastisch", murmelte Hannah. „Wenn wir sterben, war es immerhin in architektonisch beeindruckender Umgebung."

„Noch nicht sterben", sagte Max, während er sich an ihr vorbeischob. „Erst die Arbeit erledigen."

Das Innere des Ministeriums war ein Labyrinth aus langen, schwach beleuchteten Korridoren und geschlossenen Türen. Jeder Schritt hallte wider, und jeder Schatten schien sich zu bewegen.

„Ich frage mich, wer den Boden so poliert hat", murmelte Hannah, während sie fast ausrutschte. „Ich meine, wenn du ein Geheimbund bist, willst du doch nicht, dass deine Eindringlinge sterben, bevor sie entdeckt werden."

„Vielleicht polieren sie für Strassers Ego", erwiderte Greta, während sie eine Ecke auspähte. „Alles muss glänzen, einschließlich seiner Schuhe."

Max hielt inne, sein Blick fixierte eine Kamera, die leise über den Korridor schwenkte. „Bleibt hier."

„Was vorhaben, Captain Mutig?" fragte Hannah, doch Max war schon unterwegs, drückte sich an die Wand und deaktivierte die Kamera mit einem schnellen Handgriff.

„Ich sollte Ihnen öfter vertrauen", murmelte Hannah, als er zurückkam.

„Das wäre ein Anfang."

Kaum hatten sie den nächsten Flur erreicht, hörten sie Schritte. Es war zu spät, sich zu verstecken, als eine Tür aufging und Strasser höchstpersönlich hinaustrat.

„Hannah Weber", sagte er mit einem gefährlichen Lächeln, als ihre Blicke sich trafen. „Wie schön, Sie wiederzusehen."

Hannah verschränkte die Arme und bemühte sich um ein kühles Lächeln. „Ach, Herr Strasser. Ich wusste nicht, dass Sie Nachtarbeit machen. Aber ich schätze, Verrat schläft nie."

„Und Journalisten auch nicht", erwiderte er spöttisch. „Obwohl ich dachte, dass Sie klüger wären, als direkt in meine Arme zu laufen."

„Ich wollte Sie nicht enttäuschen."

Während Strasser weiter sprach, bewegte sich Max unauffällig zur Seite, seine Hand griff nach etwas in seiner Jacke. Greta fing seinen Blick auf und schob sich langsam in Position.

„Ich schätze, Sie haben keine Erlaubnis, hier zu sein", sagte Strasser und trat näher. „Vielleicht sollte ich Sie dem Sicherheitsdienst übergeben."

„Oder wir könnten einfach gehen und so tun, als wäre nichts passiert", schlug Hannah vor, ihre Stimme triefte vor Sarkasmus. „Sie wissen schon, wie Erwachsene das manchmal machen."

Strasser lachte leise. „Oh, Hannah. Sie amüsieren mich wirklich."

In diesem Moment ließ Max eine kleine Rauchgranate fallen, und der Flur wurde von einer dichten, beißenden Wolke eingehüllt.

„Lauf!" schrie Max, als der Rauch die Sicht verdeckte.

Hannah und Greta folgten ihm blind durch den Korridor, während hinter ihnen Rufe und das Klappern von Stiefeln zu hören waren.

„Hast du eine Ahnung, wohin wir gehen?" rief Hannah, während sie um eine Ecke bogen.

„Noch nicht", antwortete Max. „Aber weg von hier wäre ein guter Anfang."

„Tolle Strategie!" Hannah schnappte nach Luft, als sie durch eine weitere Tür stürmten und sich in einem Raum wiederfanden, der bis zur Decke mit Akten gefüllt war.

Der Aktenraum war stickig und staubig, mit Regalen, die sich scheinbar endlos in den Schatten erstreckten. Hannah spähte durch die dicke Brille, die sie schnell aus einer Schublade gezogen hatte, um wie eine überarbeitete Archivarin zu wirken.

„Wenigstens haben wir das nächste Versteck gefunden", sagte sie trocken, während sie eine dicke Akte abstaubte. „Falls Strasser uns hier erwischt, können wir behaupten, wir machen eine Steuerprüfung."

„Ich bezweifle, dass er Humor für Buchhaltung hat", murmelte Max, während er den Raum absuchte. Seine Schritte waren leise, sein Blick wachsam.

„Greta, irgendeine Ahnung, wonach wir suchen?" fragte Hannah und blätterte halbherzig durch Papiere, die nach Moder rochen.

Greta hob eine Augenbraue. „Ich dachte, das wäre deine Spezialität. Du bist doch die Journalistin."

„Wartet." Max hob eine Hand, um die beiden zum Schweigen zu bringen. „Da drüben."

Er deutete auf ein Regal mit einem großen roten Kreuz an der Seite. Das Symbol war verblasst, aber immer noch erkennbar – und es stach in der grauen Einöde des Raumes hervor.

„Das sieht vielversprechend aus", murmelte Greta und zog Hannah mit sich, während Max bereits einige Akten herauszog.

Die Dokumente waren in makellosem Zustand, ordentlich gestapelt und beschriftet. Doch es waren die Titel, die Hannahs Atem stocken ließen: **Projekt Aquila** und **Operation Morgensturm**.

„Das ist es", flüsterte sie, ihre Stimme kaum hörbar. „Mein Vater hat daran gearbeitet."

„Was ist das?" Greta warf einen Blick über ihre Schulter. „Es sieht aus wie... eine Waffenentwicklung?"

„Mehr als das", sagte Hannah leise. „Es ist eine Katastrophe in Papierform."

Hannah schlug eine der Akten auf, ihre Finger zitterten leicht, während sie die Seiten durchblätterte. Die technischen Zeichnungen, die kryptischen Notizen, die Berechnungen – es war alles da.

„Das ist Wahnsinn." Sie deutete auf eine Passage. „Eine Technologie, die eine massive Explosion erzeugen kann, mit minimalem Aufwand. Das ist nicht nur eine Waffe. Das ist..."

„Ein Albtraum", beendete Max ihren Satz.

Greta blies langsam die Luft aus. „Und Strasser will das benutzen?"

„Wenn er diese Pläne hat, ja." Hannah klappte die Akte zu. „Das erklärt, warum mein Vater sterben musste. Er wollte es stoppen."

Doch bevor sie weiter diskutieren konnten, hörten sie ein leises Geräusch – das Klicken einer Tür. Hannahs Herz setzte einen Schlag aus, als sie sah, wie sich eine Gestalt durch den Rauch bewegte, der noch immer leicht in der Luft hing.

„Ah, ich wusste, dass ich euch hier finde." Strassers Stimme war kalt und triumphierend.

Greta schob Hannah instinktiv hinter sich, während Max seine Waffe zog. Doch Strasser hob nur eine Hand, und hinter ihm erschienen zwei bewaffnete Männer.

„Sie können sich nicht verstecken, Frau Weber." Strassers Lächeln war glatt und selbstgefällig. „Es gibt keinen Ort, an dem ich Sie nicht finde."

„Wirklich?" Hannah trat vor, ihre Hände in die Hüften gestemmt. „Und was werden Sie jetzt tun? Uns verhaften? Uns erschießen? Oh, warten Sie, lassen Sie mich raten – ein dramatischer Monolog, bevor Sie uns töten?"

„Warum nicht?" Strasser trat näher, seine Augen blitzten gefährlich. „Es ist eine Kunst, seine Gegner zu demütigen, bevor man sie beseitigt."

„Das erklärt Ihren Erfolg bei Partys." Hannahs Stimme triefte vor Sarkasmus, doch ihr Blick wanderte schnell zu Greta und Max, die ihre Positionen leicht verschoben.

Max reagierte blitzschnell. Mit einem geschickten Manöver warf er eine kleine Rauchbombe zu Boden, und der Raum füllte sich sofort mit dichter, erstickender Dunkelheit.

„Lauf!" rief er, während er Hannah und Greta in Richtung der hinteren Tür zog.

Strasser brüllte Befehle, doch das Chaos gab der Gruppe einen knappen Vorsprung. Hannah hielt die Akten fest an sich gedrückt, während sie durch die engen Gänge des Archivs rannten, das Licht schwankte und die Schreie hinter ihnen lauter wurden.

Plötzlich ertönte ein schriller Alarm, und rote Lichter tauchten den Raum in ein unheimliches Glühen. Greta fluchte laut, während sie eine schwere Metalltür aufstemmte.

„Das war's mit der ruhigen Flucht!"

„Du kannst mir später dafür danken", rief Max, während er sie nach draußen schob. „Hauptsache, wir haben die Dokumente!"

Kapitel 18

Der Alarm hallte wie ein unheilvoller Herzschlag durch die Gänge, begleitet von hektischen Rufen und dem Klirren von Stiefeln auf Stein. Hannah presste die gestohlenen Dokumente gegen ihre Brust, während sie rannte, ihr Atem ging schnell und unregelmäßig. Hinter ihr hörte sie Gretas keuchende Flüche.

„Hast du das auch so geplant?" fragte Hannah, während sie um eine Ecke bogen und beinahe mit einem bewaffneten Wachmann zusammenstießen.

„Entschuldigung, ich hab meine Kristallkugel zu Hause gelassen!" rief Greta zurück, als sie dem Mann einen Tritt verpasste, der ihn gegen die Wand taumeln ließ.

Max führte die Gruppe mit der Präzision eines erfahrenen Soldaten. Er warf einen Blick zurück und rief: „Rechts halten! Die Hauptausgänge sind verriegelt, aber es gibt einen Zugang durch das Kellergeschoss."

„Kellergeschoss? Großartig", murmelte Hannah. „Nichts sagt ‚Sicherheit' wie ein fensterloser Raum voller Spinnen."

Sie erreichten eine schwere Metalltür, doch bevor Max sie öffnen konnte, tauchte plötzlich eine weitere Gestalt aus dem Schatten auf. Hannah spannte sich an, bereit, die Akten als Waffe zu nutzen, doch dann erkannte sie das Gesicht.

„Otto?!"

„Ihr braucht wirklich ein besseres Timing", sagte Otto, während er sich zu ihnen gesellte. Er trug eine Waffe und ein breites Grinsen. „Ich dachte, ich sollte auf euch aufpassen. Ihr zieht Ärger an wie ein Magnet."

„Das ist wohl das Netteste, was heute jemand zu uns gesagt hat", schnaufte Greta, während sie sich an der Wand abstützte.

„Kommt schon, bevor sie uns hier erwischen." Otto winkte ihnen und führte sie durch einen engen Gang, der mit Rohren und Kabeln gesäumt war.

Gerade als sie das Ende des Korridors erreichten, wurden sie von einem lauten Knall erschüttert. Max drehte sich um, seine Augen weit vor Schrecken.

„Sie kommen näher", sagte er. „Wir müssen uns aufteilen. Sie werden es schwerer haben, uns zu fassen, wenn wir getrennt sind."

Hannah wollte protestieren, doch Max legte ihr eine Hand auf die Schulter. „Du musst das hier rausschaffen." Er deutete auf die Akten in ihren Armen.

„Das ist nicht fair", flüsterte sie, ihre Stimme zitterte vor unterdrückter Wut.

„Das Leben ist nicht fair." Max schenkte ihr ein schwaches Lächeln, bevor er sich abwandte. „Geh. Jetzt."

Hannah spürte, wie etwas in ihr brach, doch sie wusste, dass er recht hatte. Mit einem letzten Blick folgte sie Otto und Greta, während Max in die entgegengesetzte Richtung verschwand.

Das alte Kirchenschiff war dunkel und kühl, beleuchtet nur durch die vereinzelten Strahlen des Mondlichts, die durch die farbigen Fenster fielen. Der schwere Geruch von Wachs und Staub hing in der Luft. Hannah ließ sich erschöpft auf eine Kirchenbank fallen, während Greta hektisch durch ihre Tasche kramte. Otto verschwand kurz, um den Raum zu sichern.

„Wir haben es zumindest bis hierher geschafft", murmelte Hannah, ihre Stimme brüchig vor Erschöpfung.

„Ja, aber auf wessen Kosten?" Greta warf ihr einen scharfen Blick zu, während sie eine Zigarette anzündete. „Max ist da draußen, und du sitzt hier und jammerst."

„Ich jammere nicht." Hannah hob den Kopf. „Ich... denke strategisch."

„Strategisch?" Greta pustete eine Rauchwolke in die Luft. „Dein Gesicht sieht aus, als hättest du gerade erfahren, dass dein Lieblingscafé geschlossen wurde."

Bevor Hannah antworten konnte, öffnete sich die schwere Holztür, und zwei Gestalten traten ein. Es waren ein Mann und eine Frau, beide mit dunklen Mänteln und entschlossenen Gesichtern. Die Frau trug eine Aktentasche, der Mann hatte einen Revolver am Gürtel.

„Ihr seid spät", sagte Otto und trat aus dem Schatten hervor.

„Du auch", entgegnete die Frau, ihre Stimme kalt wie Stahl. Sie sah zu Hannah und Greta hinüber, ihre Augen prüfend. „Das sind also die berühmten Rebellen? Sie sehen nicht aus wie viel."

„Danke für das Kompliment." Hannah stand langsam auf und verschränkte die Arme. „Und wer genau sind Sie?"

„Maria", sagte die Frau. „Und das ist Emil. Wir sind hier, um zu helfen – und um sicherzustellen, dass ihr nicht alles ruiniert."

Maria öffnete die Aktentasche und breitete eine Karte und einige Geräte auf dem Altar aus. „Zeig mir, was ihr habt."

Hannah zögerte kurz, dann legte sie die gestohlenen Dokumente auf den Tisch. Maria überflog sie mit geübtem Blick, während Emil sich neben Otto stellte und nervös über die Schulter blickte.

„Das ist gefährlicher, als ich dachte", sagte Maria nach einigen Minuten. „Die Pläne sind detailliert. Strasser könnte damit nicht nur Zerstörung anrichten – er könnte die Weltordnung verändern."

„Was genau meinst du?" fragte Greta und drückte ihre Zigarette aus.

„Das Projekt ist nicht nur eine Waffe", erklärte Maria. „Es ist eine Technologie, die Kommunikation und Energie kontrollieren kann. Strasser könnte eine ganze Nation lahmlegen, ohne einen einzigen Schuss abzugeben."

Hannahs Herz sank. „Und was machen wir jetzt?"

„Wir müssen diese Informationen nutzen, um Strasser zu stoppen", sagte Emil, während er auf die Karte zeigte. „Wir wissen, wo er die nächste Phase seines Plans vorbereitet – ein geheimes Labor in der Nähe von Berlin."

„Das klingt nach Selbstmord", murmelte Greta.

„Das klingt nach unserer einzigen Chance", erwiderte Hannah und sah zu Maria. „Haben wir Unterstützung?"

Maria zögerte. „Wir haben einige Leute. Aber das hier wird schwer. Strasser ist ein Schritt voraus."

„Dann sollten wir besser zwei Schritte machen." Hannah nahm die Dokumente und legte sie zurück in ihre Tasche. „Max würde das tun."

Die Gruppe verbrachte den Rest der Nacht mit der Planung, während das Mondlicht langsam den ersten Sonnenstrahlen wich. Trotz der Gefahr spürte Hannah eine seltsame Ruhe in der alten Kirche – als ob die Zeit für einen Moment stillstand.

Doch tief in ihrem Inneren wusste sie, dass die kommende Schlacht alles verändern würde.

Das erste Licht des Morgens kroch durch die schmutzigen Fenster der Kirche, als die schwere Holztür plötzlich aufgerissen wurde. Emil fuhr blitzschnell herum, die Hand am Revolver, doch die Gestalt im Eingang ließ alle innehalten. Es war Max – blutverschmiert, erschöpft, aber aufrecht.

„Max!" Hannah sprang von der Bank auf, ihre Tasche fiel klappernd zu Boden. Doch irgendetwas an seiner Haltung ließ sie zögern.

„Geht nicht näher ran!" Seine Stimme war rau, aber durchdringend.

Hannahs Schritte stockten. Sie sah, dass hinter ihm zwei bewaffnete Männer standen. Und dann fiel ihr Blick auf das scharlachrote Abzeichen auf ihrer Uniform. Strassers Männer.

„Das ist eine nette Überraschung", erklang eine bekannte Stimme, kalt und höhnisch. Aus dem Schatten trat Strasser selbst, makellos gekleidet, mit einem triumphierenden Lächeln.

„Strasser", zischte Hannah. „Ich hätte wissen müssen, dass Sie wie eine Kakerlake sind – unverwüstlich und ständig im Weg."

„Und Sie, meine Liebe, haben ein unerschütterliches Talent dafür, zur falschen Zeit am falschen Ort zu sein." Strasser deutete auf Max. „Er ist nur hier, weil ich es erlaubt habe. Also, seien Sie klug und übergeben Sie mir die Dokumente."

„Träumen Sie weiter", erwiderte Hannah scharf.

„Träume? Nein, ich bevorzuge Realität." Strasser hob seine Hand, und einer der Männer presste Max eine Pistole gegen die Schläfe.

Die Spannung im Raum war greifbar, und Hannahs Gedanken rasten. Sie warf einen Blick zu Maria, die hinter einem Pfeiler stand und leise eine Handbewegung machte – ein Signal, das bedeutete: Zeit gewinnen.

„Sie wissen genauso gut wie ich, dass Sie uns nicht alle umbringen können", sagte Hannah schließlich, ihre Stimme zitterte nur leicht.

„Natürlich kann ich das." Strasser lachte leise. „Aber wo wäre der Spaß daran? Ich bin ein Mann des Deals, Hannah. Die Dokumente gegen das Leben Ihres charmanten Begleiters."

Hannah biss sich auf die Lippe. Max hielt ihrem Blick stand, sein Gesicht voller stummer Entschlossenheit.

„Das ist keine Wahl", sagte sie schließlich, griff nach ihrer Tasche und hielt sie hoch. „Aber nur, wenn Sie ihn sofort gehen lassen."

Strasser trat näher, das Lächeln eines Raubtiers auf den Lippen. „Sie haben meinen Respekt, Frau Weber. Immerhin sind Sie nicht völlig irrational."

Doch als er nach der Tasche griff, geschah alles gleichzeitig. Maria und Emil eröffneten das Feuer, ihre Kugeln hallten durch die Kirche. Greta warf sich zu Boden, während Otto einen der bewaffneten Männer mit einem gezielten Schlag ausschaltete.

Max nutzte die Verwirrung, um seinem Bewacher einen Ellbogen in die Rippen zu rammen und die Waffe zu entreißen. Hannah duckte sich hinter eine Bank, ihr Herz hämmerte, während das Chaos tobte.

Mitten in dem Durcheinander ertönte plötzlich eine klare Stimme. „Genug!"

Alle hielten inne, als eine Frau in den Raum trat – elegant, mit entschlossener Haltung. Es war Eliza, Max' Schwester, die ein Gewehr in der Hand hielt und direkt auf Strasser zielte.

„Eliza?" Max wirkte genauso überrascht wie alle anderen.

„Tut mir leid, Bruderherz, aber du bist nicht der Einzige in der Familie, der Probleme anzieht." Sie hielt ihre Waffe fest und richtete ihren Blick auf Strasser. „Lassen Sie die Waffe fallen."

Strassers Blick verengte sich, doch schließlich ließ er sein Pistolenholster sinken.

„Das wird nicht ewig dauern", sagte Eliza, während sie die Gruppe bedeutete, sich zu beeilen. „Wir müssen hier raus, bevor seine Verstärkung kommt."

Hannah nickte und griff nach ihrer Tasche, während Max sich zu ihr gesellte. „Ich wusste, dass du zurückkommst", sagte sie leise.

„Ich habe dir doch gesagt, dass ich nicht besonders gut im Aufgeben bin." Sein schwaches Lächeln war eine Mischung aus Erleichterung und Schmerz.

„Lasst uns gehen!" rief Maria, die bereits zur Tür eilte.

Die Nacht war schwer, die Luft voller Spannung. Die Gruppe hatte sich in einem verlassenen Fabrikgebäude verschanzt, das als Treffpunkt für die nächste Phase ihrer Mission diente. Die Schatten der Vergangenheit lagen dicht über ihnen, doch der Kampf war noch nicht vorbei.

Hannah saß auf einer Kiste, die Tasche mit den Dokumenten auf ihrem Schoß. Ihre Finger zitterten, doch sie zwang sich zur Ruhe. Max stand in der Nähe, eine Waffe in der Hand, und beobachtete die Umgebung durch die zerbrochenen Fenster.

„Wir können nicht ewig warten", sagte Maria, die auf und ab ging, ihr Gesicht angespannt. „Strasser wird nicht einfach aufgeben."

„Danke für die ermutigenden Worte", erwiderte Hannah trocken. „Vielleicht magst du uns auch noch sagen, dass die Welt untergeht, während du dabei bist?"

Bevor Maria antworten konnte, öffnete sich die Tür mit einem lauten Knarren. Alle drehten sich um, Waffen wurden gezogen, doch es war nicht Strasser, der eintrat. Es war Eliza, ihr Gesicht blass, aber entschlossen.

„Du schon wieder?" Max schüttelte den Kopf, konnte aber ein schwaches Lächeln nicht verbergen.

„Ja, ich", erwiderte Eliza. „Und ihr werdet froh sein, dass ich hier bin."

„Das hängt davon ab, was du mitgebracht hast", murmelte Greta und nahm einen Zug von ihrer Zigarette.

Eliza trat näher und legte ein kleines Päckchen auf den Tisch. „Das hier. Direkt aus Strassers Privatarchiv."

Hannahs Augen weiteten sich, als sie das Päckchen öffnete. Es war ein Bündel alter Briefe und ein kleines Notizbuch – mit der Handschrift ihres Vaters.

„Was ist das?" fragte Max, als Hannah begann, die Seiten durchzublättern.

„Beweise", flüsterte sie, ihre Stimme voller Ehrfurcht. „Das ist... das sind seine letzten Notizen. Er wusste, dass Strasser hinter ihm her war. Er hat versucht, alles zu verschlüsseln, aber hier..."

Sie hielt inne, als ihr Blick auf eine Zeile fiel. „Der Adler erhebt sich im Schatten, wo das Licht nicht wagt zu leuchten.'"

„Das klingt nach einem Rätsel", murmelte Greta.

„Oder einem Hinweis." Maria lehnte sich vor. „Was auch immer es ist, es scheint wichtig zu sein."

Bevor sie weiter darüber spekulieren konnten, wurde die Tür erneut aufgestoßen. Diesmal war es Strasser, begleitet von bewaffneten Männern. Sein Gesicht war kalt, seine Augen funkelten vor Zorn.

„Ihr seid zäher, als ich gedacht habe", sagte er, während er näher trat.

„Und Sie sind widerlicher, als ich dachte", erwiderte Hannah, ihre Stimme voller Verachtung.

„Das Kompliment nehme ich gern entgegen." Strasser blieb stehen und verschränkte die Arme. „Aber jetzt ist Schluss mit den Spielchen. Die Dokumente. Jetzt."

Hannah warf einen schnellen Blick zu Max, dann zu Maria und Eliza. „Sie wollen die Dokumente? Kommen Sie und holen Sie sie."

„Hannah", flüsterte Max. „Das ist Wahnsinn."

„Vielleicht", erwiderte sie leise. „Aber es ist unsere einzige Chance."

Strasser trat vor, doch in dem Moment, als er nach der Tasche griff, stürzte Maria sich auf ihn. Der Raum explodierte in Chaos – Schüsse, Schreie, und das Geräusch von Kämpfen hallten durch die Fabrikhalle.

Hannah und Max kämpften Seite an Seite, während Greta und Eliza versuchten, die Dokumente in Sicherheit zu bringen. Strasser selbst war ein gefährlicher Gegner, doch in einem unerwarteten Moment wurde er von Eliza überrascht, die ihm eine Waffe an die Schläfe hielt.

„Das war für meinen Bruder", sagte sie mit eisiger Ruhe.

Strasser lachte leise. „Ihr Kampf ist sinnlos. Es gibt immer einen anderen wie mich."

„Vielleicht", erwiderte Eliza. „Aber nicht heute."

Als der Kampf vorbei war, standen sie alle erschöpft zusammen, die Dokumente sicher in Hannahs Händen. Die Notizen ihres Vaters hatten ihnen nicht nur Strassers Pläne offenbart, sondern auch gezeigt, dass die Macht, die er suchte, zerstörerischer war, als sie je gedacht hatten.

„Was machen wir jetzt?" fragte Greta, ihre Stimme rau vor Erschöpfung.

„Wir bringen die Wahrheit ans Licht", sagte Hannah fest. „Egal, was es kostet."

Kapitel 19

Die Atmosphäre im verlassenen Lagerhaus war geladen. Es war ein Ort, der so viel gesehen hatte: Flüstergespräche, Schmuggel, und jetzt – die Planung einer Mission, die mehr Wahnsinn als Strategie versprach. Die Gruppe saß in einem improvisierten Kreis aus alten Kisten und klapprigen Stühlen.

„Also, das ist der Plan", begann Maria, während sie eine Karte der Basis auf den Tisch legte. „Wir teilen uns in zwei Gruppen auf. Gruppe eins, bestehend aus Hannah, Max und mir, dringt in das Hauptgebäude ein, um die zentralen Daten zu sichern. Gruppe zwei, Otto und Greta, sorgt für Ablenkung."

„Ablenkung?" Greta hob eine Augenbraue. „Das klingt verdächtig nach ‚lasst uns sterben, während die anderen die Helden spielen'."

„Es ist strategisch", erklärte Maria mit zusammengebissenen Zähnen.

„Es ist dämlich", konterte Greta.

„Gut, hören wir uns Gretas brillanten Plan an", sagte Max trocken, während er sich gegen die Wand lehnte.

„Wie wäre es, wenn wir nicht alle aufteilen und stattdessen gemeinsam reingehen?" schlug Greta vor. „Mehr Augen, mehr Hände, weniger Risiko, dass jemand stirbt."

„Und mehr Chancen, dass wir alle erwischt werden", erwiderte Maria. „Die Basis ist zu gut bewacht. Zwei kleinere Gruppen haben bessere Chancen."

„Besser Chancen, zu sterben", murmelte Greta, doch sie fügte sich, wenn auch mit finsterem Gesichtsausdruck.

Als die Pläne festgelegt waren, setzte sich eine unbehagliche Stille im Raum fest. Jeder wusste, dass dies nicht nur eine Mission war, sondern vielleicht ihre letzte. Hannah spürte, wie ihre Hände schwitzig wurden, als sie über ihre Notizen strich.

„Was ist, wenn wir scheitern?" fragte sie schließlich.

Max sah sie an, seine blauen Augen ruhig und fest. „Wir werden nicht scheitern."

„Das ist keine Antwort", sagte Hannah, doch ihr Ton war sanfter, fast zögernd.

„Vielleicht nicht", erwiderte Max, trat näher und legte eine Hand auf ihre Schulter. „Aber manchmal reicht es, es zu versuchen."

Als die Nacht fortschritt, verabschiedeten sich die Teammitglieder auf ihre Weise voneinander, falls sie sich nicht wiedersehen sollten. Otto klopfte Max auf die Schulter und murmelte etwas von „keinen Mist bauen". Greta umarmte Hannah überraschend fest und murmelte: „Pass auf dich auf, Weber. Ohne dich wäre das alles noch langweiliger."

„Du bist ein echter Romantiker", erwiderte Hannah und musste trotz des Kloßes in ihrem Hals lächeln.

Der Mond stand hoch am Himmel und tauchte die Landschaft in ein silbriges Licht, das jede Bewegung zu verraten schien. Die Basis war von einem hohen Zaun umgeben, Stacheldraht funkelte wie ein drohendes Netz, während Wachtürme ihre düsteren Schatten warfen.

„Das ist also der Plan." Max flüsterte, während er sein Fernglas absetzte. „Gruppe zwei sorgt dafür, dass die Wachleute in die falsche Richtung schauen. Wir gehen durch den Wartungstunnel rein."

„Das klingt einfacher, als es ist", murmelte Hannah und zog an ihrer Jacke. „Was, wenn sie uns trotzdem entdecken?"

„Dann improvisieren wir", antwortete Max trocken.

„Großartig", murmelte Hannah. „Ich liebe Improvisation – fast so sehr wie Stacheldraht."

Auf der anderen Seite der Basis sah Greta zu Otto und verdrehte die Augen. „Ich hoffe, du weißt, was du tust."

„Vertrau mir", sagte Otto und entzündete eine kleine Sprengladung, die an einem leeren Treibstofffass angebracht war.

Die Explosion war ohrenbetäubend und ließ die Nacht erzittern. Alarmlichter flackerten auf, und die Wachposten rannten in Richtung des Lärms. Greta schüttelte den Kopf. „Wenigstens machst du Eindruck."

Währenddessen krochen Max, Hannah und Maria durch den engen Wartungstunnel. Der Gestank von altem Öl und feuchtem Beton war beinahe erstickend.

„Es ist beängstigend, wie oft wir uns in Schächten und Tunneln wiederfinden", bemerkte Hannah, während sie versuchte, nicht an die Enge zu denken.

„Nächstes Mal buche ich ein Hotelzimmer", sagte Max.

Maria, die vorausging, drehte sich um und warf den beiden einen scharfen Blick zu. „Könnt ihr eure Eheprobleme später klären?"

Am Ende des Tunnels stießen sie auf eine verschlossene Luke. Max holte ein kleines Werkzeugset hervor und begann, die Bolzen zu lösen.

„Wie lange noch?" fragte Hannah, die nervös in die Dunkelheit zurückblickte.

„Noch ein paar Sekunden", murmelte Max.

„Das sagen sie auch bei Zahnärzten, bevor sie den Bohrer rausholen", bemerkte Hannah trocken.

Ein leises Klicken signalisierte, dass die Luke offen war, und sie kletterten hinaus – direkt in den Schatten eines Wachturms.

„Da drüben!" Ein Wachmann hatte sie entdeckt und rannte mit erhobener Waffe auf sie zu.

„Verdammt!" Maria zog ihre Pistole, doch Max war schneller. Mit einem geschickten Griff überwältigte er den Wachmann und brachte ihn zu Boden.

„Das war knapp", flüsterte Hannah und versuchte, ihren rasenden Atem zu beruhigen.

„Willkommen in meinem Leben", erwiderte Max, während er den bewusstlosen Mann zur Seite zog.

Endlich erreichten sie das Hauptgebäude der Basis. Maria hackte sich in das Sicherheitssystem, während Max und Hannah die Umgebung sicherten.

„Das ist es", sagte Maria schließlich und deutete auf eine verschlossene Tür. „Dahinter finden wir die Zielperson."

Max nickte, zog tief die Luft ein und öffnete die Tür.

Dahinter saß ein Mann an einem Tisch, seine Hände gefesselt. Es war ein bekannter Offizier – einer von Strassers engsten Vertrauten. Max' Gesichtsausdruck wechselte von Erleichterung zu blanker Wut.

„Wo ist er?" fragte er scharf.

„Zu spät", sagte der Mann mit einem kalten Lächeln. „Ihr werdet ihn nicht aufhalten."

Hannah spürte, wie sich die Anspannung verdichtete. Strasser war nicht hier – doch die Uhr tickte.

Der kalte Betonboden der Basis hallte unter ihren Schritten wider, als die Gruppe den gefangenen Offizier zurückließ. Die Worte des Mannes – „Ihr werdet ihn nicht aufhalten" – schienen in Hannahs Kopf zu pochen.

„Das fühlt sich an wie eine Falle", murmelte sie und sah zu Max, der sich mit einer Mischung aus Entschlossenheit und Besorgnis umblickte.

„Natürlich ist es eine Falle", erwiderte Greta, die plötzlich mit Otto um die Ecke bog. „Was dachtest du denn? Dass er uns eine Einladung zum Tee schreibt?"

„Hätte ich gewusst, dass dein Zynismus überlebenswichtig ist, hätte ich dir früher vertraut", sagte Hannah trocken.

Die Gruppe erreichte einen großen Kontrollraum, in dem blinkende Lichter und piepende Monitore ein unheilvolles Konzert spielten. Und dort, in der Mitte des Raumes, stand Strasser. Sein Lächeln war so kalt wie das Neonlicht, das sein Gesicht beleuchtete.

„Ihr habt es weit gebracht", sagte er mit einer Stimme, die zugleich bewundernd und spöttisch klang. „Aber das Spiel ist aus."

„Wir haben die Dokumente, und wir haben dich", sagte Maria und richtete ihre Waffe auf ihn. „Deine Pläne sind vorbei."

„Sind sie das wirklich?" Strasser machte eine beiläufige Bewegung, und plötzlich traten bewaffnete Männer aus den Schatten.

„Das war's dann wohl", murmelte Greta, zog ihre Pistole und schoss als Erste. Der Raum explodierte in Chaos, als Kugeln durch die Luft flogen und der Lärm die Ohren betäubte.

Hannah duckte sich hinter eine Konsole, während Max sich neben sie warf. „Hast du immer so ein Händchen für dramatische Showdowns?" fragte er keuchend.

„Nur an guten Tagen", antwortete sie, während sie eine der Computerplatten als Schutzschild hochhielt.

„Wir müssen die Hauptsteuerung ausschalten!" rief Maria, die in einer Ecke des Raums verschanzt war. „Wenn wir die Energie kappen, verlieren sie ihre Systeme!"

„Und wie genau sollen wir das machen?" fragte Otto, der versuchte, einen der Angreifer zu überwältigen.

„Hannah!" Maria warf ihr ein Gerät zu, das aussah wie eine Mischung aus einem Schraubenschlüssel und einem Sprengsatz. „Du musst zum Hauptgenerator und das installieren!"

„Natürlich." Hannah sah auf das Gerät und zog eine Augenbraue hoch. „Ich liebe es, Dinge zu tun, die ich nicht verstehe."

Während der Kampf tobte, kämpfte sich Hannah zum Generatorraum durch. Max blieb dicht hinter ihr, wehrte Angreifer ab und hielt die Fluchtwege offen.

Doch als sie die Tür erreichten, tauchte Strasser plötzlich vor ihnen auf, ein höhnisches Lächeln auf den Lippen.

„Ihr dachtet wirklich, ihr könntet mich austricksen?" fragte er und richtete seine Waffe auf Hannah.

Max trat vor sie, sein Gesicht hart und entschlossen. „Wenn du sie willst, musst du erst an mir vorbei."

„Max, nein!" Hannahs Stimme brach vor Angst, doch Max ignorierte sie.

Strasser zögerte, bevor er einen Schuss abfeuerte. Max wich aus, doch der Schuss traf seinen Arm, und er fiel schwer zu Boden.

Hannah nutzte die Ablenkung und schleuderte das Gerät auf den Generator. Es gab einen lauten Knall, und die gesamte Basis wurde in Dunkelheit gehüllt.

„Lauf!" rief Max, trotz seines Schmerzes, und Hannah zögerte nur einen Moment, bevor sie ihn aufhalf. Zusammen kämpften sie sich durch die Dunkelheit, während hinter ihnen Schreie und der Klang explodierender Maschinen ertönten.

Die Dunkelheit war erdrückend. Einzig die fernen, flackernden Notlichter durchbrachen das Chaos, das die Basis verschlang. Alarmsirenen schrillten durch die Nacht, doch sie klangen verzweifelt, fast hilflos.

Hannah zog Max durch einen Seitengang, ihre Finger fest um seine, als wären sie die letzte Verbindung zur Realität. Blut tropfte von seiner Wunde, und obwohl er schwankte, blieb sein Griff stark.

„Wenn wir hier lebend rauskommen, werde ich dich zu einem Arzt schleppen", keuchte sie.

„Und wenn nicht?" Max warf ihr einen schiefen Blick zu, trotz der Schmerzen blitzte ein Hauch von Humor in seinen Augen.

„Dann wirst du mir ewig vorwerfen können, dass ich schlechte Pläne mache."

„Ein verlockendes Angebot."

Greta und Otto tauchten an der nächsten Ecke auf, beide außer Atem, aber unverletzt. „Wo wart ihr so lange?" fragte Greta und stemmte die Hände in die Hüften. „Hannah, verlierst du immer deine Männer so?"

„Er ist nicht verloren, nur angeschlagen", schoss Hannah zurück, während sie Max gegen die Wand stützte. „Gibt es einen Ausgang, oder diskutieren wir hier bis zum Morgengrauen?"

„Da vorne." Otto deutete auf eine Tür, die in einen Innenhof führte. „Aber wir haben ein kleines Problem."

„Natürlich haben wir das", murmelte Hannah und folgte seinem Blick.

Im Hof standen mindestens ein Dutzend bewaffneter Männer, ihre Schatten unheimlich lang unter den flackernden Flutlichtern.

„Das ist verrückt", flüsterte Greta, als Otto einen improvisierten Plan erklärte. „Wir sollen uns mitten unter sie mischen und hoffen, dass sie uns nicht erschießen?"

„Hast du eine bessere Idee?" fragte Otto und sah sie herausfordernd an.

„Ich habe immer bessere Ideen", schnappte Greta. „Aber keine davon wird hier helfen."

„Ich kann sie ablenken", bot Max an, doch Hannah schüttelte heftig den Kopf.

„Nicht in deinem Zustand. Du bleibst bei mir." Ihre Stimme ließ keinen Widerspruch zu.

„Also gut." Greta seufzte und zog ihre Jacke enger. „Aber wenn ich sterbe, komme ich zurück und spuke euch allen nach."

Bevor sie ihren Plan umsetzen konnten, hörten sie ein lautes Poltern hinter sich. Alle drehten sich um – und sahen Frau Müller, die in ihrem besten Kleid mit einem überdimensionierten Regenschirm bewaffnet auftauchte.

„Was zum Teufel...?" begann Otto, doch sie hob eine Hand.

„Ich habe euch gehört und dachte, ihr könntet ein bisschen Hilfe gebrauchen", erklärte sie, als wäre es das Normalste der Welt. „Und das da draußen sieht aus wie ein Haufen Männer, die etwas zu viel von sich halten."

Hannahs Mund klappte auf. „Wie sind Sie überhaupt hierhergekommen?"

„Ich habe meine Wege." Frau Müller zwinkerte. „Jetzt, los geht's."

Mit einem wilden Schrei stürmte Frau Müller in den Hof und schwang ihren Regenschirm wie eine Waffe. Die Wachen starrten sie zuerst fassungslos an, dann brach Chaos aus.

„Ich kann nicht glauben, dass das funktioniert", murmelte Greta, bevor sie sich ins Getümmel stürzte.

Hannah hielt Max fest, während Otto und Maria Deckung gaben. Kugeln pfiffen durch die Luft, und die Schreie der Wachen vermischten sich mit den energischen Tiraden von Frau Müller.

„Los, jetzt oder nie!" rief Otto, und die Gruppe sprintete durch die entstandene Lücke.

Am Ende des Hofs erreichten sie eine dunkle Gasse, die weg von der Basis führte. Frau Müller blieb stehen und drehte sich um. „Das war... erfrischend", sagte sie mit einem Hauch von Stolz.

„Sie sind verrückt, Frau Müller", sagte Hannah, konnte sich aber ein Lächeln nicht verkneifen.

„Ach, Kindchen, das weiß ich doch schon lange." Sie sah die Gruppe an, ihre Augen plötzlich ernst. „Passt auf euch auf. Ihr macht das Richtige."

Bevor jemand antworten konnte, verschwand sie wieder im Schatten, ihr Regenschirm schwang fröhlich.

Die Gruppe rannte weiter, ihre Schritte hallten durch die stille Stadt. Irgendwo hinter ihnen brach die Basis endgültig zusammen, doch vor ihnen lag noch ein langer Weg.

Hannah warf Max einen Blick zu, der trotz seiner Erschöpfung ein schwaches Lächeln auf den Lippen hatte. „Was jetzt?" fragte sie leise.

„Jetzt?" Max' Stimme war fest. „Jetzt finden wir heraus, wie wir das Ganze beenden."

Kapitel 20

Die Dämmerung war noch weit entfernt, als sich die kleine Gruppe durch das feuchte Gras einer entlegenen Wiese kroch. Der Grenzübergang lag direkt vor ihnen – ein unscheinbares Stück Land, das von Scheinwerfern beleuchtet wurde, während Wachen in Uniform gemächlich hin und her patrouillierten.

„Also, das ist es", flüsterte Greta und zog einen leichten Atemzug. „Die große Flucht. Wie im Film, nur ohne Glamour."

„Und ohne die Garantie, dass wir das Ende erleben", fügte Otto hinzu, während er prüfend die Umgebung beobachtete.

Hannah legte einen Finger an die Lippen. „Ruhe. Wenn sie uns hören, ist der einzige Glamour, den wir erleben, ein Platz in ihrem Gefängnis."

Max, dessen Arm notdürftig verbunden war, schob sich langsam nach vorne. Trotz der Verletzung war seine Haltung fest, seine Bewegungen kontrolliert. „Der Kontrollpunkt hat eine Schwachstelle", flüsterte er. „Die Wachen wechseln alle zehn Minuten die Position. Wir müssen genau im richtigen Moment loslegen."

„Und was, wenn sie uns sehen?" fragte Greta sarkastisch.

„Dann hoffen wir, dass du sie mit deinem Charme ablenkst", schoss Max zurück.

„Oh, ich bin sicher, mein Gesicht reicht aus, um einen Krieg zu verhindern", murmelte Greta und verdrehte die Augen.

Nach einem angespannten Moment des Wartens, als die Wachen sich entfernten, sprintete die Gruppe durch das offene Feld. Jeder Schritt schien in den Ohren zu dröhnen, jedes Geräusch wurde zu einer potenziellen Gefahr.

Hannahs Herz schlug heftig, als sie schließlich die Baumlinie erreichte, wo Eliza bereits wartete. Die Erleichterung auf ihrem Gesicht war deutlich zu sehen.

„Ihr habt es geschafft", sagte Eliza leise, ihre Augen glänzten vor Erleichterung.

„Noch nicht ganz", entgegnete Max, doch er konnte ein schwaches Lächeln nicht unterdrücken.

Sobald sie sich in Sicherheit fühlten, zog Eliza ein kleines Funkgerät hervor. „Ich habe versucht, Kontakt aufzunehmen. Die Lage in Berlin verschärft sich. Strassers Männer suchen überall nach uns."

„Was für eine Überraschung", murmelte Greta und ließ sich auf den Boden fallen. „Ich dachte, sie hätten uns längst vergessen."

„Die gute Nachricht ist", fuhr Eliza fort, „dass die Dokumente, die ihr mitgebracht habt, bereits analysiert werden. Sie könnten den entscheidenden Schlag liefern."

„Das ist nur gut, wenn wir lange genug leben, um es mitzuerleben", sagte Hannah trocken, während sie den Blick in die Ferne richtete.

Die Nacht hatte sich längst in einen kalten Morgen verwandelt, und die ersten Sonnenstrahlen durchbrachen den dichten Nebel, der über dem Wald lag. Die Gruppe hatte in einer kleinen Hütte Zuflucht gefunden – kaum mehr als vier Wände und ein undichtes Dach, aber für den Moment ausreichend.

Hannah saß in der Mitte des Raumes, das Notizbuch ihres Vaters in den Händen. Die Ecken waren abgegriffen, die Seiten voller Randnotizen, die in seiner akkuraten Handschrift verfasst waren. Es fühlte sich an, als würde sie ein Stück seiner Seele berühren.

„Willst du das wirklich jetzt lesen?" fragte Greta, die in einer Ecke saß und ihre Schuhe auszog. „Vielleicht solltest du erst einmal schlafen. Oder etwas essen. Oder zumindest einen starken Drink."

„Ich kann nicht warten", sagte Hannah und schüttelte den Kopf. „Er hat sein Leben riskiert, um das hier zu hinterlassen. Ich muss wissen, warum."

„Ich hoffe, es ist keine Einkaufsliste", murmelte Greta, doch ihr Ton war ungewohnt sanft.

Als Hannah die Seiten durchblätterte, formte sich ein Bild. Die Notizen ihres Vaters beschrieben seine Arbeit an den Luftschiffprojekten, seine Zweifel an den Sicherheitsprotokollen und – vor allem – die dunklen Geheimnisse, die er entdeckt hatte.

„Er wusste von den Sabotagen", flüsterte sie. „Er hat es dokumentiert. Aber er konnte es niemandem anvertrauen, ohne sein Leben zu riskieren."

Max, der neben ihr saß, legte eine Hand auf ihre Schulter. „Er hat sich entschieden, für die Wahrheit zu kämpfen. Genau wie du."

„Und dafür hat er alles verloren", sagte Hannah, ihre Stimme zitterte.

„Vielleicht", sagte Max leise. „Aber er hat etwas hinterlassen, das eine Veränderung bewirken kann."

Hannah schloss das Notizbuch und lehnte sich zurück. „Ich habe ihn nie wirklich verstanden", gab sie zu. „Ich dachte immer, er sei nur ein Ingenieur, ein Mann der Zahlen. Aber er war so viel mehr."

„Wir unterschätzen oft die Menschen, die uns am nächsten stehen", sagte Max. „Weil wir glauben, sie immer zu kennen."

„Du wirst hier nicht sentimental, oder?" fragte Greta trocken.

„Keine Sorge", antwortete Max, ohne sie anzusehen. „Ich hebe mir das für später auf."

Hannah richtete sich auf, ihre Augen funkelten entschlossen. „Was auch immer es kostet, ich werde dafür sorgen, dass die Wahrheit ans Licht kommt. Das ist das Mindeste, was ich für ihn tun kann."

„Und wir helfen dir dabei", sagte Eliza, die gerade hereinkam, einen Stapel Karten in den Händen.

„Ob ich will oder nicht, nehme ich an?" fragte Greta.

„Du würdest dich doch sowieso langweilen", erwiderte Hannah mit einem schiefen Lächeln.

Das Feuer im Kamin knackte leise, während die Gruppe um den groben Holztisch saß. Die Karten, Dokumente und das Notizbuch von Hannahs Vater lagen zwischen ihnen wie die Fragmente eines Puzzles, das niemand zu lösen wagte.

„Also", begann Greta und lehnte sich in ihrem Stuhl zurück. „Was ist der Plan? Retten wir die Welt oder kaufen wir uns ein Häuschen am Meer?"

„Wie wäre es mit beidem?" konterte Otto und zog eine Augenbraue hoch.

„Nur wenn du das Meer bezahlst", murmelte Greta.

Bevor jemand antworten konnte, öffnete sich die Tür, und zwei Männer in makellosen Anzügen betraten den Raum. Ihre Präsenz war wie ein unerwarteter Kälteeinbruch, und Hannah spürte, wie sich die Spannung verdichtete.

„Guten Morgen", sagte der Ältere der beiden, ein Mann mit silbernem Haar und einem unerschütterlichen Lächeln. „Ich bin Agent Carter vom OSS, und das ist mein Kollege Mr. Hayes. Wir haben gehört, dass Sie ein paar interessante Informationen haben."

„Interessant ist wohl untertrieben", sagte Greta trocken. „Aber wir berechnen extra für Vorträge."

„Sie sind in einer Position, in der Verhandlungen wenig Sinn ergeben", erwiderte Hayes kühl.

Carter setzte sich und musterte die Gruppe. „Die Dokumente, die Sie haben, könnten unschätzbar wertvoll sein. Mit ihnen könnten wir Strassers Operationen zerschlagen und die Wahrheit ans Licht bringen."

„Und was genau bieten Sie im Gegenzug?" fragte Max, seine Stimme fest, obwohl seine Wunde ihn sichtlich plagte.

„Sicherheit", sagte Carter ohne zu zögern. „Neue Identitäten, Schutz für Sie und Ihre Familien. Ein neues Leben."

„Das klingt zu gut, um wahr zu sein", warf Hannah ein.

„Das ist es auch", fügte Greta hinzu.

Hannah spürte, wie die Worte in ihrem Kopf widerhallten. Ein neues Leben. Sicherheit. Aber zu welchem Preis? Sie sah zu Max, dessen Gesichtsausdruck undurchdringlich war, und dann zu Eliza, die die Karten vor sich anstarrte.

„Es ist eine schwierige Entscheidung", sagte Eliza schließlich. „Aber wir können nicht ewig auf der Flucht sein."

„Und was passiert, wenn wir zustimmen?" fragte Otto. „Werden wir dann einfach... vergessen?"

„Niemand wird euch vergessen", sagte Carter mit Nachdruck. „Aber ihr könnt den Kampf nicht alleine führen."

Hannah stand auf und trat an das Fenster, das den Blick auf die weite, stille Landschaft freigab. Max folgte ihr, seine Schritte leise auf dem Holzboden.

„Was denkst du?" fragte er, seine Stimme weich.

„Ich weiß es nicht", gab sie zu. „Ich will, dass es vorbei ist, aber... ich will auch nicht einfach alles aufgeben."

„Manchmal ist Aufgeben die klügste Entscheidung", sagte Max. „Aber manchmal... ist es auch die leichteste."

Hannah sah ihn an, ihre Augen suchten nach Antworten in seinem Gesicht. „Und was würdest du tun?"

„Ich würde tun, was du entscheidest", sagte er schlicht. „Ich bin hier, weil ich dir vertraue."

Hannah drehte sich um und kehrte zum Tisch zurück. Sie atmete tief durch und sah Carter direkt in die Augen.

„Wir werden euch die Dokumente geben", sagte sie. „Aber nur, wenn wir garantieren können, dass sie tatsächlich etwas bewirken."

„Das können wir", antwortete Carter. „Und wir werden euch helfen, ein neues Leben zu beginnen."

„Ein neues Leben", murmelte Greta und hob ihren Becher. „Na dann, auf die Hoffnung, dass es weniger chaotisch ist als dieses hier."

Die Sonne stand bereits hoch am Himmel, als die Gruppe sich für die Abreise bereit machte. Der alte Lastwagen, der in die sichere Zone führen sollte, stand vor der Hütte, sein Motor lief rau und klang, als würde er jeden Moment den Geist aufgeben.

Hannah stand vor der Tür und beobachtete, wie Greta ihre Sachen mit einer betont lässigen Langsamkeit in einen kleinen Koffer stopfte. „Du nimmst das Ganze sehr gelassen", sagte Hannah.

„Ach, weißt du", erwiderte Greta, ohne aufzusehen, „ich habe mich damit abgefunden, dass ich in meinem nächsten Leben als Kofferträger wiederkomme. Warum also nicht gleich üben?"

Hannah lehnte sich gegen den Türrahmen. „Du könntest mit uns kommen, weißt du? Ein neues Leben, ein bisschen Ruhe... das könnte dir guttun."

Greta hielt inne und sah sie mit hochgezogener Augenbraue an. „Ruhe? Ich? Das wäre, als würdest du einen Fisch bitten, das Schwimmen aufzugeben."

„Ich meine es ernst." Hannahs Stimme war ungewohnt weich. „Ich weiß, dass du oft so tust, als wäre dir alles egal. Aber ich sehe, wie viel dir das bedeutet hat."

„Ach, Hannah." Greta lächelte schief. „Du bist zu klug für dein eigenes Wohl."

Draußen warteten die anderen. Max lehnte an der Ladefläche des Lastwagens, seine Wunde notdürftig verbunden, während Otto und Eliza Karten studierten. Greta trat mit ihrem Koffer hinaus, der Staub unter ihren Stiefeln wirbelte in der warmen Luft.

„Also, das war's dann wohl", sagte sie und stellte den Koffer ab. „Ihr fahrt in die Zukunft, und ich bleibe in der Vergangenheit."

„Du wirst es dir noch anders überlegen", sagte Max, ohne sie direkt anzusehen.

„Vielleicht." Greta zuckte die Schultern. „Aber jemand muss doch bleiben und sicherstellen, dass diese Idioten nicht alles ruinieren."

Hannah trat näher, ihre Augen fixierten Greta. „Ich werde dich vermissen", sagte sie ehrlich.

„Natürlich wirst du das", antwortete Greta mit einem Augenzwinkern. „Wer würde dir sonst die Wahrheit ins Gesicht sagen?"

„Das ist ein seltener Luxus", gab Hannah zu und lachte leise.

Greta nahm ihre Hand und drückte sie kurz. „Pass auf dich auf, Kleine. Und lass dich nicht von der Liebe blenden. Die kann manchmal gefährlicher sein als ein Krieg."

Als der Lastwagen holprig losfuhr, lehnte Hannah sich zurück und sah aus dem Fenster. Greta stand noch immer da, ihr Koffer neben ihr, und winkte ihnen hinterher.

„Denkst du, sie wird es schaffen?" fragte Max leise.

„Greta schafft immer alles", antwortete Hannah. „Das ist ihr größtes Talent."

Und während der Staub sich hinter ihnen legte, fühlte Hannah, dass die Entscheidung, die sie getroffen hatten, sowohl ein Ende als auch einen Anfang bedeutete – einen, den sie alle gemeinsam tragen würden.

Epilog

Die Sonne tauchte die Skyline von New York in goldenes Licht, während Hannah aus dem Fenster ihrer kleinen, aber gemütlichen Wohnung blickte. Die Straßen unten waren erfüllt vom Lärm des Großstadtlebens – hupende Autos, Straßenverkäufer und das gelegentliche Bellen eines Hundes. Es war eine Kulisse, die gleichzeitig beruhigend und belebend wirkte.

„Ich habe es nie für möglich gehalten, dass ich eines Tages hier lande", sagte sie leise und drehte sich zu Max um, der in der Küche Kaffee kochte.

„Man sagt, New York ist die Stadt der Neuanfänge", antwortete er, während er die dampfenden Tassen auf den Tisch stellte. „Aber ich vermute, du bist eher hier, um den Laden aufzumischen."

„Wie gut, dass du mich kennst." Sie lächelte, setzte sich und zog einen Stapel Briefe heran, die auf dem Tisch lagen.

Ein Umschlag mit Greta Müller's charakteristischer, unordentlicher Handschrift lag obenauf. Hannah öffnete ihn vorsichtig, und beim Lesen schlich sich ein Lächeln auf ihr Gesicht, gemischt mit einem Hauch von Melancholie.

„Was schreibt sie?" fragte Max neugierig, während er die Tasse an seine Lippen hob.

„Ach, das Übliche", sagte Hannah und zitierte: „‚New York mag glamourös sein, aber Berlin hat den besseren Kaffee.'" Sie hielt inne, bevor sie weitermachte. „Und sie erwähnt, dass sie eine neue Quelle in der deutschen Regierung hat. Es scheint, dass unsere Arbeit noch nicht vorbei ist."

Max seufzte. „Das überrascht mich nicht. Greta würde nicht einmal im Himmel zur Ruhe kommen."

„Zumindest macht sie das Beste aus ihrer Hölle." Hannahs Augen glitzerten vor Amüsement, bevor sie ernster wurde. „Sie schreibt auch, dass Strassers Einfluss schwindet, aber die Gefahr ist noch lange nicht vorbei."

Während sie sprach, nahm Max eine Zeitung aus der Tasche. „Apropos Gefahr", sagte er und zeigte auf die Schlagzeile. „Die politische Lage in Deutschland verschärft sich. Strasser mag besiegt sein, aber das Regime wird immer gefährlicher."

„Das war zu erwarten." Hannahs Stimme war ruhig, doch ihre Augen verrieten ihre Besorgnis. „Es ist wie eine Hydra. Einen Kopf abschlagen, und zwei neue wachsen nach."

„Vielleicht", sagte Max, „aber manchmal reicht ein Schnitt an der richtigen Stelle, um das Ganze zu Fall zu bringen."

Hannah legte eine Hand auf seine. „Du bist so hoffnungsvoll. Es ist fast ansteckend."

Das Gespräch verstummte, und für einen Moment genossen sie einfach die Stille. Der Duft von Kaffee erfüllte den Raum, und die Morgensonne malte tanzende Schatten an die Wände.

„Weißt du", sagte Hannah schließlich, „so seltsam es klingt, ich glaube, ich könnte mich an dieses Leben gewöhnen."

„Ein ruhiges Leben? Mit dir?" Max hob eine Augenbraue. „Das möchte ich erleben."

„Pass auf, was du dir wünschst." Hannah grinste und stand auf, ihre Tasse in der Hand. „Aber heute – heute machen wir einfach nichts. Keine Pläne, keine Geheimnisse, nur uns."

Ein kalter Wind zog durch die Reihen der stillen Grabsteine auf dem Friedhof in einem kleinen Vorort von New York. Hannah stand regungslos, ihre Hände tief in den Taschen ihres Mantels vergraben, während Max ein paar Schritte hinter ihr wartete. Der frisch errichtete Grabstein war schlicht und doch bedeutsam: **"Dr. Wilhelm Weber – Ein Mann der Wahrheit".**

Hannah kniete sich hin und legte eine einzelne weiße Rose vor den Stein. Ihre Finger glitten über die eingravierten Buchstaben, als würde sie versuchen, eine Verbindung zu spüren, die über das Leben hinausging.

„Es fühlt sich merkwürdig an", sagte sie leise, ohne sich umzudrehen.

„Was genau?" fragte Max, seine Stimme sanft.

„Ihn hier zu haben." Sie hielt inne. „Er hat Deutschland geliebt. Es war seine Heimat. Aber jetzt ruht er hier, weit weg von allem, was er kannte."

Max trat näher und legte eine Hand auf ihre Schulter. „Vielleicht ist das der Punkt, Hannah. Hier hat er endlich Frieden. Kein Lärm, keine Intrigen – nur Ruhe."

Hannah setzte sich auf den kalten Boden, ignorierte die Feuchtigkeit, die durch ihren Mantel drang, und öffnete das Notizbuch ihres Vaters. „Ich habe diese Seiten schon unzählige Male gelesen, aber jedes Mal entdecke ich etwas Neues."

„Das ist das Schöne an Worten", sagte Max, während er sich neben sie setzte. „Sie leben weiter, selbst wenn der Autor nicht mehr da ist."

„Er hat immer gesagt, dass die Wahrheit wie ein Stern am Himmel ist – selbst wenn man sie nicht sieht, ist sie da." Sie lächelte schwach. „Und er hatte recht. Diese Notizen, diese Beweise – sie haben so viele Leben verändert."

Hannah schloss das Buch und sah Max direkt an. „Manchmal frage ich mich, ob ich ihm gerecht geworden bin. Ob ich genug getan habe, um das fortzusetzen, was er begonnen hat."

„Wenn er dich jetzt sehen könnte, würde er stolz sein", antwortete Max ohne zu zögern. „Du hast nicht nur seine Arbeit weitergeführt, du hast deinen eigenen Weg gefunden. Und das ist mehr, als er sich je hätte wünschen können."

Für einen Moment sagte sie nichts, ließ seine Worte einfach auf sich wirken. Dann lehnte sie ihren Kopf an seine Schulter, ihre Augen schlossen sich, während der Wind leise durch die Bäume flüsterte.

„Es ist Zeit zu gehen", sagte Max schließlich und half ihr aufzustehen.

„Ja", stimmte sie zu. Doch bevor sie den Friedhof verließen, warf sie einen letzten Blick auf den Grabstein. „Leb wohl, Papa. Und danke."

Als sie zusammen den Kiesweg hinuntergingen, fühlte sich Hannah leichter – als hätte sie endlich etwas abgeschlossen, das sie lange Zeit mit sich herumgetragen hatte.

Das kleine Gartenrestaurant in Brooklyn war mit weißen Lichtern geschmückt, die wie Sterne im dämmernden Abendhimmel funkelten. Zwischen den Tischen, die von Blumenarrangements und zierlichen Kerzen geschmückt waren, summte leises Gelächter und die Melodie eines Jazzorchesters. Hannah stand abseits und beobachtete die Szenerie mit einem Glas Champagner in der Hand.

„Na, bereust du es schon?" Greta trat mit einem verschmitzten Lächeln an sie heran, ein Glas Whisky in der Hand – natürlich doppelt.

„Du meinst, dass ich Max geheiratet habe oder dass ich dich eingeladen habe?" fragte Hannah trocken und nahm einen Schluck.

„Beides, vermutlich", erwiderte Greta und hob ihr Glas zum Gruß. „Aber ich muss sagen, du siehst umwerfend aus. Weiß ist deine Farbe."

„Das sagst du nur, weil du sie nie trägst."

„Natürlich nicht. Ich würde aussehen wie ein Gespenst." Greta zwinkerte und ließ ihren Blick über die Gesellschaft schweifen. „Ich muss zugeben, es ist seltsam, all diese Menschen zu sehen, die so tun, als wären sie glücklich und sorgenfrei."

Hannah lachte leise. „Vielleicht sind sie es. Zumindest für einen Abend."

„Du bist wirklich romantischer geworden", sagte Greta und zog eine Augenbraue hoch. „Ich bin ein bisschen enttäuscht."

Inmitten der Menge erschien Otto, der sich in einen makellosen Smoking gezwängt hatte, der ihm sichtlich Unbehagen bereitete. „Darf ich die Braut für einen Tanz entführen?" fragte er formell, verbeugte sich aber mit einem sarkastischen Grinsen.

„Nur, wenn du meine Füße nicht ruinierst", entgegnete Hannah und stellte ihr Glas ab.

„Keine Sorge", sagte Greta hinter ihnen. „Falls er dich verletzt, habe ich Schmerzmittel im Auto. Und eine Flasche Wodka."

Der Tanz begann langsam, die Melodie des Orchesters verschmolz mit dem leisen Murmeln der Gäste. „Du hast es also wirklich geschafft", sagte Otto, während er sie sanft führte. „Ein neues Leben, ein neuer Anfang."

„Es fühlt sich fast surreal an", gab Hannah zu. „Aber ich weiß, dass es nicht das Ende ist. Es gibt noch so viel zu tun."

„Das ist der Geist, den ich von dir kenne." Otto lächelte und fügte hinzu: „Aber denk daran, ab und zu die Welt loszulassen und einfach zu leben."

Als das Lied endete, trat Max an sie heran, ein funkelndes Lächeln auf seinen Lippen. „Darf ich jetzt?" fragte er höflich, doch seine Augen verrieten einen Hauch von Eifersucht.

„Natürlich", sagte Otto und trat mit einer dramatischen Verbeugung zurück.

„Hattest du Spaß?" fragte Max, während er Hannah in die Arme nahm.

„Das habe ich." Sie sah ihn an und lächelte. „Aber mit dir macht es mehr Spaß."

Während sie tanzten, flüsterte Max: „Hast du dir überlegt, was als Nächstes kommt?"

„Noch nicht", gab Hannah zu. „Aber ich habe das Gefühl, dass wir keine Langeweile haben werden."

„Das ist sicher." Max lachte leise. „Aber was auch immer kommt, wir werden es zusammen schaffen."

„Das klingt kitschig."

„Es ist die Wahrheit."

Hannah lächelte und legte ihren Kopf an seine Schulter. Für einen Moment fühlte sich alles perfekt an – ein Moment der Ruhe vor dem nächsten Sturm, den sie beide willkommen heißen würden.

Don't miss out!

Visit the website below and you can sign up to receive emails whenever Charlotte Berger publishes a new book. There's no charge and no obligation.

https://books2read.com/r/B-A-CIOUC-ZUKIF

BOOKS 2 READ

Connecting independent readers to independent writers.

Also by Charlotte Berger

Der Jade-Glücksdrache: Ein charmanter Detektivroman voller Geheimnisse und Romantik

Der Geisterjäger von Heidelberg: Ein spannender Krimi zwischen Realität und Mythos

Tod am Bodensee: Ein romantischer Krimi

Die Karten des Todes: Ein romantischer Krimi voller Geheimniss

Im Schatten des Zeppelins: Ein historischer Thriller

About the Author

Die ehemalige Polizeipsychologin Charlotte Berger kennt die Berliner Unterwelt wie ihre Westentasche. Ihre Romane zeichnen sich durch komplexe Charaktere und überraschende Wendungen aus, gewürzt mit einer Prise romantischen Humors.